知る悲しみ

島地勝彦

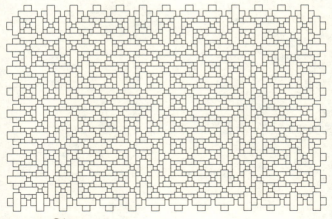

講談社+α文庫
プラスアルファ

〝知る悲しみ〟とは、この男、よく言ったものだ。さすがだ。

伊集院静《いじゅういんしずか》

五十歳代の初めに、友人とのつき合いに関する決め事をした。それは、これから先、友人となる男とは逢わぬと決めた。おかしいことを？　と思われるかもしれないが、その年の前後、私は二人の友を亡くした。一人は自死、一人は訳のわからぬ状態で安アパートで腐乱死体で発見された。どちらも私と同じ世代であった。

死因などはどうでもよい。共通していたことは二人が死ぬ何ヵ月か前、私に逢いたいのだが、今の自分の状況では友として伊集院には顔を見せたくない、と言ったことだ。二人の葬儀に参列して、彼等の晩年を見知っていた若い衆に怒りの声もぶちまけたし、なぜ、彼等の心情をせめて知らせなかったんだと締め上げもした。

しかし彼等の責任ではない。こちらがそういうゆとりのある、幅を持った構えをして生きていなかったせいである。

世間で起こること、身に起こることの半分以上は己の責任である。忙しすぎたは理由にならない。それでもうこれ以上、新しい人と逢わぬと決めたのである。それは今も通している。要は私が不器用なのだろう。

なぜこのようなことから書きはじめたか？

島地勝彦は、巡り逢った人を、彼の掌中に入れる天才である。今、世間で天才という言葉を安易に使うが、天才とは愚者、バカである。天才が名前の冠りに付く輩は十中八九そうである。

この男は人をたらす。

そのいい証拠が、この忙しい中で夜半に彼の酔いざれ話を集めた本に文章を書いている私がまさにそうである。塩野七生《ななみ》の辛さがわかろうと言うものである。（前回の一冊はあの多忙の彼女がこの役割を引き受けた）。

これから読者諸君は、この本を読まれるであろうが、まあまあの文章もあるが、六、七割はつまらぬものである。

——じゃ、読まない？

それも見識だろう。

しかしこれまで君が読んだ本で三、四割でもたいしたものがあったかね、と私は訊きたい。プロの野球で言えば四割を打てたのはテッド・ウィリアムズという男しかいないように、どれほどの本でも一、二割良い処があれば、それはすでに読む価値があるというものだ。

だからと言って、これを名著だと言う作家はどこにもいない。酒場の戯れ言として読むのがいい。ただしこの男、酒は一級品を飲み、酒場は一級の椅子にしか居座らない。

――それで一流になれるのか？

そりゃ君、最上級の酒と一流の酒場に何十年と居座ってから訊く言葉だ。

島地勝彦とゴルフで少しベットした時、皆が口を揃えて言うことがある。

「負けている島地がベットをさらに要求した時は必ず断れ」

その要求をして彼が敗れた経験があるとしたら、あの青木功しかいまい。今でこそ青木功は好々爺の、シニアゴルファーの見本のように言われているが、おそらくあの世代でゴルフのベットをさせたら、リー・トレビノと青木功にかなう者はいまい。ジャック・ニクラウス？ アーノルド・パーマー？ ゲイリー・プレーヤー？ そんなもの青木と一ドルでも賭けていたらかなうものではない。トーナメントにベットがあったら彼はおそらくメジャーのひとつやふたつは取っていたろう。その青木から、この男はパターを伝授された。〝パター・イズ・マネー〟である。ゴルフの島地神話にはちゃんとした裏付けがあるのだ。

それにしても、この一冊を読んで、よくこんなバカな奴にまで、この男は感動するものだと感心した。よくこれだけ私が、アホと決めつけてる輩にまで、この男は礼をつくし、感謝する。これを読んでいくうちに、私はこの男にはかなわないのではないかと思いはじめた。それはやがて、この男の方が私より、数枚、格が上なのだとわかった。誉めすぎでは？　この歳になって今さら他人を誉めるか。

現代社会、人間は先進国に生まれれば、幼い頃、教育を受ける。そのほとんどはかつて歴史の中で人間がよりよいもの、生き方を目指してきた結果生じた訓のようなものである。逆に言えば、人間は誤ちをくり返すことでより安全なたしかなものを築いてきたに他ならない。民主主義が理想の社会？　愚かなことを言いなさんな。それを代表するアメリカがこの何十年、戦争をしかけているのだぞ。

〝知識〟という言葉がある。さらに言えばインテリジェンス、あの人はインテリ、という言い方がある。その周辺に漂う、あの嘘臭さはどうだ？　プンプン嘘、贋物の悪臭がする。

――では真の知とは何か？

その答えの近くまで辿り着いた者が口にしている言葉は、なぜか哀愁をともなう文章、絵画、音楽、戯作になっている。

物語、戯作の原型と言われたギリシャ神話、もしくはギリシャで今も公開される昔からの芝居の演目は、なぜ一が喜劇で、二、三が悲劇となっているのか？　それは生きること、生きる本質が何かを問えば、ほとんどが哀しい行為であり、答えはすでにわかっているからではなかろうか。

この男、それが勘でわかっているのだ。だからと言って、これが素晴らしい一冊などとは口が裂けても言わない。一節でもあなたの中に響くものがあればいいのだ。それが本を読むという行為の一番大切なことだ。私には数節だが、いいところもあった。

目次

〝知る悲しみ〟とは、この男、よく言ったものだ。さすがだ。　伊集院静　3
天才には悪妻の存在が必要であった　18
一流の女に愛されたフランスの醜男　20
男と男の相性は出会い頭で決まる　22
文化というのはお金がかかるものだ　24
歴史はブラックジョークを繰り返す　26
アメリカの底知れぬ豊かさと栄光、そして衰亡　28
「女にヒゲと尻尾を付けると猫になる」　30
税務署への必需品はビジターズ・ノートブック　32
モンパルナスの〝小人の大魔羅男〟　34

奇妙な〝愛人〟たちに囲まれた還暦の夜 36
心のなかでトランペットが高らかに鳴った 38
4升のどぶろくが空になった「シマジ・サミット」 40
ファーストクラスに乗りたければ、仕事もファーストクラスで仕上げよ 42
1億円損しても、タダでは起きない男 44
神に嫉妬された君は、天に召されてしまった 46
〝強運〟という名の人生の武器を持って 48
東インド会社が造ったチャンピオンコース 50
人生の達人は日本で働いてジャカルタで愉しく遊ぶ 52
言葉はまさに魔物である 54
元気以外の正義はろくなものじゃない 56
凡庸な小市民よりグラマラスな怪物を尊敬してきた 58
京都とローマ、世紀の女傑対談は一日で終わらず 60

30万回打って1回入る確率のチップイン・イーグル 62
クラブに仕事をさせるのがプロ、自分でやってしまうのがアマ 64
「バカなまねはよせ。恋は病気だ」 66
マッカーサーは天盃にタバコの灰を捨てた…… 68
すべての最新映像はセックスものから流行するのが王道である 70
「編集者はやたらとハダカになるもんじゃない」 72
きょうの異端はあしたの正統 74
塩野七生さんの〝一生別れられない恋人〟 76
小さな時計のなかに、自分だけの人生をはめ込む 78
葉巻を吸うには強靱な肉体が必要なのだ 80
ハバナからシガーを合法的に買って帰る方法 82
なぜカストロは清貧に甘んじ清廉を貫いていられるのか 84
男を凌駕する才能を持った女たち 86

貧乏人にして乱暴な贅沢趣味を見抜かれた 88
白洲次郎と薩摩治郎八、二人の〝ジロウ〟の怪物伝 90
伊達男は常に新しいジョークを仕入れている 92
朝は〝天使の時間〟、夜は〝悪魔の時間〟 94
共産主義の国で「ドン」の称号を贈られた男 96
ヒトラーがビアホールで最初に演説したときの熱狂は、こんな感じだったのかもしれない 98
バテレンが武家の娘に生ませた不義の混血児の魅力 100
ロンドンは、粋な男のための魔性の街である 102
「迷信」は優雅で複雑怪奇なピートの香りがした 104
浪費こそが文化を創るのだ 106
シングルモルトはシングルで飲み、紅茶はブレンドして飲むべきである 108
ゴルフ場の「顔」はグリーンである 110

編集にはよく過ちが起こるものだ 112
〝人生の真夏日〟を共に過ごした男 114
「果報は寝て待て」では幸運はやってこない 116
自信をもってハリーズバーよりうまいと言えるベリーニがある 118
「スピーク・イージー」につどう親友こそ人生の最大の財産である 120
18ヵ国語に堪能だった、日本が生んだ恐るべき〝知の怪物〟 122
まったく家庭の匂いがしない粋な男に合掌 124
オペラはセックス、アリアは男と女の雄叫びです 126
海外のオペラで居眠りしないための特効薬 128
お洒落とは、確たる自信なのである 130
ヴェローナの野外オペラを観ないと、オペラを観たとはいえない 132
マルタ島はキリスト教世界の最南端の砦 134
今度生まれてきたら、猛勉強してマルタ大学の医学部に入学する 136

たった1週間の夏休みに満足してはならない　138
ニッポンに本物の富豪が誕生しない理由　140
72歳の大教授は突然、2歳の孫に豹変した　142
勝利のなかで自分は死ぬのだと信じていた英雄　144
見るものすべて興奮して買いたくなる病い　146
笑いこそが細胞を活性化し免疫力を高める　148
タクシーの運転手がいちばん困ったこと　150
ジョークの世界でも子供は皮肉屋だ　152
エロス・アーカイブ〜昭和の大衆の凄まじいエネルギー　154
愛すべきあつかましさこそが人生の武器になる　156
「名著は同じ書を最低20回読むことです」　158
「田中角栄は天才だ！」と叫びながら踊り出した　160
55年前の不良少年の空想の恋人は、香川京子と安西郷子　162

シングルモルトがなかったら、天国行きはお断わりだ 164
人は退屈な真実よりも、素敵な嘘を好む 166
艶ある色悪の男の秘密兵器をこっそり教えよう 168
門前の小僧、習わぬ経を読む 170
「大いなる冗談には、人生の真実がある」 172
ベートーヴェンが天国から降りてきて老指揮者に憑依した 174
物書きとは、指の先に悪魔と天使を宿す商売なのである 176
異端の天才学者と政界の長老、若き日の誓い 178
美しき不良は、還暦からもう一勝負 180
黄金の馬車に乗った〝甲州の宮崎駿〟 182
「樹木はそのつける実によって知らる」 184
コンプレックスを武器にするとき、人は大人物になる 186
妖婦か、色情狂か、はたまたヴィーナスか 188

迷ったときは己のダンディズムに問いかけろ 190
芥川賞作家を生み出した〝谷沢文庫〟 192
人生相談の名著『極道辻説法』裏話 194
秘密のバー、サロン・ド・シマジへようこそ 196
力量、幸運、そして時代に必要とされてこそリーダー 198
「あちらに行ったら手塚治虫によろしくお伝えください」 200
ゴルフはボールの天運を愉しむゲーム 202
世界でいちばん美しく狂おしい男二人の恋物語 204
孤高と貧困と情熱をもって〝摩天楼〟を破壊せよ 206
お茶の間の正義と、現実の凄まじさは別物と知れ 208
身の丈のカネで集めてこそ、アートの目は肥える 210
猫の一生は飼い主のセンスと愛情で決まる 212
結婚は、出会い頭のほうがいい 214

男なら2つ3つ山を乗り越えて、別の村の女を捕獲せよ 216
ペニスはペンより偉大である 218
女たちをオペラの肥やしにした男 220
フルボディのアスリートは好奇心旺盛だった 222
良く言えば良縁、悪く言えば腐れ縁 224
無理に悪党ぶっていたイケメンの親友、竹脇無我 226
ムッソリーニの隠しておきたい暗い過去 228
シングルモルトを噛んで飲み、葉巻も噛んで吸った日 230
スピーカーの前のタモリは1メートル後ろにふっ飛んだ 232
もう一度18歳からやり直すことが出来るのなら 234
長生き出来るかどうかは、お金よりも歯で決まる 236
顔立ちは両親の作品だが顔つきは自分の作品である 238
愛すべきあつかましさをもって冥途の土産をもらった男 240

知る悲しみ

——やっぱり男は死ぬまでロマンティックな愚か者

天才には悪妻の存在が必要であった

東日本大震災後、わたしは朝起きると必ずグスタフ・マーラーを聴いている。津波のあとの惨事が目に浮かぶたびに、マーラーのアダージョが心に沁みる。たしかバーンスタインが言っていたと思うが「マーラーには死の香りがする」のである。まさにその通りだと思う。マーラーの生涯を忠実に描いた映画『マーラー君に捧げるアダージョ』を観た。19歳年下の魅力溢れる最愛の妻アルマは浮気性で悪妻の誉れ高い女である。しかし映画を観てわたしのなかでこの通説は覆された。むしろマーラーのあの暗く陰々滅々たる重厚な音楽はアルマの存在があったからこそではなかったのか。嫉妬に狂いながら、マーラーは次から次へと傑作を生み出していく。悪妻、アルマは作曲のための原動力だったのではないか。

映画は世界的な精神分析医ジークムント・フロイトにマーラーが精神分析されるところからはじまる。これは事実である。同じユダヤ人同士のよしみもあった。マーラーは自分の人生のすべてをフロイトに告白する。それに合わせて映画の物語は進んでいく。

アルマはマーラーにとって相棒であり妻であり恋人であり女神であった。アルマも音楽の素養があり作曲も手がけている。だからマーラーの天才ぶりも理解出来た。しかし生まれ持ったアルマの浮気性がときどき悪さをしてマーラーを悩ませる。不倫相手の建築家、ヴァルター・グロピウスはマーラーにじか当たりしてアルマと別れてくださいと嘆願する。

だが、アルマにマーラーのそばにいてあげようとする天使の心が現れる。アルマの心のなかには2人の女が棲んでいる。それは魔女と聖女なのだ。そこがアルマをますます官能的で美しく妖しい女にしている。

映画では、マーラーとアルマが家に呼んだお客の前でピアノを連弾するシーンがじつに美しい。愛し合うまぶしい夫婦という感じだ。ところが心の内面では葛藤する夫婦なのである。この葛藤こそマーラーが作曲をするために必要な〝知る悲しみ〟なのである。

ウィーン宮廷歌劇場の音楽監督を突然解任された矢先に、眼のなかに入れても痛くないほど可愛がっていた長女が病気で夭折してしまう。マーラーは立ち上がれないほどのショックを受けるが、アルマも体調を崩して療養生活をはじめる。そこでイケメンの建築家の青年と恋に落ち、わりない仲になる。これがマーラーにばれる。ばれるというより不倫の仲の二人がばらすのである。

苦悩の末、マーラーはフロイトを訪ねる。人間として第一級の二人は理解し合い美しい友情が誕生する。いままでフロイトは同じウィーンに住みながら、一度もマーラーの指揮する音楽を聴いたことがなかった。ところがフロイトはマーラーが指揮する劇場に姿を現すのだ。

事実、当時のマーラーは同じ時代の作曲家リヒャルト・シュトラウスより人気がなかった。マーラーはアルマに言っている。

「あの人ではなく、やがてわたしの時代が必ずくる」

あの人とは紛れもなくリヒャルト・シュトラウスその人のことである。予言は見事に的中して、いまではマーラーのほうがはるか上に君臨している。21世紀になり世界は混沌として希望を見失ったいま、マーラーの作品はベートーヴェンよりもモーツァルトよりも世界中で演奏されている。この天才の作曲活動のためにはやっぱり官能の悪妻アルマの存在が必要であったのである。

一流の女に愛されたフランスの醜男

男のなかでいちばん女にモテたのはカザノヴァだといままで思っていたが、映画『ゲンスブールと女たち』を観て考えが変わった。フランスの作詞作曲家にして歌手、セルジュ・ゲンスブールのモテかたは尋常ではない。ロシア系ユダヤ人で醜い男というコンプレックスに子供のときからさいなまれながら、こんなにモテた男はほかに存在しない。しかも大物食いなのである。ブリジット・バルドーやジェーン・バーキンらと恋に落ちて彼女らを次々に虜《とりこ》にする。鼻も耳も異常にデカイ自称醜い男は、一流の女たちに磨かれて次第に味のあるセクシーな色悪《いろあく》に変貌していく。エディット・ピアフ、ジュリエット・グレコ、カトリーヌ・ドヌーヴ、ヴァネッサ・パラディといった名だたる美女たちから歌を作ってくれと注文が殺到する。

若いときの美男俳優アラン・ドロンは老来とともに人前に出なくなったが、醜男のゲンスブールは歳とともにますますグラマラスおやじになって色悪たっぷりなのだ。彼の名を世界的に有名にしたのは、18歳年下の英国の女優、ジェーン・バーキンとわりない仲になり、バーキンとのデュエットでさえずるように呻くように歌った『ジュ・テーム・モワ・ノン・プリュ』だ。これはバルドーとエッチしながら作詞作曲してバルドーと一緒に歌った作品だったが、さすがのバルドーが怖じ気づいて世に出なかった曰く付きのエロティック・ベッドソングである。

男と女がベッドで囁く睦言《むつごと》を単純なメロディーに乗せている。ベッドのなかで女が夢中になって「わたし、あなたを愛してるわ」と男に囁き「おれもおまえを愛してる」という返事を期待するが、男は「いや、おれはそうじゃない」とプレイボーイ風に超然と答える。ゲンスブールは男と女の愛の脆《もろ》さも残酷さも感知していて、それは永遠ではなく一瞬の悦楽だということをも知っている。数々の恋愛の出会いと離別を繰り返してきたゲンスブールならではの名セリフである。これが世界中で大ヒットした。

彼はまたチェーン・スモーカーとして有名だった。ピアノを弾いてるときも酒を飲んでるときもしゃべってるときも、バルドーの豊満な乳房をしゃぶっているとき以外はシガレットをいつもくわえている。それがよく似合う。酒とタバコの薔薇の日々を地でいったゲンスブールはジェーン・バーキンと結婚して2人の娘をつくったが離婚して30歳年下の中国系フランス人のモデルと結婚して一児をもうけた。

若いときは画家になろうと努力したが、筆を折ってしかがないバーのピアノ弾きになった。たまたまその店に来た『墓に唾をかけろ』の作家ボリス・ヴィアンに才能を見出され親しくなった。ボリス・ヴィアンがトランペットを吹きゲンスブールがピアノで競演するシーンは映画のなかでも圧巻だ。

わたしが彼を敬愛しているもう一つの理由は、優れてお洒落極道の人だったからだ。この夏、ショートパンツと一緒に裸足で履いてるパリのレペットの白いシューズは、ジェーン・バーキンが愛用していたバレリーナの靴からヒントを得て、ゲンスブールのために男用として作られたものだ。エルメスで「バーキン」を作らせたジェーン・バーキンと暮らす。多くの美人女優たちに愛されたゲンスブールはまさにお洒落極道に生きた。生涯をロマンティックな愚か者として美しく生き抜いた彼を愛した女性たちは一人も恨んでいない。

男と男の相性は出会い頭で決まる

はじめて文藝春秋の名物編集者、樋口進さんと会ったのは、柴田錬三郎先生のお供で行った銀座のクラブ「ラモール」でだった。樋口さん44歳、わたしは編集者に成り立ての25歳だった。髪の毛が極端に短い異相の樋口さんは当時から男の色気がムンムンしていた。女と握手しただけで生理が止まってしまうのではないかという強烈なオーラと迫力があった。兵隊にいって以来の坊主頭の樋口さんはお洒落な人だった。男と男の相性は女と男の相性のように、出会い頭で決まる。酔ってはいたが鋭い眼光でわたしを舐め回しながら樋口さんがいった。

「柴田さん、こいつが集英社のシマジか。いいじゃないか。気に入った。シマジ、おまえは柴田さんからいいことを沢山教えてもらいな。おれはおまえに沢山悪いこと教えてやる。アッハハハ」

「シマジ、こいつはホントに悪いヤツでおれが惚れて寝た女とちゃっかりその前に寝ていて黙っていたとんでもない編集者なんだ。でもシマジ、こいつを知っておくとなにかと役に立つ。樋口を知らない作家はいない。樋口に世話になっていない作家もいない。わたしはこいつに世話されすぎたがね。なあ樋口」

シバレン先生と樋口さんが笑いながら話している「大人の会話」を、わたしは皆目理解出来ず、ただ素敵な関係だなあと感動するばかりだった。

それから樋口さんに可愛がられてよく2人で飲んだ。沢山の作家を紹介してくれたのはもちろんのこと、編集者の要諦を教えてもらった。臆せずじか当たりしろ。食らいついたら一生離れるな。死んでからも面倒をみろ。

先祖の墓参りより尊敬する作家の墓参りに行け。わたしはその通りやってきた。とくに樋口さんは今東光大僧正に可愛がられた。顔もわたしが開高健先生と似ていた以上にそっくりだった。大僧正が亡くなると、テレビ局から「樋口さんは今東光さんの隠し子だといわれてますが、隠し子からみた父親今東光像をお話ししていただけませんか」といわれた。今東光先生が右翼に狙われたときには、同じ僧衣を樋口さんに着せて自分の前を歩かせていたほどだった。

月日が流れ、火宅の作家、檀一雄さんが九大ガン病棟の死の床にいた。ある夜樋口さんがわたしにいった。

「檀さんがもう危ないそうだ。でもまだ間に合う。おまえ、最後のインタビューをやってきな。シマジなら出来る！」

「いや檀さんは新宿の『風紋』で何回か会ったくらいの面識です」

「ここでシバレン登場だ。いまから柴田さんのところに行って紹介状を書いてもらい、そいつを懐に博多に飛べ」

樋口さんにいわれた通り、シバレンさんの「シマジ君はわたしの目には信頼すべき編集者です」という紹介状を持って行き、「最後の無頼派作家」檀一雄の生涯最後の大スクープ・インタビューに成功した。檀一雄と柴田錬三郎は同じ佐藤春夫の兄弟弟子だった。

樋口さんはシバレン先生の未亡人からもらったナポレオン3世の金貨を首からぶら下げ、わたしは今大僧正の未亡人にいただいたナポレオン1世の首飾りを下げて、よく銀座に飲みに行った。そしてある夜突然樋口さんは改まってバカ丁寧にいった。

「シマジさん、これはおれの最近の可愛い女です。間違っても寝ないでください。あなたの手が早いことは知ってます。お願いします」

行年89歳、見事な大往生だった。

文化というのはお金がかかるものだ

福田和也さんの『旅のあとさき』（講談社）はいつもながらの達意な文章でナポレオンの足跡を訪ねながら、いままで読破した万巻の書の記憶を綴り、なおかつ高価なワインと豪華な食事を愉しむエスプリの効いた漫遊記である。しかも羨ましくも専属カメラマンと、2人の編集者を引き連れての旅なのだ。

わたしもナポレオン好きで沢山読み漁ってはいるが、福田さんの視点に何度も感服させられた。漫遊の旅は、エジプトからイタリアに入ってからさらに豪勢度に拍車がかかり、ますます面白くなってくる。20世紀イタリアを代表する作家、チェーザレ・パヴェーゼについての蘊蓄《うんちく》を開陳するや、昼間からトラットリアでイタリア最高のワイン、ガヤのアルテニ・ディ・ブラッシカ2001年を飲む。仔牛の腿のハムを頬ばりつつ、バルバレスコの2003年の赤と続く。さすがに、その夜は福田さんも遠慮してこう記している。「ワインは、地元の白をカラフェで頼む。なにしろ、昼、バルバレスコであれだけ飛ばしたのだから……私だってそれくらいの良心はあるのだ」

ワイン好きの福田さんをよく知るわたしは爆笑した。

ジェノヴァに近い景勝地ラパロでは、この地を愛したD・H・ローレンスやエズラ・パウンドを紹介し、話はヘミングウェイへと進んでいく。『われらの時代』の短編から「雨のなかの猫」を取り上げて文芸評論をやってから、「若きヘミングウェイは、妻帯者ならば誰でも味わう、朧気《おぼろげ》だからこそ始末におえない絶望を、精確にデッサンする腕前をすでに備えていた」と名文句で決めている。

ラパロ市街から出てすぐのところに、石橋がある。これはかの有名なカルタゴの武将ハンニバルが第二次ポエニ戦役のとき造ったものだそうだ。ナポレオンはハンニバルを意識してアルプス越えを敢行し、イタリアに侵入した。歴史的に名を残すサン・ベルナール峠越えだ。ハンニバルは象で越えたが、こちらは白馬ではなく、実際はラバだった。ナポレオンは沢山の肖像画を描かせているが、この200年前の光景は『アルプスを越えるボナパルト』としていまでもルーブルに残っている。「前脚をあげ、いななく白馬にまたがり、強風のなか前方を指さすナポレオンの姿を描いたものである」と福田さんは書いている。サン・ベルナール峠は英語読みすると、セント・バーナードである。「鋭い嗅覚と脚力で遭難救援に活躍した」犬だ。「過去300年の間にこの峠だけで数千人の人命を助けたという」

この険しい峠をハンニバルは象で15日かかって越えた。ナポレオンは3日で越えた。その後尾であの『赤と黒』のスタンダールも行軍していた。

そして福田御大は、ジェノヴァ料理をイタリア全土に喧伝した名店『ゼッフィリーノ』に3人の従者を引き連れてやって来た。ここのシェフはヨハネ・パウロ2世の料理人であった。興奮した福田さんは記している。「赤は、ビオンディ・サンティ、サッソアローロ1997。断るまでもない、モンテプルチアーノの銘酒である」

セント・バーナードよろしく同席している講談社の戸井さんと井本さんの引きつった顔が、突然目に浮かんだ。いま出版業は大不況のなかにある。そんな折、この大企画を敢行した講談社の見識と勇気と寛容にわたしは脱帽した。そう、文化というのはお金がかかるものなのだ。

歴史はブラックジョークを繰り返す

テレビ時代の政治家で演説の名手はジョン・F・ケネディだとすると、ラジオの時代の名演説家はアドルフ・ヒトラーである。

それを裏付けるドキュメント映画『意志の勝利』を観た。2時間近い映画だが、全然飽きなかった。監督が凄い。この間、101歳で亡くなったレニ・リーフェンシュタール女史である。彼女はヒトラーと寝たと噂された美人女優であり、ベルリン五輪の記録映画『オリンピア』の監督であり高名な写真家でもあった。『意志の勝利』はドイツの総統になったヒトラーがレニに頼んで作らせた国威発揚のプロパガンダ映画だが、レニの審美眼を通すと芸術性を帯びてくるから不思議である。それはちょうど藤田嗣治の戦争画が、あまりに芸術的であるため見とれてしまうのと似ている。

しかもヒトラーは、レニ監督の言うことを何でも聞き入れた。カメラ16台、スタッフ180名、厖大《ぼうだい》な空撮、当時としては破格なことだらけだった。撮影されたフィルムは60時間強である。

これは1934年9月4日から1週間にわたり、ニュルンベルクで行われたナチス・ドイツの第6回党大会の記録映画である。大会の演出を手がけたのは、後にヒトラーの要人になった建築家アルベルト・シュペーアだった。

お追従屋の副総統のヘスがいる。ワイン好きで美食家の恰幅のいいゲーリングがいる。鋭い顔をした唯一のインテリ、チビのゲッベルスがいる。わたしはいままで彼らの伝記物を読み漁ってきたので、懐かしく思った。

それにしても、ドイツ国民のヒトラーに対

する熱狂たるや凄い。ヒトラーが立派に見える。演説のドイツ語がわからなくても、上手いと感じる。迫力満点だ。民衆がヒトラーの絶叫する演説に新興宗教のごとくますます酔いしれていく過程が、美しく映像化されている。この映画がいまでもドイツ国内では一般上映は禁止されている理由がわかる。ヒトラーは演説した。「国家が国民を動かすのではなく、国民が国家を動かさねばならない」

これはケネディが大統領就任式で熱弁を振るった演説の文句と似ているではないか。

ケネディが演説した。「国家が国民に何をしてくれるかではなく、国民が国家のために何が出来るかを問うて頂きたい」

それにしても、映像があまりにも美し過ぎて、思わず画面に吸い込まれそうになる。当時まだヒトラーは独身だった。なかなかの男前である。彼が菜食主義者で過度の癌ノイローゼでアルコールはまったく口にしなかったことは、この熱狂した大衆には伝わっていなかったろう。彼はドイツ人ではなくオーストリア人だった。それはスターリンがロシア人ではなくグルジア人であったように。古くはナポレオンがフランス人ではなくイタリア人であったように。歴史はよくこんなブラックジョークを繰り返すのである。

連想飛躍して言えば、連合軍をヒトラーから救ったのは、彼のユダヤ人嫌いだった。もし彼が優秀なユダヤ人科学者を重用していたなら、人類最悪の破壊兵器、原子爆弾がヒトラーの手に入っていたかもしれない。そうしたら、チャーチルとはいえ手こずるというレベルでは済まなかったにちがいない。

想像しただけでぞっとしてしまう。

アメリカの底知れぬ豊かさと栄光、そして衰亡

アメリカ建国200年祭のとき、取材でロサンゼルスに長期滞在した。そのとき大金持ちの御曹司と知り合い、ニューポート・ビーチにある彼のセカンドハウスを訪れたことがあった。わたしより5歳若いこのイケメンの御曹司は綺麗な女たちにモテモテで、WASPしかメンバーになれないLAカントリークラブの最年少の会員であった。イタリア製のエンジンの音がうるさい、ランボルギーニとかいう大きなスポーツカーに乗っていた。そのスポーツカーでニューポート・ビーチまでぶっ飛ばして行った。

ディナーは、そのとき付き合っていた彼のフルボディの女が後から来て、作ってくれた。フランスの高価なワインをしたたか飲んだ。翌朝、大きな邸宅のなかをウロウロしていたら、御曹司がこっちに来いと合図するので従ったら、広い洗面所のど真ん中に1メートル四方の穴が空いていた。なかを覗くと水面が揺れている。ぼくについてこいと言うと、彼は素っ裸になって穴のなかに飛び込んだ。わたしも怖々続いた。浮き上がって気がついたら、何とそこから10メートルのプールに続いているではないか。隣で泳ぐ彼の金髪がまるで別な生き物のように綺麗だった。アスリート系の肉体をフルに使って見事に泳いでいた。暫くすると、彼女が同じように素っ裸で泳いできて、二人はわたしの存在を無視してじゃれ合った。プールサイドには小さな冷蔵庫があって、クアーズがよく冷えていた。

わたしは、このときほどアメリカの底知れぬ豊かさを思い知ったことはない。1976年、わたしは35歳だった。葉巻もワインもち

よっとはたしなみはじめていたが、懐はまだまだ貧しかった。

それから34年の歳月が流れ、映画『グラン・トリノ』を観てしみじみ思い返した。あの御曹司も60歳を超えているに違いない。結婚してもう孫がいるかもしれない。いや、いまだ優雅な独身生活をエンジョイしてるかも。もしかすると、わたしのように癌になったり心臓病になったりしていることもあり得る。人生は恐ろしい冗談の連続なのだ。クリント・イーストウッドが演じる主人公は、若いとき朝鮮戦争の激戦地で九死に一生を得て帰国した。その後、当時の花形自動車産業のビッグ3のひとつフォードの工員になって、幸せな家庭を築いた。彼は優秀な自動車エンジニアで、名車グラン・トリノに情熱と誇りを注ぎ込んでつくった。その1台をまるで自分の輝ける人生を回想するかのように、ピカピカに磨いて大切にしている。すでに80近くなり、ひとりで暮らしている。家のまわりには東洋系の人種が住みつきはびこりだしても、彼は超然と孤高に生きている。

彼の息子はトヨタ車を売るセールスマンをしている。息子たちも嫁も孫もたまには遊びに来るのだが、頑固爺を持て余しつつも、いつ死ぬかと、クラシックカーのグラン・トリノを虎視眈々と狙っている。

映画では、主人公は劇的な死に方をするのだが、ちゃんと遺言状を残してあって、そこには意外な人の名があったのだが——。すでに多くのアメリカ人は、ソニーがそうであるようにトヨタを自分の国のクルマだと思っているようだ。アメリカの栄光と衰亡をまざまざと見せつけられた傑作な映画であった。

いま、わたしがアメリカの文化文明で重宝しているのは、ジップロックくらいか。葉巻やパイプタバコを保存しておくのにじつに便利なのである。

「女にヒゲと尻尾を付けると猫になる」

先日、猫の絵だけの展覧会を観に行きませんかと、書友・福原義春さんに誘われた。もちろん喜んで同行した。長野新幹線の東京駅のホームで待ち合わせた。チケットは福原さんから送られていた。福原賢人の後ろ姿を見つけて近寄って行くと、品のいい穏やかな顔をしたご婦人が脇にいた。賢人の奥様だとすぐにわかった。仲のいい長い夫婦生活が夫婦を似たもの同士にするようだ。

お二人は仲良く前の席に座り、わたしは後部シートで本を読んだりまどろんだりしながら、1時間半弱で上田駅に着いた。それからさらにローカル線に乗り換えて小さな滋野駅に到着した。ここで4台しかないタクシーを待った。行き先は梅野記念絵画館である。何人も送っているらしく、運転手は上機嫌だった。用意のいい福原さんは、帰りの予約を頼んでいた。車窓を過ぎる久しぶりの田園風景に心がなごんでいると、人工湖の畔に建っている梅野記念絵画館に着いた。

ちょうど昼時間とあって、昼食を摂ろうとひなびた食堂に入った。天麩羅そばを注文するとき、そばが少なそうな感じがしてわたしたちはそばだけ2枚取ろうかと相談してると、うちのは量が多いんですよと女将に窘《たしな》められた。底が透けて見えるような東京のざるそばのトラウマか。食事中、篠突く雨が降ってきた。福原夫妻は携帯のアンブレラとレインコートまで持参していた。わたしはいつもながらの徒手空拳であった。が、驟雨《しゅうう》ほど止むのは早く、食事が終わるころには晴れ間が覗いていた。『ねこまみれ』という展覧会には、猫を描いた絵が160点も所狭しと飾られていた。大好きな画家、藤田嗣治の猫の絵をはじめ、熊谷守一、小絲源太郎、猪熊弦一郎、杉山寧、金子國義の作品が並んで壮観である。

ここまで収集した御仁に会った。小銀というペンネームで雑誌に原稿を書き、現在9匹の猫を飼ってる女性だった。かなりの私財を擲《なげう》って買い集めたこの膨大なコレクションに、わたしはロマンティックな愚か者の匂いを感じた。小銀さんは絵になった猫に生きてるかのように気を遣っている。この情熱の人は、家でも壁という壁に猫の絵を架けているそうだ。

いい展覧会を観た。表は再び豪雨に見舞われて人工湖が霞んで見えたが、心は気持ちのいい快晴だった。帰るころには再び晴れた。

仲むつまじい円熟の福原夫妻に当てられながら、帰路、福原賢人の家庭での生活ぶりを聞いた。ちゃんと立派な書斎があるのに、本がどんどん増えてきて、それはまるで生き物のように——いや土砂崩れのように、書斎をはみ出し、リビングを侵略していっぱいにして、ついには玄関にも押し寄せてきているらしい。「わたしたちはキッチンで食事をし談笑し、福原もそこでなにやらこそこそ原稿を書いてるんですのよ」

それについて福原さんは一言も弁解しなかった。ただ一緒に笑っているだけである。福原さんのような本好きは、一種の病気なのである。自分と巡り会った本は、愛しさのあまり売ることも捨てることも出来ない。小銀さんの猫の絵と同じで出来るだけそばに置いておきたい。わたしは賢人の良妻賢母の顔を眺めながら、藤田嗣治の名言をふと思い出した。

「女と猫はよく似ている。女にヒゲと尻尾を付けると猫になる」

福原さん、奥様に引っかかれないうちに、本の山を何とかしてください。

税務署への必需品はビジターズ・ノートブック

欧米にはビジターズ・ノートブックというのがある。これは大邸宅に客を招いたとき、参席者全員にサインしてもらうためのものだ。わたしも40歳代、ロス在住のヘフナーのPLAYBOYマンションに招かれたときも、また大富豪の邸宅に呼ばれたときもビジターズ・ノートブックにサインさせられた。それは立派な革製の表紙と上質のコート紙で出来ていて、分厚く威厳がある。生来の浪費家のわたしは感銘を受け、ビジターズ・ノートブックが欲しくなった。

それから歳月が流れてロンドンに出張した折、迷わず世界一の文房具店スマイソンを訪れた。ロマンティックな男心をくすぐるステイショナリーが揃っている。洒落た便箋、封筒はもとよりゴルフのスコアブックまでも威厳をもった革張りだ。1秒も逡巡することなくスコアブックを買った。ビジターズ・ノートブックは大と小があったが、自分のマンションの狭さも顧《かえり》みず大きいほうを買った。

いままで、女房が掃除するたびに邪魔だとぶうぶう言われながら、ビジターズ・ノートブックは居間に置いてあった。それを今度仕事場兼バーのサロン・ド・シマジに移した。訪れてくるのは担当編集者がいちばん多いが、何回もサインしてもらっている。十数年前のサインを見ていたら、亡くなった2人の友人のものがあった。いまでは疎遠になってしまった友人の名前もいくつかあった。いまでもよく会っている友人のサインも多くあった。人生にとって10年もの歳月は大きい。仲良く夫婦で訪ねてきた後輩が、3組も離婚していた。可憐な肉筆でサインした彼女は、いまどうしているのだろう。まさに人生は恐ろしい冗談の連続である。

そういうわたしも、いまでは神保町の人ではなくなった。広尾の家から半径100メートル以内で生活している。仕事の打ち合わせもこの半径内で済ませている。本の購入も出来るだけ本屋に行くことにしているが、ついついアマゾンに頼ってしまう。売文の徒になっていちばん困ったことは、いままで社費でご馳走していた癖が抜けなくて、若い担当編集者に払ってもらうと、何か違和感を感じる。これはいずれ慣れるだろうけど。だからわたしは「サロン・ド・シマジ」にそのあと招いてビジターズ・ノートブックに名前をサインしてもらって、シングルモルトをご馳走することにしている。いま「サロン・ド・シマジ」には200本以上のシングルモルトのボトルが転がっている。

飲み方はかなり凝っている。食事をしながらはタリスカーをソーダ割りでやって、アフター・ディナーの場合は、珍しい年代もののシングルモルトを氷の入ったシェイカーにジガーでシングルを入れ、同じ量のグレンリベット・ウオーターを入れてシェイクする。この水はまさにウイスキーのマザー・ウオーターだ。スペイ川の水で、シェイクするとモルトの香りが立ってくる。これ以上に水っぽくならないので、来訪者には人気がある。

さてビジターズ・ノートブックだが、欧米ではパーティでワインやら何やらかかった経費のレシートと参席者のサインを税務署に提出するために不可欠な必需品だ。そうしないとパーティの経費を税金で落とせない。

わたしも来年税務署に申告するとき、このビジターズ・ノートブックとシングルモルトの領収書を持って行って交渉しようかと考えている。わたしにとって、シングルモルトはいまでは連載のための必要経費であり、生きるための必需品なのである。

モンパルナスの〝小人の大魔羅男〟

いま発売している『新潮45』の不定期連載シリーズ「ゆかいな怪物伝」で、わたしはレオナール・フジタを書いている。レオナール・フジタとはエコール・ド・パリ時代、日本人でただ一人勇名を馳せた天才画家、藤田嗣治のことである。

フジタはまれに見る巨根の持ち主であった。子供のころからそうだった。家に訪ねてきた軍人に「おまえは男の子か女の子か」と訊かれると「ぼくのは和製じゃないぜ、舶来だ」と言って子供ながらも立派な一物を開陳した。モンパルナスの修業時代に、この巨根が大いにモノをいう。サービス精神旺盛なフジタは、アトリエに背丈を超すくらいの大きなベニヤ板を用意していた。カップルの客たちは男と女と左右に分かれ、ベニヤ板の丸い穴に男たちがペニスを差し込む。それを見て女たちが誰のモノか当てるという、刺激的なゲームをしょっちゅうやっていた。

フジタのペニスは外人を向こうにまわしても見劣りしなかった。しかも彼は、手先の器用さでもって、巨大なペニスにイボイボまでこしらえていた。最晩年、膀胱ガンでチューリッヒ州立病院に入院していたとき、見舞いに来た親しい若い画家が寝返りさせるのを手伝った。そのとき寝間着の下から見事な一物が現れた。見舞客が驚いていると、フジタは自慢して言った。「どうだ、凄いだろう」

わたしの後輩にも酒を飲むと、すぐズボンを下ろしてペニスを見せるヤツがいる。彼も立派な一物の持ち主だが、どうも巨根男には露出狂が多いようだ。余談だが、知り合いの泌尿器科のドクターのところにある日、ものの凄い巨根男が現れて訴えた。「先生、わたしは短小包茎なんでしょうか」「包茎ではないが小さいほうだね」

とドクターは皮肉を込めて答えてやった。

モンパルナスの小人の大魔羅男フジタは、普通の日本人が持つ性器コンプレックスは微塵も感じなかった。それがどんなに陰の原動力になったことか。言葉が少しずつ通じてくると、日本に愛妻を残してきているのにもかかわらず妖刀でパリジェンヌを次から次へと薙ぎ倒した。結局、日本人妻とは離婚したが、フジタは3人のパリジェンヌと結婚して別れた。「どういうわけかおれは、女房運の悪い男でね。女房だけには一人も恵まれておらん」と友人に話している。

だが晩年、再び日本人女性を娶った。彼女とは死ぬまで一緒だった。男の一物をシェークスピアは「良心なき正直者」と呼んでいる。何処でもいつでもだれを相手にしても、たちまち反応してしまうペニスに対して言い得て妙である。フジタの歴戦の良心なき正直者もついに静かに日本の女性の鞘に収まった。

フジタは4歳で実の母親と死に別れている。軍医総監まで出世したフジタの父親は再婚した。彼はいつも肌身離さず母の一枚の写真を持っていた。フジタの女遍歴は、まさに男の子の「母を訪ねて三千里」の旅であった。すべての女好きの艶福家にいえることだが、女の身体の温もりが感じられても、結局は母の心の温もりを掴むことは到底出来ないのである。

どうしてわたしが藤田嗣治の怪物性を牽《けん》強附会《きょうふかい》なタッチで書きたくなったか。その謎は『新潮45』を読んでもらえばわかっていただけるはずである。フジタはじつに可哀想で稀有な天才画家だったのである。

奇妙な〝愛人〟たちに囲まれた還暦の夜

先日、大阪のリーガロイヤルホテルで、やしきたかじんさんの還暦パーティが催された。500人強の各界の人たち、新地のママやホステス、京都の舞妓たちが参集した。情熱の人、たかじん編集長（彼をわたしは編集長と呼び、わたしのことをボスと呼ぶ。そのころ『たかじん』という雑誌を編集していた）は最後にいつもより感情をいっぱい込めて、熱唱した。わたしの側にいた見知らぬ男の客は、すすり泣いていた。わたしもうるうるしてきた。どうしてたかじんの歌を聴くと、みんなこんなに泣けるんだろう。パーティの終わりに編集長がスピーチした。「60年間の人生を振り返り思うことは、あなたの財産は何ですかと訊かれたら、迷わず友達です、と言えることです。みなさん、本日は有り難うございました」

8年前、わたしも還暦の祝いをしてもらった。デザイナーの中城裕志が音頭を取り、カメラマンの平地勲、ヤスクニ、集英社から鬼木、トモジ、菊地の面々が参席した。わたしが少し遅れて行くと、彼らは女装して待っていた。幹事の中城が言った。「シマジさん、今夜は自前でやるんでお金がないから女を呼べないんで、みんなでお化粧して女装したんです」

わたしは感動した。何というアイデアか。本物の女より胸にぐっとくるものがあった。180センチある大男のトモジの膨らんだ胸に、巨乳好きのわたしはむらむらときた。ヤスクニのバドワイザーのワンピース姿に勃起しそうになった。こいつらは女に食傷しているバカ殿の心中を察してこの企画を考えやがったんだな、とわたしは興奮した。

トモジが酔っぱらって言った。「シマジさん、今夜はここの女のなかで気に入ったのがいたら、ベッドもお供します」「やあ、有り難う。どの女も気に入った。一つお願いがあるんだ。この格好でいまから銀座に飲みに行こうぜ。おまえたちの美しさは銀座の女に負けないよ」

赤坂から銀座に河岸を変えると、本物のホステスたちは「キャー、キャー」と絶叫して歓待してくれた。突然のことでわたしは心の準備もなく、こんな奇妙な〝愛人〟に囲まれて60歳の還暦の夜を迎えたのだった。愛人6名とは深夜の2時過ぎに解散した。みんなべろべろだった。あんな格好でタクシーに乗ったら、さぞ運転手は驚いてることだろう。あの格好でうちの玄関を入ったことを想像するだけで、わたしは笑いが止まらなかった。

金髪のヘアにルージュを塗って、巨乳を強調した胸元が大きく開いた真っ赤なワンピースを着たトモジがうちに入ると、美人の妻が絶叫した。「あなたどうしたの!? その格好は?」「シマジさんの還暦祝いで仕方なくやったんだ」「わあ、気持ち悪い。あなたにそんな趣味があったなんて知らなかったわ」「仕方ないだろう。みんなでやろうということになったんだから」「じゃあ、あなたはみんなでやろうといったら、浮気だってやるの」「それとこれとはわけが違う」

泥酔し朦朧とした頭でトモジは才媛の妻に太刀打ち出来るわけがない。

男同士の熱い友情をどうして才媛にわかりようか。所詮、男は女には理解出来ない動物であり、女は男にとって理解出来ない動物なのである。それでいいのだ。

心のなかでトランペットが高らかに鳴った

わたしの愛しい処女作『甘い生活』（講談社）が重版になった。何と発売して5日目のことだ。

その版が本日、本屋の店頭に並ぶのだ。人生68年、久しぶりに心のなかでトランペットが高らかに鳴った。

いの一番に『週刊新潮』で取り上げてくれた福田和也さんには、足を向けて寝られない。この雑誌はいつも買っているので、なにげなくページをめくっていたら、福田和也の「世間の値打ち」という大好きな連載のタイトルに「編集者『島地勝彦』の初々しくない『処女作』」とあるではないか。ちょうどわたしは、やしきたかじんさんの還暦祝いに参席し、大阪からの帰りの新幹線のなかだった。思わず辺り構わず「おお！」と雄叫びをあげた。三億円の宝くじに当たったような興奮を覚えた。

しかも一流文芸評論家は深く読み込んでくれていた。「『半立ちの魔羅こそが文化なのである』『インテリは禁煙するが、ジェントルマンは吸い続ける』『大僧正の箴言——女は、ブスのほうが床上手』『人類はどうしてゴルフとフェラチオが好きなのか？』『人生は恐ろしい冗談の連続である』なんていう章タイトルを並べる人の、どこが初々しいの。堂々たるものじゃないか。どれをとっても、読まずにはいられないタイトルばかり」

「東スポ」でちょうど3年、愛読してくれている読者だったら、ああ、あの話かと思うにちがいない。

今東光大僧正の人生相談を、中学生のときに同時代で愛読していたおませだった福田さんが、わたしが可愛がっている講談社の有能な編集者、瀬尾傑君を通して、シマジさんに今さんの秘話を訊きたいと申しこんできた。調子に乗ったシマジは一晩、今東光外伝の一席をどもりながら、口角泡を飛ばして喋った。福田さんと瀬尾君は笑い転げた。場所は浅草の「寿」だったような気がする。福田さんはシマジのことを、こうも評価していた。「けして威圧的じゃないんだよ。偉そうじゃない。磊落で、機嫌が良くて。遊び倒した人ならではの光暈《こううん》に包まれている。あの照りはね、何十年もかけ、バー・カウンターで磨きあげないと出ない。修行ですよ、やっぱり人生は。男を磨かないと」と若い才媛の編集者を向こうにまわして対談ふうにまとめてあった。

　感極まったわたしは、心のなかでオナニーをしてしまった。達意の文章に当てられ、久しぶりにドピッと年甲斐もなく射精した。もちろん福田さんには熱い礼状をしたためた。

　また、何人もの人から感想が送られてきた。「シマジさんの書くものは、人生の喜怒哀楽なのでしょうが、そのなかの〝怒〟がないのが素晴らしいです。だから読んでいて、すがすがしく感じるのでしょう」「直腸ガンになったこと、心臓のバイパス手術を受けたこと、そしてお嬢さんが亡くなったこと全然知りませんでした。でも、人生は恐ろしい冗談の連続だ、と笑い飛ばすシマジさんに感動します」「きっとシバレンさんも今さんも開高さんもシマジさんといて愉しかったんでしょうね」「あの『ローマ人の物語』の大作家、塩野七生さんが推薦文のなかで〝ファックやオナニー〟と書いているのには、驚き且つ感動しました」「瀬戸内寂聴さん、塩野七生さんが立派すぎて、シマジさんが太刀持ちと露払いの間に挟まってとても小さく見えました」

　そういうものだ。

4升のどぶろくが空になった「シマジ・サミット」

編集者時代、わたしは多くの作家たちと仕事をしてきたが、いま立場が逆転して7人の編集者たちと仕事をしている。これを〝7人の侍〟と呼んでいる。この一騎当千の侍編集者たちとは、しょっちゅう〝個人宴〟をやって意思の疎通をはかっているが、全員一緒に会ったことはなかった。わたしの作品のすべて、彼らとの合作なのだ。そこでわたしは感謝の意味も込めて、〝シマジ・サミット〟を思いつき、先夜、華々しく招集した。

場所は六本木の「爐談」、料理は丹波の熊肉3キロの鍋、酒は瀬戸内寂聴御用達の浄法寺町のどぶろく4升。

紅白のどぶろくを試飲しながら待ってると、高級ゴルフ雑誌『Ｃｈｏｉｃｅ』の大川喬司がまず現れた。彼は今様のイケメン編集者だ。この冬、あんまり可愛いのでピーコートをやってしまった。いまモテモテの人生だろう。2番目に入ってきたのは、『リベラルタイム』の板本真樹だ。彼とは「ロマンティックな愚か者」というタイトルで、日本中のコレクターを取材している。いつもわたしの脇で鋭い質問を放っている。

同時に美女と野獣が入ってきた。美女は『新潮45』の、若いころの倍賞千恵子そっくりの才媛、中島麻美だ。この雑誌では「ゆかいな怪物伝」を不定期に連載している。美女は花束を抱えてやってきた。野獣は名にし負う「東スポ」の担当記者の古川泰裕だ。毎週原稿を送稿すると的確なコメントをくれる。

ちょっと遅れてきたのは、『甘い生活』の担当編集者の原田隆だ。この人物なくしてあの〝名著〟は出来なかったろう。続けて入ってきたのは、これまた熊のようにエネルギッシュなサイト『現代ビジネス』の瀬尾傑。近々「ネスプレッソ・ブレーク・タイム@カフェ・ド・シマジ」を連載する予定だ。しんがりは、いま人気絶好調の日経BPnet「乗り移り人生相談」の名相棒、三橋英之だ。みんな初顔合わせだが、集まった瞬間から盛り上がり、狂乱怒濤の宴がはじまった。シバレン先生が「シマジ、シマジ」と愛情込めて呼び捨てしていたように、わたしも彼らを全員呼び捨てである。

時間とともにシマジ・サミットはさらに熱と狂をおびてきた。うまい、うまいと2時間で3キロの熊肉を平らげ、4升のどぶろくを空にした。鯨飲馬食した8人は、一路、わたしの仕事場兼バーのサロン・ド・シマジへと急行した。

ちょうど1年前、退職金をはたいて購入したマッカランのレッドリボンを、今夜、みんなで飲もうと約束していたのだ。このレッドリボンが造られた1950年は、彼らはまだ精子にも卵子にもなっていなかった。この典雅にしていまなお馥郁《ふくいく》たる生命力を誇っているレッドリボンの香りと厚みと味には、全員が感涙にむせんだ。みんな残り少なくなったボトルを恨めしそうに眺めながら、「もう一杯」という顔をしている。「頼む、これは残しておいてくれ。福田和也さんと中瀬ゆかりの分なんだ。彼らと約束してるんだ」とわたしは絶叫しながら懇願した。

だれもが愉しくて時の過ぎるのを忘れた。いま物書きと編集者の関係は日に日に希薄になってきている。凡庸な編集者は、メールとファックスだけで仕事を済ませてしまう。世も末だ。

狂乱のシマジ・サミットは、夜がしらじら明けるころ閉会になった。わたしは若くて凄いこいつらを心から自慢したい。物書きの幸運は才能ある編集者に恵まれることである。

ファーストクラスに乗りたければ、仕事もファーストクラスで仕上げよ

「シマジくん、ジャックダニエルのタイアップの取材でアメリカに行ってくれないか」と、広告部の大好きな先輩の滝さんに言われたのは、わたしが『PLAYBOY』の副編集長のときだった。そのときは天にも昇る心地だったが、ぐっと抑えて答えた。「条件がありますカメラマンは操上和美《くりがみ》さん、それに往復ファーストで行かせてください」「あいいよ。操上さんが行ってくれるのなら仕方ないだろう」と、先輩は意外と鷹揚に条件を呑んでくれた。何でこんな乱暴なことを口にしたかというと、そのころタイムライフの創設者ヘンリー・ルースの伝記を読んでいて、ルース社長は海外に出張する記者を社長室に呼ぶと、必ずこう言ったというのだ。「君、飛行機はファーストで行きなさい。それでぐっすり寝て着いたその日から元気に取材してください。もちろん原稿もファーストクラスでね」

若かったわたしはこのセリフに感動したものだ。そしてわたしも付け加えた。「滝さん、もちろん写真も原稿もファーストクラスで仕上げます」

操上さんとは、じつは以前JALのファーストクラスのなかで偶然隣り合わせになって親しくなった。コマーシャルで忙しい操上さんは、このタイアップ取材を快く引き受けてくれた。

アメリカ南部のナッシュビルに近いリンチバーグ村にジャックダニエルの蒸留所はあった。広報部長に会ったら、どんなにジャックダニエルを愛飲してるのか訊かれた。わたしは胸を張って答えた。朝、顔を洗った後アストリンゼンの代わりにジャックダニエルをつ

けている。オーデコロンの代わりにも使う。誕生日にはバスタブにジャックダニエルをちょっと垂らして、〝ジャックダニエル風呂〟に入っている。夜はまずジャックダニエルのソーダ割りではじめ、オンザロックを飲み続け、最後はストレートで終わる。広報部長は目を輝かせて、「うちの何を取材したいんだ」と興奮して尋ねてきた。

「まず、ジャックダニエルさんの墓！」「面白い。そんなことを言われたのははじめてだ。すぐ案内するよ」

墓は蒸留所からほど近い丘の上にあった。不思議なことに、そこには椅子が2つ置かれていた。これはダニエルさんが、あまりに女にモテモテで生涯独身を通し、墓参りに来た女たちがかち合って一人だけ座るのは可哀想だから、2脚置けと遺言で言ったからだ。粋な計らいではないか。「どうだろう。この墓、絵になりますよね」

すると天才写真家の操上和美さんが「う〜ん、雪が欲しい。うっすらと雪化粧したら最高だね」と言った。

確かに2月のリンチバーグ村は寒かった。わたしは広報部長に訊いた。「ここは雪が降るんですか？」「ここ3〜4年降ったことがないね」

その夜、われわれはいまでも禁酒法が生きているリンチバーグ村の小さなホテルで、カーテンをしっかり閉めきり、もらったジャックダニエルをしたたか飲みながら雪が降ることを祈った。

翌朝、奇蹟が起こった。窓を開けるとちらちら白いモノが空から落ちているではないか。そしてファーストクラスの写真と原稿を、約束通りに滝さんに渡すことが出来たのである。

1億円損しても、タダでは起きない男

生まれて初めて、わが友やしきたかじんのコンサートに行った。新宿厚生年金会館満席2000人の観客を前に熱唱するたかじんは、高級クラブの個室でわたしの隣でカラオケで歌ってくれるたかじんとは別人だった。歌はさらに熱を帯び、そして悲しくむせび泣く。男と女のバラードをシャンソン風に気を入れて歌い上げている。水を打ったような静寂のなかで、たかじんの切ない美声だけが2000人の心に迫り沁みていく。全員が感極まってもう泣きそうになって、嗚咽《おえつ》もあちこちから聞こえている。

歌が最高潮に盛り上がり、終わると、突然、軽快なトークショーがはじまった。バラードとはガラッと変わり、今度は2000人の観客を抱腹絶倒の笑いの渦に巻き込んだ。涙と笑いのコンサートは、天才エンターテイナーやしきたかじんにしか出来ない熱狂のライブである。歌でたっぷり泣かしておいて、そのあとたっぷり笑わせてしまうのだ。たかじんコンサートはまさに至芸、アートだ。「このコンサートは歌は何とかなるんやけど、間に挟むトークのネタを考えるのが大変なんですわ。いつも新しいネタを仕込まないとすぐ飽きられてしまいますねん。厳しいんですわ。せやからこのコンサートは、毎年なんてとても出来ませんねん。これだけの新ネタを仕込むのには何年間もかかりますねん」

ひとつ紹介しよう。

たかじんはかなり年を取ってから、知り合いから競馬の馬券の買い方を教わり〝鉄板馬券〟を100万円買った。が、不運にも当たらなかった。こうなったら馬主になって勝負しようと決断した。北海道の牧場に行き、大枚2500万円はたいて、よさそうな競走馬の仔馬を購入した。いよいよレースに出た。どうしたんだろう。馬主たかじんの馬はスタートを切った直後、他の馬と競って走らず、後からただトボトボついて行くだけではないか。競争嫌いのノイローゼの馬だった。われらがたかじんは懲りずに2頭目を購入した。今度の馬はゲートインさせようとすると、ヒヒーンと興奮して暴れ出すではないか。この馬は閉所恐怖症の馬だった。レースも走らずに引退した。3頭目は血の気の多い馬で、レース中大量に鼻血を流すので、ジョッキーが上体を左右に振っているではないか。ジョッキーも馬も血まみれになって走ってる。結局、貧血を起こして最後まで走れなかった。4頭目は瞬発力も持久力も抜群で元気な馬だったが、乱暴で抜かれそうになると他の馬の首に噛みついて失格になってしまった。結果、1億円を大損した体験談を独特かつ見事な話術で語るのだ。内容といい間の取り方といい、秀逸な第一級の話芸である。

と、照明が一瞬にして暗くなり、再びたかじんはしんみりと歌い出す。

そういえば今回のコンサートは7年ぶりだそうだ。「観客はもっともっとおもろい刺激的なハナシを聴きたがるんですわ」「ジョークがよく効いたあの洒落たストーリーは、全部自分で作ったんですか」「なんちゅうても自分の体験談ですから、自分でないと出来ませんねん」「やしき編集長、今夜収録したトークショーは、来年早々創刊する『MY MAGAZINE たかじん』に入れますね。なかなか文章で笑わせるのは至難の業ですが――」「ジョーク研究家のボスなら出来ますよ」

神に嫉妬された君は、天に召されてしまった

マイケル・ジャクソンの映画『THIS IS IT』を観た。マイケルはやっぱり正真正銘の天才だった。68歳のわたしの心を揺さぶり、感動させ、泣かせた。

この映画は、7月からはじまるはずだったロンドン公演のリハーサルの様子を収録したドキュメント・フィルムである。マイケルのオーラ満載の作品だ。天才は死んでからも優に100億円を稼ぎ出した。彼は超一流のシンガーであり、ダンサーであり、パフォーマーであり、プロデューサーであった。

リハーサル中のマイケルが一緒に出演する仲間や裏方の人たちにみせる優しい気遣いに心打たれる。天才は神に近づいたかのように、寛大にして美しい。ディレクターが「これはまるでロックの教会だ！」と叫ぶ。整形でいじり過ぎたマイケルの顔に本物の慈悲の表情をわたしは見た。マイケル、何をしようとわたしは許す。君が父親を近親憎悪で激しく嫌い、黒い肌を漂白したことだって許す。

このドキュメント映画は、わたしの親しい音楽評論家・安倍寧さんによれば、ロス時刻2009年6月23日の最後のリハーサル風景まで撮影されたものだそうだ。リハーサル最終日、マイケルは翌月からロンドンではじまる長いコンサート・ツアーを前にして仲間にスピーチした。「このリハーサルを理解して忍耐していただいたことを感謝します。このコンサートはまさにアドベンチャーです」

マイケル、どうして君は死んだんだ。急死する2日前まであんなに飛んだり跳ねたりして元気だった君が。どう考えても君の死はわたしの想像を絶する。20年以上前、『週刊プレイボーイ』の編集長のころ、読者を連れて

マイケルのコンサートをアメリカで観たことがある。例のムーン・ウォークを遠くから観たが、今度のロンドン・ツアーは仕掛けも凝っていて、スケールも大きい。7月から来年の3月まで50回のロング・コンサートを目前にして、君は突然、何の前触れもなく逝った。

リハーサル中のマイケルを観る限り、君は人間の領域を超えた。これぞ超至芸だ。神が君に与えた才能をフルに活かし、神が思っていた以上にやり遂げた。神に嫉妬された君は天に召されたのだ。と、凡庸なわたしは想像をたくましくしている。「人には必ず輝ける一瞬がある」と、シュテファン・ツバイクが書いている。マイケル、スーパースターだった君が最高に輝いた瞬間は、あの〝リハーサル中のマイケル〟だったのではないだろうか。リハーサルの裏方の惜しみない拍手は、コンサートでの5万人の聴衆の拍手に遥かにまさる。

マイケル、あのリハーサルでみせた君の哲学にわたしは同感した。密林が伐採されていくなか、地球が破壊されていくなか、君は歌う。「いまだったらまだ間に合う。みんなでわたしたちの地球を救おう——」

普段、わたしは1000円で映画を観られるのだが、この〝最後のリハーサル〟映画は六本木ヒルズのプレミアム・ホールで3000円払って観た。驚いたことに満席の観客は、映画が終了して劇場が明るくなっても、誰も席を立たなかった。神に近づき神に召されてしまったマイケル・ジャクソンに、心のなかで絶大なる拍手を送っているようだった。何人かはまるで君のロンドンのコンサートを観たかのように拍手していた。マイケル、全世界の人たちが君を忘れることは決してない。

〝強運〟という名の人生の武器を持って

先日の日曜日、処女作『甘い生活』のサイン会&講演会を生まれて初めて三省堂本店でやった。日曜日の夕刻だというのに、三省堂の亀井社長が腰を抜かすほどの熱狂的な読者が100名強も参集し、大盛況であった。

講演の題目は「鍾愛（しょうあい、深く愛するの意）する神保町」であった。ここは42年8ヵ月、晴れた日も雨の日も風の日も通った街である。若きシマジが天から授かった〝強運〟という名の人生の武器を持って、勇気と好奇心と情熱と潤沢な取材費をフトコロに戦った青春の街であり戦場であった。

読者が目を輝かせたのは、どうしたら強運を維持出来るのか、という今東光大僧正の教えを披露したときだ。これはここだけの秘密にして欲しいと頼んで告白した。いままで鍾愛《しょうあい》する「東スポ」の読者に伝えなかった有り難い教えである。もう一つ、有縁《うえん》という話をした。これも有り難い仏教の教えであるが、ここでは割愛する。有り難いことに、何人かの集英社の仲間が応援に駆けつけてくれた。クンタ（鈴木晴彦）やトモジ（田中知二、元『週刊プレイボーイ』編集長）の顔もそのなかにあった。

翌日、トモジが、部下の近田卓郎を席に呼びつけて怒鳴りつけた。「近田、おまえは昨日の日曜日、何で三省堂に来なかったんだ。シマジさんは編集者としては有名だが、作家としては一介の新人だ。昨日の講演会に集まったのは、おれを入れてたったの7人だった。さすがのシマジさんも落胆の色を隠せず、調子を崩してどもりまくっていた。おれは可哀想で心で泣いた。シマジさんは後ろのドアのほうに寂しそうな目線を送り、近田はまだかという表情をしていたぞ」「す、すみません。い、い、急ぐ、しゅ、取材が入ってしまったんです」「そんな言い訳でシマジさんが許してくれると思ってるのか。甘い！近田。おれならすぐ長文の手紙を巻紙に書いて速達で送るな」「す、すみません。て、て、手紙か、か、書きます」「そうしろ。シマジさんがあまりに可哀想だった。講演のあと、いつもあんなに元気でご機嫌な人が、一人寂しく肩を落として夜の神保町に消えて行った。まあ新人作家にはよくあることだがな」「い、一言《いちごん》もあ、ありません」

翌日、可愛いどもりの後輩、近田から長文の封書が送られてきた。「拝啓　全国の男たちが心を勃起させて待ち望んだ『甘い生活』の御出版遅ればせながら心よりお祝い申し上げます。そして大変申し訳ございませんでした。お祝いをすると同時に謝罪をさせて頂くという無礼な振る舞いをお許し下さい。ただ一刻も早く頭を下げさせて頂きたくて。私情を連ねて恐縮ですが会社の大先輩、どもりの先輩、そして人生の大大大先輩の記念出版イベント。事前に行かせて頂くとお伝えしながらの御無礼、重ね重ね申し訳ございませんでした。いまでも三省堂の前を通るたびに頭を下げてる思いです。言い訳は言いません。近い将来、次の新刊がご出版された際には、列の一番前に並ぶことをここに誓わせて頂きます。両親や祖母に至っては『こんな素晴らしい本に取り上げられ、お前は幸せものだね』の感動の一言です」(以下紙面の都合上省略)

近田、どもりの愛すべき近田、わたしは何とも思っていない。悪いのはトモジだ。ただ、こんなイタズラに引っ掛かるとは、おまえはまだまだ人生の修業が足りない。まさに人生は恐ろしい冗談なんだぞ。

東インド会社が造ったチャンピオンコース

いま、ゴルフの楽園はどこかと訊かれたら迷わずジャカルタをあげたい。インドネシアの首都ジャカルタは活気に満ちている。

JAL直行便で7時間飛べば、この楽園に着く。時差がたったの2時間なので、着いてすぐ元気に活動出来る。毎日午後2時過ぎの出発便があり9時ごろ到着、帰りは夜の12時に出発し翌朝7時に帰国するので極めて便利である。

わたしを熱く迎えてくれたのは、伊藤博文JALジャカルタ支店長で、もう20年以上の旧知の仲である。今回の最大の目的は、インドネシア最古のゴルフ場ジャカルタゴルフ倶楽部でプレイすることだ。現地時間午後7時半、もう一人手広くトラベル・サービスをやっている巨漢の松田祐介さんを入れて中華料理を愉しんだ。松田さんは大学を出るとすぐジャカルタにやってきて仕事をはじめ、18年になるという。3年前にはバリ島のテロ爆破事故で、最愛のインドネシア人の美人妻を亡くした。彼も1ヵ月集中治療室で過ごすほどの重傷を負った。一人娘は幸い軽傷だった。たまたま爆発したディスコのそばの海岸で、家族でバーベキューをやっていたときの出来事である。歳月が悲しみを癒してくれるのだろうか、大男の松田さんは元気に振る舞っていた。わたしは会った瞬間から、そんな彼が好きになった。

ジャカルタゴルフ倶楽部の創立は、1872年である。明治5年のことだ。日本の最古ゴルフ場、神戸ゴルフ倶楽部（六甲山）に18ホール出来たのは、明治37年だから、遅れること32年だ。それも六甲山のゴルフ場は、ショートホールに毛が生えたくらいのものだが、こちらジャカルタゴルフ倶楽部はオランダの植民地時代、東インド会社が造ったチャンピオンコースである。136年の輝ける歴史が、左右からフェアウェイにはみ出している高さ30メートルもの鬱蒼とした大木群に現れている。ちょうど、パインの巨木が林立するサンフランシスコのオリンピック倶楽部を思い出した。晴天下でも暗く感じる恐怖感が、ますますプレイヤーにプレッシャーをかける。こんなに樹木がハザードになってるコースは、わたしも初めてである。しかもむかしのコースなのに結構長いし、もちろん狭い。そしてやたらと池がある。平均300ヤード飛ばす松田さんは手こずっていたし、伊藤支店長もここは嫌いなコースですと言っていたが、わたしは100近く打ったものの、すこぶる気に入った。136年前にこんなモンスターみたいなコースを造ったオランダ人に敬意を表したい。ゴルフをよく知ったゴルファーが造ったのだろう。いまでも威厳に満ちたたたずまいに脱帽した。ジャカルタにはジャック・ニクラスが設計しサインしたシグニチャー・コースがある。どこのゴルフ場のグリーンも南国としては考えられないくらいに速い。メンテナンスも秀逸だ。当たり前のようにワンバッグ・ワンキャディで、しかもキャディがよく訓練されている。この最古のゴルフ場は男のキャディだったけれど、ほかのゴルフ場はピチピチの若い女性のキャディである。勿体ないことに、17歳でなって25歳で定年だそうだ。そのあと日本に来て働いてもらいたいものだ。

11月から4月は雨季だが、午前中は晴天だ。5月から10月まで乾季なので、日本よりも涼しい。驚いたことに、ジャカルタ最古の名門ゴルフ場のグリーンフィは、日曜日だというのに、何と3000円だった。すべての物価が日本の10分の1である。

人生の達人は日本で働いてジャカルタで愉しく遊ぶ

ジャカルタ・ツアーで驚いたのは、いまは雨季だが午前中は晴天続きなことだ。人口は東京と同じくらいだが、働き手が毎年うじゃうじゃ湧いてくるほど多いらしい。労働力が余っているので、課長クラスぐらいから運転手付きのクルマに乗っている。住み心地がいいからか、一度でもこの都に駐在した日本人は、定年退職すると再びこの国に戻ってくる。退職金で家を買って、メイドと運転手を雇ってゴルフ三昧の毎日を日本の年金でやっていける。食費も含めすべての物価が日本の10分の1というのが魅力だ。日本で1LDKを買う金額で、4LDKが買えるのである。

単身赴任した日本の企業戦士たちは、人生を謳歌している。何せ日本円で8000円も出せば、3Pが愉しめるセックス王国だとか。住み込みメイドは、原則としてスリッパを履かない。もし履いていたら、そこの主人と情を通じているというシグナルなのだ。また、奥さんは大抵クルマのバックシートに座るのだが、もし助手席に座っていると運転手と出来ている証拠だそうである。

こちらの富裕層は、日本では考えられないほどの大邸宅に住んでいる。この国では相続税が皆無なので、持ち主が死んでも税金がかかる心配がないからだ。

ここの国にはいまだ老人ホームがない。ちょうど戦前の日本である。日本も、戦前は3世代一緒に住んでいたが、アメリカによって戦後あの懐かしい家族制度が破壊されて、核家族になってしまった。結果、いま老人介護が大変な問題になっている。インドネシアでは3世代、4世代が仲良く暮らしている。そんな国から多くの若い女性が介護士の資格を取りに日本にやって来ている。試験は日本語でやるので、受かる人は極めて少ない。落ちた人は再び国に帰るのだが、老人ホームがないので折角覚えた技術を使う道がない。イスラム教の国だから、早朝４時45分、正午の12時、さらに15時20分、17時58分、19時９分に荘厳なコーランの読経が街に流れ、ゴルフ場のグリーンの上までもそよ風に乗ってよく聞こえてくる。有り難いことにほとんどのレストランで酒は何でも飲める。いわばソフト・イスラムの国なのである。１ヵ月の平均出費は２万円もいかない国だから愉しそうに暮らしている。日本で働いてジャカルタで愉しく遊ぶ。これが人生の達人の生き方のようだ。

ゴルフ場はホテルから30〜40分のところに20ヵ所くらいある。どこのゴルフ場もワンバッグ・ワンキャディで持ち帰りたくなるような可愛い若い女の子が付く。しかも彼女らはよくゴルフを知っている。いろんな国からプレイしに来るが平気でボールを触って６インチプレースをしているのは日本人だけだといっていた。じつに嘆かわしいことである。

今回、４ヵ所のレストランで食事した。どこもはずれはなかった。中華料理もうまかったし、韓国料理の焼き肉屋も感心した。地元のインドネシア料理も感動した。特に海老料理は海に恵まれているせいか、秀逸であった。しかも、どれもこれも安い。男４人で酒付きでたらふく食べて総額１万円ちょっとであった。

植民地時代のオランダ東インド会社のＶＯＣのマークが入った１００年以上前の皿を探しに、アンティーク・ショップが50軒も建ち並ぶストリートに行った。１万円の皿を値切って、値切って１０００円で買った。いま書斎の壁に飾っている。来年も必ず再訪する予定である。コセコセした日本から７時間で年中短パンの世界が待っている。

言葉はまさに魔物である

　外国人のなかには日本人より日本語を流暢に話す人がよくいる。わたしの知己の明治大学のマーク・ピーターセン教授やプライベイト・レッスンを受けている元「ジャパンタイムズ」の校閲者だったジェフ・トンプソン先生などはいまの日本の若者より美しくて正確な日本語を操る。彼らは生まれつき言葉が大好きで、また言葉に厳しい。わたしが『リベラルタイム』誌の連載で「ウォーキング・ヒユミドール（葉巻の給湿器）」と書いていたら、ジェフがそれは間違い、正確には「ウォーク・イン・ヒユミドール」だと教えてくれた。住み込み家政婦は、リビング・メイドではなくリブ・イン・メイドと言うのだそうだ。

　そのジェフがまだ若いとき、外国人の仲間で流行ったアルバイトがあった。それはホテルで行われる結婚式で、ニセ牧師になりすまして新郎新婦に宣誓させる簡単な決まり文句を言えば、大枚アルバイト料をもらえる仕事だった。でも、まだ日本語が生半可な外国人は、よく失敗をやらかしてしまうらしい。日本に来てまだ日が浅いカナダ出身のジェフの友人が、牧師の衣装を纏《まと》い厳かに語った。

「あなた方は、これから人生の長い道のりを手を取り合って生きて行かねばなりません」というところを「アナタたちは、これから人生のニガイ道のりを手を取り合って生きていかねばなりません」。

　静粛な式場は、さらにシーンとなった。が、そのほうが真実のような気がしないでもない。確かに、人生は苦いものである。

　また以前、ジェフの友達で岡山にホームステイしていた英国人が、帰国を前にその街のライオンズ・クラブから講演の依頼を受けた。嬉々として壇上に立った金髪の友人は覚えたての日本語で、日本と西欧の大きな違いは母親が家にいるか、働きに外に出ているかだと違いを強調した。「アナタたちの奥様は、いわゆる専業ショウフです」「?」会場は水を打ったようにシーンとなった。「専業主婦」を「専業娼婦」といってしまったのである。でも、生活に困り娼婦をする主婦もいないことはないのだが——。反対に日本人の生半可な英語が原因で、相手を怒らせたり赤っ恥をかいたりすることもある。身障者のバスケット・チームがアメリカからやって来て、日本のハンディキャップド・メンと試合をすることになった。英語が極めてプアな通訳が、日本チームをアメリカチームに紹介した。「こちらは日本代表のエリクトリック・チェアーの選手です」と英語で言った。アメリカチームの面々は不快の表情をあらわにした。正確には「エリクトリック・パワード・ホイール・チェアー」電動車椅子と言うべきだった。電気椅子は、米国では死刑の道具である。

また、わたしの親友の立正大学の阪口大和《たいわ》教授は留学先のアメリカの大学で、会員になって互いに料理を作り合って食べるクラブに所属した。女子学生が沢山いて居心地がよく、自分は幸せ者と思ってクラブに馴染んできた矢先、そのころ耽読していた哲学者カントを自慢して「アイ・ライク・カント!」「アイ・リスペクト・カント!」と連発した。アメリカの学生たちは、ヘンな顔をしている。後に「カント」は俗語で「オマ×コ」のことだと知り、赤面したそうだ。それがトラウマになり、彼はいまでも独身者生活を余儀なくされている。いや独身を謳歌しているというべきか。聖書には、「はじめに言葉ありき」と書いてあるが、言葉はまさに魔物である。

元気以外の正義はろくなものじゃない

人生には、どんな人でも輝ける一瞬がある。2009年はわたしにとってまさに輝ける年であった。長い編集者生活から引退して筆一本で立ち上がった今年、2冊も立て続けに本を上梓した。9月末に発売した『甘い生活』は5日後に重版が入り、10日後には3刷が入り、1ヵ月後に何と4刷が入った。生まれて初めて講演&サイン会を三省堂本店でやった。初めて会う読者の面々に驚愕した。30代の美しき女性の集団が多数を占めていた。主催者側の見解によれば、これは日経BPの「乗り移り人生相談」の熱狂的なファンとのことだ。もう一つの集団が50代の男性だった。これはわたしが『週刊プレイボーイ』の編集長をやっていたときからのこれまた熱狂的なシマジ・ファンらしい。

100名強の読者たちにわたしは取って置きの秘話をしたあと、一冊一冊心を込めてサインした。「絵空事 真幻 歌心 漫《そぞ》ろに綴る 島地勝彦」。この本はわたしの68年間の人生の記録である。毎週火曜日、乾坤一《けんこんいっ》擲《てき》、「東スポ」に書き下ろしているコラムの集大成である。あの高潔な作家、塩野七生さんが推薦文に書いている。「この一冊は、ベッドのそばのサイドテーブルの上にでもおいて、眠る前に二編か三編ずつを読むのに適している。毎晩二編と規定しないのには理由がある。ファックやオナニーを話題にした編に当たったりすると、その夜は安眠どころかうなされる危険が大で、これよりはおだやかな話を読み終えてから眠りにつくほうが安全と思うからだ」。こんな危険な本がこのたび、社団法人日本図書館協会図書選定委員会から〝日本図書館協会選定図書〟に良書として選ばれたのだ。世の中にはまだまだ真の目利きがいるようだ。粋な計らいに久しぶりにひとりシャンパンを空け、心のなかで祝福の高らかなトランペットの音色に酔いしれた。やったぜシマちゃん！　それから1ヵ月半後、今度は講談社＋α新書『えこひいきされる技術』が発売になった。これも嬉しいことに1週間で重版がかかった。何人もの読者からこの1冊で元気になったといわれた。そう、人生の正義は元気である。ほかの正義はろくなものではない。この書でわたしが強調しているように、目線の低いえこひいきは国や会社を滅ぼすが、上質な脳みそに裏打ちされた〝えこひいき〟は見事な文化を生み出し、国家に利をもたらすのである。本にサインを求められるとわたしは迷わず「もっともっと　えこひいきしてください　島地勝彦」と書いた。

人生はえこひいきされてこそ潤ってくるものだ。えこひいきがないと挑戦しても大きな厚い壁は破れない。強運な人というのは、運命の女神にえこひいきされているのである。09年は健康面でも充実していた。風邪は一切引かなかったし、ガンの定期検診も心臓のチェックも無事通過した。映画もよく観たが、圧巻は『グラン・トリノ』と『THIS　IS　IT』だった。小説は『まぼろしの王都』（河出書房新社）に、ノンフィクションは『アフガン、たった一人の生還』（亜紀書房）に興奮した。アメリカ海軍のシールズのモットーは「高潔、勇敢、献身」なのだ。いま日本人にいちばん足りないところだろう。

12月31日が近づいている。わたしはこの何年も、NHKの紅白を観たことがない。三枝成彰さんプロデュースのベートーヴェン全交響曲9作品を11時間かけて聴くコンサートで過ごしている。これこそ一年の締めくくりの幸せなフィナーレなのである。じつは第9の合唱を聴きながら猛反省しているのである。

凡庸な小市民よりグラマラスな怪物を尊敬してきた

本日をもって「東スポ」の連載のタイトル「ちょいワルおやじ」は死んで「グラマラスおやじ」が誕生した。言葉というものは刺激的なほど色あせるものだ。「ちょいワルおやじ」は男性ファッション誌『LEON（レオン）』の元編集長、岸田一郎さんの造語であった。彼に断わって3年以上も使わせてもらった。今日から当コラムは改めて「グラマラスおやじの人生智」となった。「グラマラス」という英語は意味が深い。まずグラマーとは、心を迷わすような妖しい魅力、魅惑、刺激に満ちた非日常的体験。古くは魔法、魔術とある。これが形容詞の「グラマラス」になると、魅惑的な、刺激的な、冒険好きな、となる。

グラマラスおやじ——まさにわたしが目指している最終イメージだ。人生の真面目さより妖しさをわたしは子供のころから好きだった。退屈よりはらはらする冒険に満ちた人生を好んできた。凡庸な小市民よりグラマラスな怪物を尊敬してきた。女になりたいくらいの女好きが大好きだ。貯金より浪費を好みいつもひーひーいっている男が好きだ。虚無より傷心を好み、失恋したときにはひとりバーのカウンターに座り、シングルモルトで傷ついた心を消毒しながら、「人生は怖ろしい冗談の連続だ」とつぶやく男が好きだ。米国海軍のモットーに則って平時でも「高潔、勇敢、献身」を貫く男になりたいと思ってる。

新年に当たり思い出したことがある。わたしの友人に30歳以上離れた超年の差婚をした男がいる。妻は初婚だが、彼は3度目の結婚だ。律儀な彼は、いまだ結婚を許してもらっていない新妻の実家に、懲りもせず新年の挨拶にいっている。いつも玄関払いをくらい、持って行った虎屋の羊羹を挨拶した彼の頭にぶつけられて帰ってくる。それでも毎年盆暮れには挨拶を欠かさない。今年はどうだったのだろう。今年は虎屋の羊羹は止めて頭にぶつけられても痛くないように、鎌倉の名物、鳩サブレー袋入りを持っていったらどうだろうと進言しておいた。わたしも娘を持った父親として想像するに、娘が自分より上の年齢の男に抱かれることを想像すると何か気色悪い感じがする。どうしてなんだろう。

いま友人は新妻と一緒に年金生活を送っている。彼が退職するとき、後輩たちは興味を持って若い奥さんに同席してもらって送別会をした。ここでわが友人は一世一代の名スピーチをした。

「本日は妻まで呼んでいただき光栄です。なかには嫉妬の目で見てる方もいるようですが、こんな若くて美しい妻をもっていたら当然のことだと甘んじます。みなさん、じっくり彼女を見てやってください。なぜならみなさん、今度みなさんが妻を見るときは、きっとわたしの葬式のときでしょう」

ボブは70歳で大金持ちの男やもめだった。その彼がゴルフ場に25歳のとびきり美しくてグラマーなブロンド娘を連れて現れた。「ボブ、あんな可愛いガールフレンドをどこで見つけたんだい?」「ガールフレンドだと? あれはわしのワイフだよ」「どうして彼女にプロポーズしたんだい」「じつはな、ウソをついたのさ」「なんだ? じゃあ『まだ50歳だ』とでもいったのか」「なんのなんの、『わしは90歳じゃ』といったのだよ」

京都とローマ、世紀の女傑対談は一日で終わらず

ちょうど1年前、「遅れてきた新人島地勝彦さんを励ます会」を企画してくれた講談社の瀬尾傑に、わたしはずっと恩義を感じていた。それを一気に恩返しするには、いまをときめく瀬戸内寂聴さんと塩野七生さんの対談を彼にプレゼントすることだとひらめいた。いま瀬尾はウエブサイトの『現代ビジネス』の編集長だが、当時は『週刊現代』の副編集長だった。京都とローマの二人の女傑に相談すると「あなたが司会して纏《まと》めるなら、いいわよ」と快諾を得た。

ローマから帰ってきた塩野さんを案内して、少しひんやりとする京都の寂庵に瀬戸内さんを訪ねた。二人の世紀の対談はもちろん初めてのことだった。が、まるで旧知の仲だったように話はすぐさま大きな幹になり、枝から枝へと飛躍した。いまや何十万部も売れる二人の作家の初版部数は、同じくたったの3000部だったという。二人とも結婚して子供を生んで離婚した。瀬戸内さんは女の子を、塩野さんは男の子を生んだ。

瀬戸内　わたしは4つのときから育てていないんです。それだけが悔いです。

塩野　いやーあ、絶対子供はいたほうがいいですね。

瀬戸内　絶対いたほうがいい。

塩野　結婚しないと、男に対する夢が残りすぎますね。

瀬戸内　そうそう。

まだ塩野さんが結婚していたとき、イタリア人の産婦人科医だった夫が東京の学術会議にやってきた。議長をしていた東大の老教授がユーモアたっぷりにいった。「きみたちは何たることか。日本の優秀な新進気鋭の作家

をイタリアの同業者に奪われて」
　すると塩野さんの夫が立ち上がっていった。「いいえ、あなたがたは実にいい選択をなされたんです。あなたがたはうちの奥さんの書いたものを読んでるだけ。ぼくはそれがつくられる厳しい過程を見てるんです」
　たしかに作家が作品を書いているときは、部屋に異様な緊張感がみなぎり、何人《なんぴと》をも拒絶する雰囲気がある。
瀬戸内　わたしが仕事をしているとピーンと空気が張りつめていて、厚いガラスをトンカチでぶち破って入らなければ入れないっていうの。
　だから、当時同棲していた瀬戸内さんの彼は、毎晩ぐでんぐでんに酔っぱらった勢いで真夜中に帰ってきた。
塩野　目に浮かびますね、その光景は。こっちは午前中しか書かないけど、やっぱりそういう感じでしたね。
　2人とも男を捨てて、自分から家を出ていくタイプだった。
瀬戸内　だから「じゃ、もう別れよう。出ていっていいよ」といったけど、なかなか出ていかないから、わたしが出たの。
塩野　先生も出るほうなんですか。
瀬戸内　うん。
塩野　わたしも本と原稿用紙とペンと息子とメイドを連れて出たんです。だから結婚は一度で結構だと思っています。先生はどうですか。
瀬戸内　だっていま考えてどうするの。
塩野　違います。離婚したあとの若いとき。
瀬戸内　わたしももう結婚はしたくなかった。
　本音で白熱する2人の女傑対談は1日では語り切れず、ついに2日に及んで、わたしは瀬尾にたっぷり恩返しができたのだ。

30万回打って1回入る確率のチップイン・イーグル

1983年、青木功プロはハワイアン・オープンの18番ホールで逆転チップイン・イーグルをもぎ取って、日本男子プロ初の米ツアー優勝の快挙をあげた。その輝ける瞬間の出来事をインタビューするために、『Choice』誌の仕事で久しぶりにアオちゃんに会った。「シマちゃん、作家になったんだって。この間、タッチャン（立木義浩さん）に聞いたぞ」「だからこうして今日インタビューに来たんだよ。忙しいのに時間を取ってくれて有り難う」「シマちゃんがどうしてもっていうからしょうがねえだろう」

そんなわけで、日本シリーズで18歳の石川遼の最年少賞金王が決定しようとするその日、東京よみうりCCのインタビュー・ルームで27年前のミラクル・ショットの話を青木プロに訊いた。「あれはまぐれとしかいいようがないよ。計算上は30万回打って1回入る確率だそうだ。でもまぐれも才能のうちなんだよな。ワン・バウンドしてカップに吸い込まれるのを見た瞬間、おれは飛び上がって2メートルある大男のキャディのブライアン・ベリンジャーに抱きついた」

アオちゃんはまるで昨日やったがごとく熱く語りはじめた。「ラフだからフライヤーだって起こりかねない。迷わずピッチングを摑んだ。あとでビデオを見たら、おれとしては最高のフォームで打ってるんだな。運命の女神がおれに打たせてくれたとしか思えないきれいなフォームなんだ」

果たして日本人のスポーツマンが本場アメリカで通用するかどうか。それを初めて証明してくれたのがわれらが青木功だった。そのあと丸山茂樹、尾崎直道、野茂英雄、イチロー、松井秀喜と日本のアスリートが続々とアメリカに挑戦しに出かけた。

「ちょうどその1年後、ワイアラエCCの18番ホールの128ヤードの同じ地点のラフから打ったんだが、8番アイアンでもグリーンに届かなかった。1年前はまさに火事場の馬鹿力が出たんだろうな」

当時、青木は太平洋を股にかけて両方の試合をこなしていた。強靱な肉体に恵まれていたからだろう。

「でも、かあちゃん（チエ夫人）には『どんなことがあっても日本の試合に出たらベストテンからはずれない』と約束したんだ。かあちゃんは『そういう約束なら、わたしもアメリカに行って手伝うわ』といってくれたんだ」

そして青木夫妻の素敵な二人三脚がはじまった。「おれってゴルフ大好き人間なんだ。多分ゴルフをつくった神様よりおれのほうが好きじゃねえか。言い過ぎじゃねえかってよくいわれるけど、それくらい根っからゴルフが好きなんだ」

67歳のグラマラスなアオちゃんの顔は輝いていた。その日、18歳の石川遼は最年少の賞金王に輝いた。1983年のあの瞬間を、わたしは払暁のテレビに囓《かじ》りついて、ハラハラドキドキしながら観ていた。ちょうど『週刊プレイボーイ』の編集長をしていたときだ。その瞬間、石川遼はまだ精子でも卵子でもなかった。それから〝天才〟が生まれてくるには、8年の歳月を要した。27年前、ハワイアン・オープンで逆転優勝したその年、青木功はこの日本シリーズで優勝した。その青木は、いま実況中継のブースのなかで解説している。まさに人生は光陰矢のごとしである。

アオちゃん、ありがとう！

クラブに仕事をさせるのがプロ、自分でやってしまうのがアマ

70歳以上のゴルファーのために、レディースより軽いシャフトのクラブがヨネックスから発売された。わたしはまだ68歳なのだが、一足早く手に入れて使ってみた。といってもこれは2009年の12月のことである。宿敵、「東スポ」の太刀川恒夫会長の胸を借りて、戸塚カントリークラブで筆おろししてみた。親しいゴルフショップの児玉店長の説明によれば、シャフトを軽くて柔らかくするのは簡単な技術だが、軽くてある程度硬さを保つのは至難の業だそうだ。

たしかに羽のように軽いフェザーライトのシャフトは、いままで以上に軌道が狂わないらしく、わたしのボールはフェアウェイを外れず西コースのアウトを43で回った。バックナインも45で、石川遼よろしくアプローチ・サンドでチップイン・バーディまでゲットした。ここ数年、一年に7～8回、太刀川会長と戦って勝ったことがなかったのだが、その日は心胆を寒からしめた。じつは『甘い生活』のゲラチェックと『えこひいきされる技術』の執筆で、10月、11月はほとんどグリーンに出ていなかった。ジムでの筋トレもサボっていた。わたしとしてはこの上出来のスコアは、ただただフェザーライトによるところ大だと確信している。クラブのセッティングは、ウッドが1、3、5、7、9、11で、アイアンは6、7、8、9、P、A、Sの13本である。ライバルたちが見ている前で、142ヤードのパー3を6番アイアンでぴたりとワンピン内に付けた。それもバックスピンがかかったのだ。シャフトが軽いのでボールを珍しく鋭角に捉えたのだろうか。嬉しいことにアイアンはすべてバックスピンがかかるよ

うになった。その日は沢山チョコレートをいただいた。わたしは1、2、3月の冬期はプレイしないことにしている。ゴルフは緑色の芝生でないと興奮しないし、生まれつき寒いのが苦手なのだ。ホカロンを入れてのゴルフはどうも性に合わない。

わがゴルフの師匠青木功プロもいっていたが、プロとアマの大きな違いは、プロはクラブに仕事をさせるが、アマはクラブにほとんど仕事させないで自分でやってしまうそうだ。フェザーライトを振ってみて、腕の力ではなく、ただ体に巻き付けるように振り抜ければ、勝手にクラブが仕事をしてくれることを体感出来たのが嬉しい。これは40年以上ゴルフをやってきて、初めて知った感覚かもしれない。

このクラブの軽さとパワーをパンフレットで、石川遼はこう宣伝している。「お父さん達に薦めたいな！　長いクラブってパワーは出るんだけど、コントロールが難しいんですね。実は短くてもパワーが出るクラブがあるんです。45・25インチと短くて、従来より20グラムも軽い。軽くて短いからヘッドスピードが上がってコントロールもしやすい。そしてフェース《アイソメトリックフェイス》との相乗効果で、ミート率が更にアップするんです。真っ直ぐに飛ぶ、そして力強く――。ナノブイネクステージ『フェザーライト』はぼくのお薦めです」

たしかに握ったとき軽く感じる。ただしヘッドスピードが40以上のかたは使わないでくださいと但し書きが付いている。が、わたしはあえて使って成功した。最近どうも飛ばなくなったという人がもしかすると20年前の姿形のボールを打てるかもしれない。そんなわけで、今年は珍しく春の来るのがいまかいまかと待ち遠しいのである。

「バカなまねはよせ。恋は病気だ」

「文豪が逝った」といっても、これはわたしより6歳年上の親しい物書きの話である。名前は菊谷匡祐さんという。いつも達意な文章を書き、編集者たちを感動させた。わたしも編集者時代、何度その名文に酔いしれたことか。しかし文豪なみの腕なのに、なかなか書いてくれないのだ。それでいつしか編集者たちは〝文豪〟と呼ぶようになった。

ちょうど1年前、わたしの「励ます会」のパーティのとき、あまりの熱気にいつもは冷静な文豪が、自ら舞台に駆け上がり一席ぶった。多血質でいつも舞い上がるわたしに対して、「心して自重せよ」という温かいアドバイスだった。そのとき、わたしの主治医の大坪謙吾医博も出席していて、文豪が「最近ゲップがなかなかでにくい」と訴えた。主治医はすぐ胃カメラを飲むように勧めた。結果、主治医食道に4センチのガンと肝臓に少しのガンが見つかった。精密検査はステージ4Bという診断だったと文豪は笑いながら語っていた。ステージ4というのは末期ガンの部類である。当然手術は不可能だ。抗ガン剤治療を受けることになった。それからわたしの親友の元電通の専務だった高橋治之の紹介で、山形県の酵素風呂治療に行った。まだ去年の10月まではゴルフを愉しみ、酒はやめていたが、よくサロン・ド・シマジ本店に遊びにきてパイプをうまそうに燻《くゆ》らしていた。発病は多分7年前だろうと医者にいわれたが、文豪にはその兆候は微塵もなく、大酒を喰《く》らっていた。年に1度の検診でバリュウムは飲んでいたが4センチの忌まわしきガンは下を向いて大きくなっていたらしく発見されなかった。

亡くなる約1ヵ月くらいまで自宅で床に伏

せていた。今年の1月5日、わたしと携帯電話で新年の挨拶をしながら話したときはまだ元気だった。「おれが97歳で、君が91歳になったら、エージ・シューターやろうと約束してるから頑張るよ」と途切れ途切れ言った。

文豪とは20年以上前、坪内寿夫さんの奥道後ゴルフ倶楽部で青木功プロと中部銀次郎さんと世紀の対決を4人でやった。開高健さんと3人で泥酔したこともあった。大坪先生と「東スポ」で健筆を振るっている堤堯さんとゴルフしたのは去年の4月のことだ。立派な紳士のゴルフだった。福原義春さんのロマネコンティを一緒に飲んだことが懐かしい。

わたしと違って目立つことが大嫌いな文豪は、本物のジェントルマンだった。早稲田の卒論がホイジンガで、わたしに『中世の秋』は3回は読めよと薦めてくれた。わたしは原稿を書きながら、あれは何だっけということがよくあるが、そんなとき電話で訊《き》くと即座に答えてくれる生き字引でもあった。この間もまだパリがパリ市といわれていたころの市の標語〝漂えど、沈まず〟はラテン語でなんていいましたっけと尋ねたら、当意即妙に答えが返ってきた。いま流行のウィキペディアより凄かった。

またわたしの大事な人生の師であった。集英社に在職中短気を起こして辞表を書いたときも「止めときな。若菜社長は君を簡単に辞めさせないよ」と忠告してくれた。若気の至りでフルボディの若い女と恋に落ちて糟糠の女房と別れようかとトチ狂ったときも「バカなまねはよせ。恋は病気だ」と多血質の熱くなった頭を冷やしてくれたのも文豪だった。

亡くなる前日、救急車で病院に担ぎ込まれ、次の日の朝、息子さんが髭を剃っている間に静かに息を引き取った。文豪、わたしはあなたとはいつでも心のなかで話しています。また相談に乗ってくださいね。合掌。

マッカーサーは天盃にタバコの灰を捨てた……

国際政治評論家の加瀬英明さんから久しぶりのお便りがあった。

「『甘い生活』懐かしさいっぱいと軽快で華麗な筆運びに魅せられてしまって、早朝まで一晩で一気に読みました。赤坂のカナユニですが、ぼくのほうが店のどの従業員よりも店とのつきあいが古いのに、カポネと冗談を言い合ったバーテンがいたことは、初耳でした。（後略）」

若いとき、加瀬さんとはよく銀座で飲んだ。そのときエスプリの効いたジョークやアネクドートを教わったものだ。その加瀬さんが絶賛してくれたのだ。わたしはすぐ連絡し、うちの近くのイタリアン「LUCCA」で食事をしてサロン・ド・シマジ本店にお越し願った。

「いまこの本を読んでるんです」とわたしはハルバースタムが死の直前に書き上げた『ザ・コールデスト・ウインター　朝鮮戦争』（文藝春秋）を見せて付け加えた。「マッカーサーのマザコンぶりは凄いですね」

すると加瀬さんはアメリカ留学生時代にマッカーサーと会った興味深い話を語ってくれた。

「1957年だったと思います。園田直《すなお》代議士と一緒に、ニューヨークのウォルドルフ・アストリア・ホテルに住んでいるマッカーサー元帥に会いに行ったんです。執事に案内されて入った応接間は、日本の国宝級の古美術品でいっぱいでした。暫くしてマッカーサーが入ってきた。さすがに78歳のご高齢で日本にいたときのような颯爽とした立ち居振る舞いは消えていて、年老いてひとまわり小さく見えました。元帥はシガレット・ボックスを取ってわたしたちに勧めたんです。タバコを取ると元帥自らマッチを擦ってくれて、彼は大声を出して一方的に語りはじめたんです。まるで三軍を指揮してるかのごとく熱を帯びていました。『わたしが世界でもっとも尊敬する人は天皇陛下だ。わたしが東京に進軍すると、陛下が会いに来られた。そして陛下は大戦の責任は、みな、自分一人にある。臣下は自分の命に奉じたに過ぎない、と厳然として言われ、連合軍が責任を問おうとするなら、まず自分を処刑してほしい、と述べられた』。わたしはテーブルの上に灰皿を捜したんですが、目の前の金の盃のなかに元帥がマッチを捨てたそこに灰を落としたんです。盃の底には十六弁の菊の御紋章があったので、天盃であることが咄嗟にわかったんですが、もう遅い。わたしはその灰皿を使い続けたんです。そのとき肉が焦げたような異臭が部屋に立ちこめたんです。ふと見ると、横にいる園田さんが手の平でタバコを消しているんです。さすがは特攻隊長として終戦を迎え、剣道、柔道、合気道合わせて10段という有段者だとわたしは感服しましたね」

「いまの政治家に園田さんの爪の垢でも飲ませてやりたいですね」

「帰りのエレベーターのなかで、手に大きな水ぶくれをつくった園田さんがわたしにいったんです。『君はよく、あの天盃を使えたなあ』。そこにわたしは世代の差を感じました」

自民党の大先輩にこんな強者がいたことを、後輩たちは知っているのだろうか。「元帥はどんな反応を示したのですか？」

「元帥は園田さんが手の平でタバコを消したことに気がつかないようでしたね。それとも、案外知っていたかもしれません」

もしかすると、マザコンの元帥には、この日本男児の高潔な行動は理解出来なかったのかもしれない。

すべての最新映像はセックスものから流行するのが王道である

ジェームズ・キャメロン監督の最新3D映画『アバター』を、博多のキャナルシティの映画館で1時間前から行列して観た。ストーリーは極めて紋切型で単純だったが、映像の迫力に圧倒され感動した。石油が見つかって先進国が中東の利権を争ったように、地球人が異星の地に新しいエネルギーの原石を発見し、その新しいエネルギー源を略奪するために異星人と戦争する物語である。

いままで観た戦闘シーンは何だったのかと思うくらい大迫力で展開していく。跳弾が画面をはみだして、こっちに向かってくる凄まじさ。怪鳥に乗って空を自由に飛ぶ異星人の集団の美しさ。凄い！　の一言だ。『ターミネーター』時代からキャメロン監督と交流があり、『アバター』の撮影現場に立ち会ったというコミネ・タカオから、「『アバター』は映画館の真ん中で観るといちばん迫力があります」とアドバイスされた。だから1時間前から並んだのである。

コミネの話によれば、キャメロン監督は3Dの第2弾をすでに考えているようだ。先日、来日したときコミネが監督に同行してヒロシマとナガサキに取材に行っている。

原子爆弾の投下をテーマにした映画らしい。3Dで原爆の投下の瞬間を観るのは凄まじいことだろう。ヒロシマではその時刻、ちょうど朝食を取っていた多くの家族がいた。茶碗が跳ね飛ばされ母親に抱きつく間もなく、一瞬にして子供も母親もお祖父ちゃんもお祖母ちゃんも吹き飛ばされ、被爆し即、焼死した。

ちょうどその日、ナガサキからヒロシマに出張していた人がいた。彼はヒロシマで被爆してナガサキに帰った。そしてナガサキで再び被爆した。稀有にも2度も被爆して、90歳過ぎまで生きた。この間、その彼が亡くなったと新聞に載っていた。キャメロン監督はその老人にも会っている。悲劇のタイタニックをあれだけの切ない恋の物語に作り上げたキャメロンである。今度はヒロシマ・ナガサキの原爆をテーマにどんな3D映画を作るのか、いまから愉しみだ。もちろん悲しい恋の物語を挿入してくるだろう。無垢で無力でなんの罪もない一般市民を一瞬にして消滅させた原爆を落としたアメリカは、どんなに謝罪しても謝罪しきれない大罪を犯したのだ。そのアメリカの監督が渾身の才能をぶつけて原爆の3D映画を作るのは、意義があり大いに話題になることだろう。

3D映画はこれから必ずブームになる。日本の映画界も『おとうと』なんて作っている場合ではないような気がする。無声映画とトーキー映画が歴然と区別されたように、3D映画は普通の映画と区別されるくらいの革命的な発明だ。

だからこそ、タランティーノ監督に是非3D映画を撮ってもらいたい。面白みが倍増するだろう。刀で切り落とされた首が画面から座席にころりと落ちてきそうだ。マシンガンでぶっ飛ばされた脳みそが飛び散るシーンなんて圧巻だろう。それでストーリーが面白かったら映画館に大勢の人が再び殺到するにちがいない。

それから是非AVの名監督、川崎軍二にエロエロの3DAVを撮ってもらいたい。すべての最新映像システムがセックスものから広がっていった歴史を考えると3DAVは大流行するだろう。まるで目の前で生でHしているような裸の男と女の絡みの映像を想像しただけで生唾が湧いてくる。画面に入り込んで3Pしている気持ちになるかもしれない。

「編集者はやたらとハダカになるもんじゃない」

だれでも小説を書ける時代になった。小峯隆生が小説を書いた。タイトルは『1968少年玩具』(角川学芸出版)。「笑いながら読んだ。胸が熱くなった云々」の大沢在昌文豪の推薦文付きだ。作家のコミネ自らわざわざわたしの仕事場まで届けてくれた。すぐ読んだ。これはコミネが少年時代からモデルガンマニアだったという自伝的小説だ。あるときは友達とシェリフになったり、ガンマンになったり、マカロニ・ウエスタンを地でやって遊んでいた。

その愛するモデルガンが、法律改正されて武器とみなされる日がやってきた。明日、親父さんと海に捨てる前夜、コミネは愛しのワルサーとS&Wを抱いて寝た。翌日、親父とドライブして港の埠頭に出た。なかなか自分の分身を海に投げられないコミネに向かって親父がいい放った。「何をしてるんや、はよ、せんかい」「でけへん」「ほなワシがやったる」

親父はコミネからモデルガンをもぎ取るとワルサーを海に向かって投げた。ワルサーはクルクル回転しながら海面に波しぶきを上げて落ち、コミネの前から姿を消した。もう一つの分身S&Wも同じ運命を辿って海に消えた。「おれはもう抜け殻、ホルスターになってしまった」。だがコミネはその瞬間から小学生の子供から少年になったと書いている。

それから多くの無駄な時間が流れて、コミネは新宿のゴールデン街の内藤陳さんがやっているバー「深夜プラス1」で『週刊プレイボーイ』の編集長だったシマジと邂逅した。面白い奴だとシマジは直感して、編集部に遊びにこないかと誘った。そのころコミネはあるコンピュータ会社のセールスマンをやっていた。コミネは瞬く間にスタッフにとけ込み頭角を現した。大人になったコミネは、今度はチンチン・ガンを使ってやたらと相手構わずぶっ放した。何人も怪我人が出たにちがいない。「シマジさん、『甘い生活』読みましたよ。女神・五月みどりさんにはもっと秘話がありまして、立木義浩先生が撮影していたんですが、五月さんが素っ裸で入ってきたんで、わたしもチンチンを握ってもらおうと、素早く素っ裸になり、大風呂に飛び込んだんです。するとみどり姐さんはおれのチンチンをしっかり握って、『あなたなかなか鍛えてるわね』ってウインクしてくれました。そのとき入り口のガラス戸がミシミシ揺れ出したんです。『おい、おれたちも入れさせろ!』と怒声が聞こえてきた。おれは慌ててみんなを誘導して別の出口から脱出させたんです。もう危機一髪でした。怖いのなんの、なんせ沢山のチンチンがアワビのように曇りガラスにピッタリくっついてるんですから。ガラス戸が倒れそうでした。『週プレ』が五月みどりさんと混浴パーティをやっているって館内に知れ渡ったんですね。そのとき立木先生から『コミネ、編集者はやたらとハダカになるもんじゃないぞ』と叱られましたっけ」

当然のことながらそんなことでひるむコミネのチンチン・ガンではなかった。それから女と見ると「やらせろ!」と吠えまくった。

『COMBATマガジン』の連載はこれからも続くらしいから、話はますます面白くなるだろう。現にコミネはいまではライフル銃を所持していて、北海道で鹿狩りに励んでいる。「おまえ、羆《ひぐま》はどうなんだ? 羆の肉が食いたいな」とわたし。「ボルトより速く100メートル8秒以下で疾走する羆は怖くて無理ス」とコミネは意気地がないことをいう。

きょうの異端はあしたの正統

「きょうの異端はあしたの正統」という言葉ほど、16世紀のバロック時代の天才画家、カラヴァッジョにピッタリするものはない。

このほどイタリア映画になった『カラヴァッジョ』は、彼の数奇な38年の生涯を忠実に描いた傑作である。カラヴァッジョを演じる俳優のアレッシオ・ボーニがじつにいい。撮影も『地獄の黙示録』を撮ったアカデミー賞の名匠ヴィットリオ・ストラーロである。映像がまるでカラヴァッジョの絵画のように、射し込んでくる光をうまく捉えている。

日本の映画業界はこの映画は大衆性がないと判断したのか、東京ではテアトル銀座の一館だけでしかやっていない。でもカラヴァッジョの人気は凄く、満員でわたしは次の上映まで待たなければならなかった。

異端の天才はゲイであり、女にも手を出す両刀遣いであった。またすぐカッとくる直情径行の男であった。本名をミケランジェロ・メリージといったが、ミラノの近郊の町、カラヴァッジョで育ったのでその町名が通称となった。彼の画風はあくまでモデルを必要とし、そのモデルの忠実な写実であった。例えば、わたしがいちばん好きなルーブル美術館にある大きな絵画「聖母の死」は、聖母のモデルにローマのテヴェレ川に身投げした娼婦を使った。水を飲んで膨れあがった死体を忠実に描いたこの迫真の一枚は、依頼した教会から受け取りを拒絶された。天才は、聖書の物語を生身の人間や死体をモデルにして、写実主義に徹して描いた。ここがカラヴァッジョの最大の魅力である。だから、よく注文した教会と揉めた。それでも天才は画風を変えようとはしなかった。絵空事の聖書の物語は彼にかかると、俄然現実味を帯びて見る者に感動を与えて止まない。絵を描かせれば天才のカラヴァッジョだったが、飲み屋では酒に溺れ飲んだくれ、賭博場では大負けしては罵声を発し、娼館では焼き餅を焼いて問題を起こした。そのうち、酒に酔って人を殺《あや》めてお尋ね者となり、ローマを脱走せねばならなかった。最後はマルタ島のマルタ騎士団に保護される身となった。そこで描かれたのが大傑作「洗礼者ヨハネの斬首」である。洗礼者ヨハネはマルタ騎士団の守護聖人であった。いまでもマルタ島のヴァレッタのサン・ジョヴァンニ大聖堂に飾られている。

ローマのサンタ・マリア・デル・ポポロ聖堂のチェラージ礼拝堂の壁にカラヴァッジョが2点飾られていることをわたしに教えてくれたのは、ローマ在住の作家、塩野七生さんだった。正面に飾られている巨匠、アンニーバレ・カラッチの影が薄かった。「ローマのいいところは、こうして散歩してカラヴァッジョにしょっちゅう出会える街だってことかしら。こんな風に何気なく飾られているところが、ローマだけで十数ヵ所あるのよ。彼が14〜15年滞在したおかげでローマはカラヴァッジョの宝庫なんです」と塩野さんは誇らしげに語った。

日本でまとめてカラヴァッジョの作品を見られるのは、徳島県鳴門市の大塚国際美術館である。精巧な陶板焼きでつくられたコピーだが、大きさと額と照明は本物が飾られている美術館と一緒である。見ているうちに本物と遜色ない感動を覚えるのは、わたしだけではあるまい。出来上がったばかりの恋人同士の旅には最適だ。わたしは今年も行く予定である。2000点近くあるから、1泊2日の旅がいい。絵画に飽きたら鳴門の渦潮を見に行くといい。

塩野七生さんの〝一生別れられない恋人〟

いま、塩野七生さんはローマの書斎で男に〝憑依《ひょうい》〟して『十字軍物語』を書いている。塩野さん自身「歴史ものを書くときは知らず知らずのうちに、わたしは男になっているの」と、いつかいっていた。

昨年、塩野さんは約40日間日本に滞在していた。その間、わたしは瀬戸内寂聴さんと塩野さんの対談を含めて7回会った。いつもそうなのだが、塩野さんと話していると、あっという間に時間が経って夜が更けていく。酒を酌み交わしながら、2000年以上前の歴史上の人物のことをまるでいまも生きているかのように語り合える人は、塩野さんをおいてほかにいない。

もう10年くらい前になるだろうか、ローマで食事のあとしたたか飲んで、すこし酔った塩野さんがいった。「シマジさん、あなたはわたしの作品を読み込んでいて褒めていただくのはとっても嬉しいけど、わたしにはもうひとつ自慢出来る〝作品〟があるのよ」「え、それは何ですか」「向こうから歩いてくるのがそうなの」

わたしが振り返ると、30代のイケメンのイタリア人が近づいてきた。背が高く顔の彫りが深く色気ある若者だった。「は、じ、め、まして」日本語が巧くない感じがした。彼は名前をアントニオ・シモーネと自己紹介した。笑顔がいい若者だった。もしわたしが男性ファッション誌の編集長だったら、迷わずモデルとして使いたくなるくらいの偉丈夫な男前だった。

それからしばらくして、アントニオが塩野さんの名代として朝日新聞主催のイタリア映画祭に来日し、約10日間、東京に滞在したことがあった。その間、わたしは彼を毎晩飲みに誘った。わたしが会う約束があった有名人との会食に同席してもらったのだ。ある晩のこと、アントニオに訊いた。「塩野さんはこわい人だけど君はどうなんだ」「ぼくもこわいですよ」。塩野さんは離婚してから、父親の役も演じなければならなかったのだろう。子供のときよくビンタも喰らったそうだ。だからアントニオはこんなに立派に育ったのだろう。ちょうど1年前、ハリウッドに映画の修業に行ったことがあった。彼はローマ大学で考古学を専攻したが、無類の映画青年だ。じつにアントニオは映画のことに詳しかった。ローマに帰ってからも映画の撮影現場のアシスタントとして働いていた。

そこで編集者だったわたしは、塩野七生vs.アントニオ・シモーネの映画対談をひらめいた。二人が母と息子だということを秘密にして、『PLAYBOY』誌で連載をはじめてもらった。じつに面白い対談だった。それがこのたび一冊の本として上梓された。『ローマで語る』（集英社）という題名で本屋に並んでいる。この本のなかに、まだ可愛い少年だったアントニオと、若くて美しい塩野さんが黒沢明監督と写っているほほえましい写真が載っている。多分、この貴重な体験がアントニオを映画の道へと誘ったのだろう。

上梓されて初めて塩野さんは序文でアントニオが自分の息子だと告白している。身辺雑記のようなエッセイは絶対書かない塩野さんが愛するアントニオのためにつくった本である。

「アントニオはわたしの恋人ね。この恋人は困ったことに一生別れられない相手だわね」

酔った塩野さんが本音をいった。

小さな時計のなかに、自分だけの人生をはめ込む

時は金なりというが、1000円の夜店の時計だろうが2000万円のトゥールビヨンの時計だろうが1時間の長さは変わりない。人生は不思議なもので退屈していると時の経つのが遅く感じられ興奮したり感動したりしていると1時間なんてあっという間に過ぎる。わたしはワインやシングルモルトやシガーには惜しみなく金を浪費してきた。しかし時計やクルマにはほとんど大金を使ったことがない。恋のようにいつかは消えるものにはロマンティックに浪費するのが美しいと思い込んでいるのかもしれない。まあ、わたしの財政上、1000万円はするトゥールビヨンの腕時計には手が出ないし、2000万円するジャガーも、欲しいとはちょっと思うが、運転にまったく自信がないので現実的には不必要なのである。

そのわたしがローマ在住の塩野七生さんに電話を入れるときのために、いまローマは何時かしらとすぐわかるデュアル・タイム（世界の2ヵ国の時刻がわかる）のウオッチが欲しいと思い、銀座の和光に行った。退職金が少し入り気が大きくなっていたわたしは、大枚をはたいてドゥ・グリソゴノを買ってしまった。この時計のデザインが気に入った。またローマ時刻を昼間と夜の月の満ち欠けで教えてくれるシステムがチャーミングだ。

もうひとつ、わたしの持っている腕時計は、イラン空軍のパイロット用につくられたブライトリングのものだ。これはイラン空軍の兵士が金に困って放出したものらしい。アメリカと戦うなかなか勇ましい時計である。だが、こんな時計などコレクターから見ればなんの価値もない。

時計コレクターに自慢できる時計を二つ持っている。それは世界に一個しかない時計なのだ。名付けて「手作り時計」である。ひとつは右の半分しか文字盤がなく、0から6までが表に表記されていて、6から12までがガラスのなかに刻まれている。左側の半分の上のほうは金網になっていて、あとの半分は銀のカバーがかかっている。デザイン的に奇抜だが、分針は付いている。だれかにいま何時と訊かれ、さっとこの時計を出すと、みんな驚き感動する。わたし以外何時かわからないのがいい。純銀製なので絶えず磨かないとすぐ黒ずんでくるのも手間がかかって可愛いのだ。いまこの時計をこよなく愛している。これはこういう手作りの時計作家が面白がってつくったものを、デパートで即売しているときに買い求めたものだ。時が妖しく過ぎていくようで気に入っている。その時計作家に今度はわたしが考えてデザインしたものをつくってもらった。いま、わたしは仕事場にサロン・ド・シマジというバーをつくっている。外で食事したあと、わたしがバーマンになってシングルモルトを振る舞っているのだ。そのイメージでまずマッカランのレッドリボンや1861年のレプリカなど思い出の瓶をカウンターの上に並べ、シェイカーやメジャーカップ、マイケル・ジャクソン考案の蓋付きのシングルモルト用のグラスをおいて、左側の壁には2歳の娘の写真を額に入れて飾り、右側には時計が壁掛け時計のようにかかっている。文字盤はギリシャ数字にした。あまりの格好よさに時計を見た者はサロン・ド・シマジにきたがる。お陰でこのところ編集者以外のお客が増えてしまった。素敵な手作り時計作家を紹介しよう。増田精一郎（☎090・5323・2140）。

小さな腕時計のなかに、自分だけの世界をはめ込むのはなかなか愉しいものである。

葉巻を吸うには強靭な肉体が必要なのだ

シガー愛煙家にとって、ハバナは一度は行かなければならない〝聖地〟である。このほど「40％オフ！シガーダイレクト」の招待を受けて、わたしは遅ればせながら生まれてはじめてキューバを訪れた。

地球上で唯一社会主義が成功しているキューバは、面積は日本の半分しかなく、人口は1100万人。首都ハバナには約300万人が住んでいる。治安もじつによく、街行く人びとの顔は明るく陽気だ。これはすべてフィデル・カストロの魅力にかかっている。同じ社会主義の指導者、ルーマニアのチャウシェスクとはわけがちがう。カストロはいまでも革命時の軍服を着て、自ら清貧に甘んじて貫き、国民の鑑《かがみ》となっている。ただ一つの贅沢だった大好きなコイーバの葉巻も健康上の理由でやめた。キューバの国民はこよなくカストロを尊敬して、自分たちも資本主義的欲望を我慢している。

この国は教育費はもちろんのこと医療費も全額タダである。食料は配給制で、すべての国民は公務員である。弁護士と医者の給料はひと月、日本円にして8万円。タクシーの運転手は5万円だ。クルマはみな国有財産で国から借りている。ホテルの掃除夫だって3万～4万円だ。警察と軍隊は6万～7万円。道ばたではミュージシャンたちが愉しそうにマンボやチャチャチャやルンバを奏でて、自分たちのCDを売っている。

驚くのは1950年代のコテコテの古いアメ車が現役で動いていることだ。まるで60年間時間が止まったように見える。懐かしのオールズモビールやパッカードが元気に走っている。

このハバナに22年間も住んで『老人と海』を書いた文豪ヘミングウェイが毎晩通ったというレストラン、「フロリディータ」に行った。ヘミングウェイが考案したパパ・フローズン・ダイキリを飲んだ。砂糖ではなくキューバンラムをオレンジジュースで味付けしたものだ。飲みやすいが結構強い。これを文豪は毎晩12杯飲んだそうだ。だが、残念なことにキューバはメシがまずい。文豪にして酒豪は美食家ではなかったのか。さらに驚くべきことに、文豪はハバナ・シガーを吸うことはなかった。もしこの国のシガーの味を愉しんでいたなら、もったいなくて自殺なんてしなかったのではないか。「わがダイキリはフロリディータ、わがモヒートはボデギータ」とヘミングウェイが書いているモヒートの発祥の店で飲んだ。が、シングルモルトに慣れたわたしの舌には甘すぎた。

街中はどこも喫煙ＯＫなのが素晴らしい。ホテルの部屋には大きな灰皿が2つもあり、枕元にも小さな灰皿があった。何といっても葉巻が興奮するほど安い。日本で1本４０００〜５０００円する上質なシガーが、１０００円前後で買える。わたしは3泊4日のハバナ滞在中、朝起きてまずコイーバのマデュロ5のマジコスを1本吸い、日中はロメオ&ジュリエッタのチャーチルとロバイナのトルピードを燻らせ、ディナーのあとにはパルタガスのフィギラドのサロモネスとコイーバの新製品ベーイケを愉しんだ。同行したドン小西さんもシガーダイレクトの倉林栄一社長も目を丸くして驚いていた。葉巻を吸うには強靭な肉体が必要なのだ。そのために日夜、わたしはジムに通っている。だが、今回は吸い過ぎだったかもしれない。それにしてもチャーチルは、若いときハバナでシガーの味を覚え、1週間に１００本を死ぬまで丁寧に吸い続けたのだから驚きである。

ハバナからシガーを合法的に買って帰る方法

シガーダイレクトのリアル・ハバナ・シガー・ツアーは往復1週間の旅だった。今回はJALでロスに行き、乗り換えてメキシコシティで1泊しハバナに入った。帰りは同じルートを戻ってきた。バンクーバー・オリンピックのため、JALのバンクーバー行きが使えなかったのだ。ベストのルートは、成田―トロント―ハバナだ。そうすれば20箱までシガーを合法的に買って帰れる。アメリカ経由だと厳しく調べられ見つかると没収される。

今回同行してくれたドン小西さんはじつに面白い人だった。街のなかを闊歩している若い女の高く飛び出した形のいいヒップを見ながら、心配そうに感想を述べた。「あんな彫りの深いケツを相手にしたら、大概の日本人の男はバックから届かないんじゃないのか」

以前、徳大寺有恒さんもいっていた。「ハバナは1950年代のアメ車もいいけれど、街行く女たちのケツの魅力が最高だ。世界中であんなセクシーなケツのオンパレードはほかにない。英語でいう〝ウエル・ラウンデット・バトックス〟ってまさにあれだね」

たしかにインディオとスペインと黒人の血がミックスしたフルボディはタダモノではない。恒例のシガーパーティのアテンド役をしていたハバナ大学の女子大生はみんな美人で身長180センチはあり、そのセクシーなケツはわたしのへその上にあった。

ドン小西さんは自分でデザインした白と黒の縞々のタキシードで、わたしはロンドン製のタキシードで参加した。シガーダイレクトの倉林社長と武田総括リーダーは羽織袴で挑んだ。これがまた大受けした。ハバナの街をドン小西さんは、まるでマイケル・ジャクソンのような派手派手な金モールが胸に付いた上着で歩いていた。靴はディオールの金ぴかだ。この金ぴかのシューズは、9年間乗ったベンツを13万円で売ったその日、同額で衝動買いしたそうだ。「おお、マイケル。ムーンウオークをやってくれ」と街行く人が声をかけてきた。わたしはイタリアのクラシックカーレースのミッレ・ミリアのレーサーのつなぎで歩いていた。「おまえはレーサーか」と何度も訊かれた。

マイケル&レーサーはハバナで大受けだった。このまま日本に帰ってテレビで漫才をやったら受けるかもしれない。

第12回のシガーパーティには世界各国から約1000名の客が集まった。今回はコイーバの新製品〝べーイケ〟の3種類が、料理が替わるごとにケツ高美人アテンダントによってテーブルに運ばれてきた。料理はまずく、しかも冷えていたので手を付けずに、わたしはずっとシガーを吸い続けた。

前日、葉巻の工場を見学した。立ちこめる熟成したタバコの葉っぱの臭いに快く酔いしれた。熟練の葉巻職人が手で巻いている。男女半々の職人たちが黙々とちがうビトラー(葉巻の形)を巻いている。

葉巻工場も国営で職人は国家公務員である。わたしの好きなパルタガスの工場にもいった。1階はシガーショップだ。シガー吸いならヨダレが出そうな葉巻が驚くほど安く売られている。ドン小西さんとわたしは10箱くらい抱きかかえていたが今回はメキシコーアメリカ経由で帰国することを思い出して、諦めざるを得なかった。それはちょうど高級売春宿でいい女を見つけビンビンのホーニー状態で部屋に入ろうとして、警察がくるから「やめろ」といわれたような気持ちだった。

なぜカストロは清貧に甘んじ清廉を貫いていられるのか

キューバの小学生は毎日の朝礼で「大人になったらチェ・ゲバラになろう!」と叫ぶ。そのため医者だった革命児ゲバラのあとを追って、優秀な子供たちはみなハバナ大学医学部を目指す。だから、国民一人当たりの医者の数は世界一になった。しかも、先端医療が進んでいるキューバの医者は、アメリカに亡命して活躍しているキューバ出身大リーガーの名選手なみに一流の腕前なのだ。医師不足に悩む日本にきてもらってはどうか。このあいだのハイチの大地震のとき、直ちに100人の医療団を送ったのはキューバだった。

なぜカストロはこんなに偉大なる指導者をやり続けてこられたのか。当時のソ連のフルシチョフと手を組みアメリカの若きケネディ大統領を心胆寒からしめたキューバ危機を乗り越えたが、カストロを暗殺しようとアメリカは何度も刺客を送ってきた。が、現在83歳(1926年生まれ)で強運な人は生きている。爽やかなハバナの空の下には北朝鮮のようにカストロの銅像は建っていない。むしろ至る所に張られたチェ・ゲバラの写真が目につく。

カストロは政府機関紙「グランマー」に週2〜3回寄稿している。グランマーとはメキシコからゲバラと一緒に革命を起こすために乗ってきた船の名前だ。実物は革命博物館の庭にあるガラス張りの建物のなかに大切に保存されている。

なぜカストロは清貧に甘んじ清廉を貫いていられるのか。それはボリビアの山中で無惨にもCIAの手先の元ナチ高官一味に暗殺されたゲバラに、いつも天から見られているからではないだろうか。カストロは偉大な同志であり親友を持ったのである。いまでも心のなかで二人は話し合っているのだろう。チェ・ゲバラの映画を観ると、はじめのうちはシガーを吸っているが長い間ボリビアの山中でゲリラ活動をしてるころはパイプを吸っている。シガー用のタバコを刻んだパイプ・タバコだ。これはシガーを巻くときに残った屑タバコみたいなものをカチカチの板状に固めた代物なのだ。わたしも以前吸ったことがあるがまずくて吸えたものではなかった。キューバ国民は敬愛するリーダーを持てて幸せである。民主主義で自由経済の国だけが幸せなんだと思っているのは単純なアメリカ人と日本人だけだ。本物の偉大なるリーダーがいれば、国民は飲み歌い踊り恋をして幸せに暮らしていけるものらしい。新しい高層マンションが建つと貧しい人たちから抽選で住まわしている国なんてキューバ以外この地球上に存在しない。マルクスが考えた共産主義の思想が生きている国はキューバだけだ。

世界3大ショーの一つ、キャバレーをかぶりつきの席でドン小西さんとシガーダイレクトの倉林社長たちと観た。ハバナで最も有名なホテル・ナシオナルのなかにある〝パリシエン〟がそれだ。ほとんどスッポンポンに近い踊り子たちが所狭しとチャチャやルンバやサルサのリズムに乗って、1時間半踊りまくる。踊り子たちも国家公務員である。気になったのは踊り子は腰高でいいケツはしているが、オッパイがみなこぢんまりして小さい。胸はパリのムーランルージュの踊り子のほうが迫力があった。

わが隣の国のキム・ジョンイルに教えたい。原爆なんて作らずに喜び組の踊り子たちを使って観光の国にしたらいい。それにはまず国民に尊敬されることだろう。彼にはカストロにおけるゲバラのような同志も親友もいないのだろうか。

男を凌駕する才能を持った女たち

イラクに有無をいわせず攻め込んだアメリカという〝悪魔の国〟では、今度は自爆テロに悩まされ、爆弾処理技術兵を養成してバグダッドに派遣した。毎日、何ヵ所からも爆弾が発見される。なかには体に爆弾を巻き付けられ、はずしてくれと絶叫している男がいる。しかも時限装置付き爆弾だ。クルマのトランクいっぱいに仕掛けられた爆弾を、勇敢な米陸軍の爆弾処理班の兵士が撤去にいく。スリリングでまるでニュース映画を観ているような錯覚を覚えるドキュメンタリー・タッチの映画『ハート・ロッカー』である。

いままでの劇映画とはひと味違って、有名な俳優が出てこない。だからかえって真に迫っている。手持ちカメラのブレも臨場感を演出している。『アバター』ではなく、こちらをアカデミー監督賞に選んだハリウッドの映画人たちは、ホワイトハウスの人たちよりも健全な精神の持ち主だ。しかもこの監督、キャスリン・ビグローは、『アバター』のキャメロン監督の女房だったというではないか。キャメロンも勿体ない女と別れたものだ。

世の中にはこういう男を抜く才能を持った女がときどきいる。ローマ在住の歴史作家、塩野七生さんがそうだ。ローマの歴史はいままで沢山の日本の男たちが書いてきたが、こんなにポピュラーにしたのは彼女の才能である。この女性監督も、一見地味な存在の爆弾処理班に見事に光を当て、傑作を作り上げた。その才能は男を凌駕して素晴らしい。制作費はなんと『アバター』の20分の1だそうだ。ちょうど『グリーン・ゾーン』（集英社インターナショナル）を読了したあとで観たので、呻吟《しんぎん》しているイラクの人たちに同情した。中東はサダム・フセインのような悪党のリーダーだからこそ、平穏に治められたのではないか。イラクはまだ中世なのだ。この書は、アメリカの民主主義をイラクに無理やり植え付けようとして、失敗していく過程が書かれた優れたノンフィクションでもある。ハーバード大卒のエリートたちがバグダッドで〝グリーンゾーン〟と名を付けた、フセインが脱走したあとの宮殿に立て籠《こも》り、やれ民主憲法をつくれ、やれ民主選挙をやれとイラク人に迫るのだが、すべて失敗し、いまでも自爆テロが続いている有様だ。

きっと日本の終戦直後もそうだったんだと想像がつく。しかし日本には天皇という存在があった。マッカーサーはその力をうまく使った。日本の憲法だってイラクのように、あんな風に押しつけられたんだろう。イラク人だっていっているではないか。イラクの憲法はイラク人の手で作るべきだと。そろそろ日本人も自分の頭と手で作るときがきているのではないか。なんだか「阿呆の遠吠え」(「東スポ」堤堯氏の連載)みたいになってきた。シマジ節に戻そう。

たしかに戦場には命知らずの強運で勇敢な兵士がいる。彼らにとって戦争は麻薬なのだ。『ハート・ロッカー』の命知らずの主人公も爆弾処理の長い苛酷な任務を終えてアメリカ本土に帰り、やっと女房と子供がいる温かい家庭に落ち着いたのかと観客がほっとしていると、再びイラクでの新しい爆弾探しに身を投じるラストシーンは切なく泣けてくる。

画面のなかのバグダッドの民衆たちの絶望に満ちた目が印象的だ。「おれたちはフセイン時代のほうがよかった。停電もなかったし治安もいいし人もこんなに殺されなかった。交通渋滞もなかったし食料もちゃんと配給されていた。働き口だっていまよりいっぱいあった」と訴えている。

貧乏人にして乱暴な贅沢趣味を見抜かれた

この底冷えする不況のなか、ゴージャスで実のある高級男性ファッション誌『メンズプレシャス』が小学館から創刊された。目を見張る勇敢さだ。出版人はこうでないといけない。次から次へと廃刊に追い込まれる雑誌群をみるたびに、当該編集者の胸の内を察すると可哀そうになってくる。読者と編集者の間には、目にみえない熱い赤い糸で結ばれた何かがある。それは命がけで作った編集者にしかわからない神秘の糸なのだ。『メンズプレシャス』はじつに豪華な雑誌である。ぬめっとした写真の質感がいい。モノクロ写真が多く使われてページの風が上品でスパイシーだ。単なるカタログ紹介に終わらず、ひとつひとつのアイテムにロマンティックな物語を付けているのがいい。いままでの男性ファッション誌では取り扱わなかった〝伊達男〟たちの粋な人生の一コマを丁寧に描いているのもいい。しかも買いたくなるような魅力溢れるニューアイテムが満載されている。

わたしが最近買ったボリオリのKジャケットが載っているのを発見して嬉しくなった。このジャケットはウール100%だが、ガーメントダイといってわざわざ完成品をメーカーで洗い染めして出荷している。だから初めからすでに着込んだような〝抜け感〟がたまらない。しかもサイズによってボタンの色を違えているところがお洒落である。わたしはこの創刊誌に載っているのとちがい、ダブルの赤いボタンのものだ。これにPT01の白いパンツをはくつもりである。

この春はストールを着飾ろうかと考えていた矢先、本誌はやってくれた。タイトルは「ストール&スカーフの伊達男着こなし術」

だ。わたしが持っているストールはファリエロ・サルティのコットン50%シルク50%のピンクと、同じメーカーのカシミヤ70%シルク30%のブルーだ。どちらもガーメントダイされている。ネクタイの世界から解き放されたわたしにとって、ストールは重要なアクセントだ。69歳のわたしが熱くなる雑誌が誕生したものだ。もっと興奮したことはこの雑誌の橋本編集長自らわたしに連載を頼みに来てくれたことだ。『甘い生活』を読んだ編集長に、わたしの貧乏人にして乱暴な贅沢趣味を見抜かれた。万感胸に迫る思いでわたしは喜んで4ページの連載を引き受けた。題して「お洒落極道」。わたしのお洒落の原点は編集人生の原点がそこにあるように、柴田錬三郎、今東光、開高健の3賢人に影響されたといって過言ではない。この3人にどのように洗脳されていったかを書いている。写真は巨匠立木義浩さんが4×5《シノゴ》のカメラでしかもモノクロで撮って贅を尽くしている。

興奮したわたしはすでに6月発売の2号目の原稿を書き上げ送稿した。組織を離れて売文の徒になってから、すでに1年4ヵ月の月日が流れた。毎月、大好きなゴルフ・ジョークの連載を『Ｃｈｏｉｃｅ』に書き、破産しそうになるくらい買いまくって淫したお洒落極道を『メンズプレシャス』に連載する光栄に浴することが出来たのは、やはり編集者になって幸運にも柴田錬三郎先生に出会えたからである。『メンズプレシャス』は春、夏、秋、冬の年4回発行される季刊誌である。本誌を丁寧に勉強すれば、本物のファッション道が身に付くはずだ。孔雀の雄が綺麗に羽を広げるように、日本の男たちもイタリア男に倣ってそろそろカジュアルなお洒落に目覚めるときがきた。

白洲次郎と薩摩治郎八、二人の〝ジロウ〟の怪物伝

現在の日本人のなかに〝怪物〟を探すのは難しい。みんな顔がのぺっとして心がフラットな凡庸人間ばかりになってしまった。

わたしが若いときに出会った今東光大僧正や坪内寿夫さんは、やはり怪物だった。ちょっと古くは藤田嗣治も怪物であった。この3人の怪物性については、すでに『新潮45』で連載してきた。続いてこのたび発売中の『新潮45』に「白洲次郎と薩摩治郎八」の怪物性を比較しながら書き下ろした。

白洲次郎はいまでも人気者だが、薩摩治郎八については知ってる人はもう少ない。忘れられた存在だ。二人は生まれた年と家庭環境がよく似ている。治郎八は1901年、次郎は1902年生まれ。二人とも明治時代の大豪商の息子に生まれた。治郎八はオックスフォード大学を目指し、次郎はケンブリッジ大学に留学した。同時期に二人はロンドンにいたことがあったが、たがいに巡り会うことはなかったようだ。

行動の人、白洲次郎はケンブリッジ時代、名車ブガッティやベントレーを乗り回しヨーロッパ中を英国人の学友とドライブして青春を愉しんだ。一方、芸術好きの人、薩摩治郎八は英国人の運転手を雇い、薩摩家の定紋である揚げ羽蝶を金色で刺繍した制帽をかぶらせ、ダイムラーでボンド・ストリートを「東洋のロックフェラー」気取りで乗り回していた。

たまたま日本が第一次世界大戦の戦勝国入りし、円高になったことが二人の放蕩ぶりに拍車をかけた。そのうち治郎八はパリの都に魅了され居をパリに移した。治郎八の蕩尽ぶりはますます怪物性を帯びてきた。パリで使

いっぷりが評判になり、人呼んで「バロン・サツマ」といわれた。治郎八は当時、パリに留学する日本人の学生のためにパリの大学街に「日本館」を建てた。これだって実の父親から100万円（現在の50億〜70億円）出してもらったのである。このメセナ行為が認められ、治郎八は28歳でフランス政府からレジオン・ド・ヌール勲章オフィシエ章をもらった。当時の二人に仕送りされた金額は、いまの金にしてひと月200万円とも300万円ともいわれている。だが、栄華の夢はそんなに長続きしなかった。世界的大恐慌が日本をも襲い、綿貿易商「白洲商店」も倒産に追い込まれ、白洲次郎は帰国を余儀なくされた。一方、薩摩家は何とか持ち堪《こた》え、ドラ息子は帰国せずにすんだ。

次郎は持ち前の行動力を発揮して、帰国後すぐに英字新聞社に就職した。一方、治郎八は相変わらずヨーロッパを舞台に懶惰遊蕩《らんだゆうとう》し酔生夢死の日々をいたずらに送っていた。

第二次世界大戦で日本が敗北してアメリカの占領下に置かれたころ、次郎の運命は一変した。以前から可愛がってもらっていた吉田茂が総理大臣になった。英国好きの吉田は次郎を猫可愛がりして重用した。新憲法の立案にも関わることになった。

一方、治郎八はいまの金にして600億円を見事に使い果たし、すってんてんになって戦後の日本に帰ってきた。哀れ治郎八は安アパートを浅草に借りた。やることもなく夜な夜なストリップ小屋に通った。55歳の治郎八は25歳の踊り子に惚れた。踊り子もヨーロッパ帰りのヘンなオジさんに惚れた。当時『洋酒天国』の編集長だった開高健が治郎八に原稿を書かせた。そして治郎八は生まれて初めてわずかばかりの原稿料を稼いだのだった。

詳しくは『新潮45』の5月号に譲る。

伊達男は常に新しいジョークを仕入れている

また一人、素敵な先輩がこの世を去った。知野光志《てるし》さんはわたしにとってかけがえのない人であった。以前、開高健文豪と『サントリークォータリー』で「酒場でジョーク十番勝負」を連載したとき、わたしの知らない新しいジョークの供給源はじつは知野さんだったのである。

それが『水の上を歩く?』(集英社文庫)という一冊の本として上梓された。もちろん知野閣下に贈呈した。深夜、閣下は酒を飲みながら読んで、自分が教えたジョークがシマジの自家薬籠中になってるのを発見すると、「コンチクショウ」と思わずテーブルを叩いたそうだ。よく二人で会ってジョークを交換し合ったものだ。新しいジョークを仕入れるとお互いに電話で教え合って笑ったものだ。

近年、知野さんはわたしと同じように、大腸ガンの手術をした。糖尿病を患っていた〝閣下〟にとって手術は大変だっただろう。

知野さんは若いときアリタリア航空の日本支店長をしていた。「シマちゃん、うちの飛行機に乗ってローマまで行ってごらん。もちろんファーストで招待するよ。こうみえてもわたしはアリタリアの東京支店長なんだよ」

当時、アリタリアのファーストクラスはシガーサービスがあった。シガー吸い放題でしかもシャンパン飲み放題なのだ。わたしはその誘いに乗った。時間も金もない若いときだったので、ただ羽田—ローマを往復しただけだったが、ファーストクラスの優雅さを満喫した。さすがにまだそのころフィレンツェに住んでいた塩野七生さんの存在は知らなかったので、トンボ帰りのフライトだった。

知野さんは支店長を引退した後、自分でP

Rの会社を興したが、最後は自宅の地下にバーを作って、バーマンになった。粋な遊び人の知野さんからわたしにバーの名前を考えてくれと連絡があった。わたしは迷わず、当意即妙に「THE BAR」と命名した。週に1回、長年帝国ホテルのバーで働いていた有名な伊藤バーマンを呼んで、カクテルの作り方を教わっていた。伊藤さんはボランティアで働いていた。大腸ガンの手術後、〝閣下〟はさすがに疲れを感じ、ザ・バーを閉めた。

その少し前、マガジンハウスの木滑名誉会長から電話があった。「知野さんがシマちゃんに会いたがっているから、一緒に行こうよ」

一見、術後の知野さんはやつれて見えたが、新しいジョークを連発していた。人生は怖ろしいジョークの連続である。ザ・バーの天井からヒトラーの爆撃機、ユンカーがぶら下がっていた。わたしは前からこのユンカーが欲しかった。「知野さん、このユンカー欲しいんですが」

いままでわたしは知野さんの持ってるものをことごとく欲しがった。ヴェネティアの高級ホテル「ダニエリ」のキーの房付きのホルダーが欲しくて会うたびに無心した。さすがの〝閣下〟も見せるだけでくれなかった。ところがある日、あげるというのだ。聞けば純子賢夫人がそんなにシマジさんが欲しいというんなら、あなた、男らしくあげなさいよ、ということになったらしい。やっぱり女房の目には英雄なしである。

また閣下からは、パイプはやらないからとお父上の愛用した古いダンヒルのパイプを何本も頂戴した。あのダンヒルのトレードマークの白いポッチに本物の象牙が使われていた。知野光志さんの生涯は、まさに本物のダンディな伊達男の生き様だった。当然、いまサロン・ド・シマジ本店にユンカーは吊るされている。享年80歳。合掌。

朝は〝天使の時間〟、夜は〝悪魔の時間〟

先日、中里中学と一関一高合同の「シマジを励ます会」が開かれた。場所は新日鐵代々木倶楽部。遠くは岩手県一関から駆けつけてくれた。新人のくせに立て続けに3冊も本を出してしまい、さぞみんな面食らったことだろう。一関は4歳のころ、両親と一緒に疎開して高校を卒業するまでお世話になった故郷である。

40人の顔見知りの先輩、同級、後輩の前だったので、その日のスピーチはまるでファミリーの雰囲気のなかで出来た。何人かからお返しのスピーチをいただいた。総じてシマジ少年は変わり者だったようだ。4歳年上の亀谷勇さんは、近所のガキ大将だったが、なぜか疎開少年のシマジを可愛がってくれた。夜遅くまで勉強していたといいたいところだが、わたしは本ばかり読んでいた。亀谷先輩が「よく眠くなんないな」とシマジ少年に訊いたら、「両目を籤《ひご》で開いて本を読んでるんだよ」と豪語したそうだ。

わたしの親父ははじめ疎開先で中学校の数学の教師になった。夜は家を開放してソロバン塾をやった。そのとき多くの生徒が集まってきた。そのなかに同級生の鈴木恒夫がいた。彼は若いころから見事に禿げていた。彼はスピーチで、出来ないとうちの親父にソロバンで坊主頭をゴシゴシこすられ、その結果、禿げたと告白した。いまからアデノゲンを贈ってももう間に合わないことだろう。

小松澤斎が小学4年のときのガリ版刷の詩集を持ってきて、シマジ少年の「夕やけ」という詩を朗読してくれた。「ぼくは　ふとかがみをみた　かがみにうつったのは　まっかな色　きいろい色　いろいろのいろが　まぶしくかたまっている ぼくの ほっぺた まけそうだ」。同級生のなかに一人、シマジ・ストーカーがいた。三浦清豪という巨漢は高校時代はそんなに親しくなかったが、シマジの名を『週刊プレイボーイ』や『PLAYBOY』の裏表紙に見つけてから、突然、ファンになったという。開高健さんとの共著『水の上を歩く?』をTBSブリタニカ版初版で持っているのが自慢の一つだ。怖ろしいことに『週刊現代』の新春企画でやった世紀の対談「瀬戸内寂聴vs.塩野七生」のコピーまで持参してきたのにはわたしも一驚した。

サイン会も催され、講談社の担当編集者ハラダも参席してくれた。わたしはスピーチのなかで「原稿は午前中に書いています。なぜなら朝の時間は〝天使の時間〟といわれて頭が冴えている。夜は〝悪魔の時間〟といわれています。これから酒を飲みながら、〝悪魔の時間〟をみんなで愉しみましょう」と締めくくった。着席すると隣に三浦清豪がいた。その隣にハラダがいた。「講談社のハラダです」と清豪に挨拶すると、すかさず清豪が尋ねた。「セオは元気か」驚いたハラダが「セオはぼくの後輩ですが、お知り合いなんですか」と聞き返すと、清豪は「いや会ったことはないが、『甘い生活』のなかで重要人物として書かれているじゃないか。セオはキャラがよく立っている。『遅れてきた新人シマジ君を励ます会』の事実上の発起人なんだ」

それにはさすがのハラダも椅子からずり落ちんばかりに驚愕した。

「三浦さん、必ず酒宴をセッティングしますから、セオに会ってやってください。彼も驚き嬉しがります」「そこまでいってくれるなら、銀座の『みよし』で『乗り移り人生相談』の名相棒、ミツハシにも会いたいな」と清豪は無心していた。

みんなに心から感謝!

共産主義の国で「ドン」の称号を贈られた男

シガーの神様、ドン・ロバイナが死んだ。享年91歳。このニュースは葉巻愛好者にかなりの衝撃を与えた。すべての葉巻職人はキューバの国家公務員であるのに、ロバイナだけは別格だった。彼は共産主義の国でカストロ議長から「ドン」の称号を贈られた、キューバンシガーのゴッドファーザーであった。革命後、多くのタバコ農園が統合されるなか、ロバイナだけは先祖代々の貴重なタバコ農園を守り抜き、個人栽培を貫いた。彼が作る上質な葉巻に感動したカストロが「キューバの葉巻の共同生産に参加してあなたの技術を後進に教えてくれないか」と直接ロバイナに頼んだ。が、ロバイナは拒絶した。「極上なシガーを育てる最大の方法は、家業としてタバコを栽培することです」と答えた。さすがのカストロもこの天才の我が儘を受け入れた。カストロは葉巻のうまさを、チャーチル同様知り尽くしていたからだ。

17歳のときロバイナは、乗馬中、年上の美しい女、テレサに出会った。この運命の出会いに、ロバイナは雷に撃たれたように激しい恋に落ちた。はじめテレサはロバイナを17歳のガキとして相手にしてくれなかった。冷たくされればされるほど、ロバイナの情熱はますます炎と燃えた。4年後、念願叶って二人は結婚した。

2004年のシガー専門誌のインタビューのなかで、ロバイナみずから彼女との畢生の愛を切々と語っている。「テレサのことを語るのはとても辛い。おれは彼女に会う前にすでに女を経験済みだった。テレサと最初に目を合わせたときからなにかがちがったんだ。彼女と暮らした60年間は、愛情に変化はあったとしても、毎日、はじめて出会った日みたいに感動の稲妻が体のなかを走ったように感じた。彼女の死について本当に受け入れることが出来たのは、つい最近のことだ。テレサはこれまでもこれからもおれの人生において、かけがえのない愛する唯一の女なのだ」

ロバイナの家は名だたるシガーの葉生産家だった。彼は10歳のころからシガーを吸っていたという。ロバイナ家はブエルタ・アバホ地域にシガーの表面に巻く葉っぱ、ラッパー用の屈指の農園「サン・ルイス」を所有し、代々タバコ農園を営んでいた。いまでもロバイナの畑は輸出用ハバナシガーのラッパーの80%を供給している。キューバンシガーのなかで、作り手の名前が付いているのはロバイナだけだ。そして長らくキューバ国立葉巻産業の移動大使として活躍した。

日本人で直接ロバイナの家に招待された御仁がいる。シガーダイレクトの倉林社長だ。

そのときベガスロバイナ5周年記念として500セット限定で発売された、100本入りヒュミドールをサイン入りで売ってもらった。

その限定シガーを倉林は気前よく〝リアル・シガー・ナイト〟のパーティ参加者全員に振る舞った。「ロバイナさんは気さくな人でした。ドンは革命の際、逃げることもなく農園を守り、シガーを愛し、シガーを愛する沢山の愛好家にも愛された。その多大な功績を讃え、ここにご冥福をお祈りします」と倉林。

ベガスロバイナの葉巻は1997年の春、公式に発表された新しいブランドだ。奇しくもチャーチルは90歳と55日、ロバイナも91歳まで生きた。葉巻はまさしく正真正銘の農作物でナチュラルで健康的なものなのである。長生きしたかったら、恐れることなくシガーを吸いまくれ。

ヒトラーがビアホールで最初に演説したときの熱狂は、こんな感じだったのかもしれない

先日、「ライブ乗り移り人生相談」を開催した。男女半々合わせて73名の熱狂的な読者が、日曜日の午後だというのに定刻に全員つどった。壇上から見ると、30代のなかなかのイケメンとフルボディのいい女が集まっていた。久しぶりに興奮したわたしは元気千倍のフルスロットルで飛ばして、司会のミツハシが読みあげる相談に即興で回答を放った。

はじめから凄い相談だった。「夫は8歳年下の27歳。わたしは売れないモデルをしているのが退屈になり、AVの女優をやりたい」という強烈なものだった。「AVみたいな残るものを仕事にすると、後で夫と問題を起こすから、夫がOKしなかったら止めたほうがいい」とわたしは常識的に答えた。ところがライブが終わってから、このAV女優志望者がわたしに直接話しにきた。「じつはあれから進展して、夫も両親も賛成してくれたんです」というではないか。わたしがおたおたしてると「シマジさんの大好きな川崎軍二監督に撮ってもらいたいと思っています」と付け加えた。「是非、処女作品を送ってください。ミツハシと観ます」と答えるのが精一杯だった。フルボディの美女には、この世に怖いものなんてなにもないらしい。

次の相談も変わっていた。「わたしには親友の男性がいます。よくダイビングに一緒に行って同じ部屋にふたりで泊まるんですが、彼はわたしを女として扱わないのです。このまま親友でいるには一歩踏み出さないほうがいいんでしょうか。これからどうすればいいのか」という相談だった。「これは人生で稀にみる貴重な美しい人間関係だから、そのまま深入りせず真珠のような素晴らしい男と女

の関係を生涯保ったらどうだろう」とわたしは回答した。もう一つ面白い相談があった。

「現在同棲中の彼とよく喧嘩をするんですが、彼もわたしも負けず嫌いで一歩も譲らず、ギクシャクした空気のなかで過ごしています。喧嘩のときの美しい幕引きの方法を教えてください」

わたしは長いこと夫婦生活をやっているのでこの気持ちはよくわかる。あるとき怒った愚妻がわたしに決定的なことを言った。「今度生まれ変わったら、絶対にあなたなんかとは結婚しません」ときた。わたしは軽いアクビをしながら答えた。「おれは今度生まれ変わっても必ずおまえを探し出して結婚するね」。すると愚妻は頑なに「今度は男になって生まれます」と言い張った。そこでわたしは「それでもおまえを探し出す。おまえなら男でも抱けるような気がする」といったら、いままでプンプン怒っていた愚妻が思わず「ワァッ！」と笑い吹き出した。この種のレトリックは、若いとき今東光大僧正に教わった。会場は大いに沸き、大爆笑が鳴りやまなかった。

全員、わたしの3冊の著作を熱心に読んでいた。だからシマジの得意なフレーズ、例えば「知る悲しみ」というだけで笑いが起こるのだ。会場は格別な雰囲気に包まれた。まさにシマジ教の信者の集まりだ。ヒトラーがビアホールで最初に演説したときの熱狂は、きっとこんな感じだったのだろう。

いい女の崇拝者たちに囲まれていい気持ちになっていたわたしは、そのとき天上界の今東光大僧正の荘厳な声を聞いた。

「おいシマジ、高潔に心して振る舞え。シバレンに教わったダンディズムを忘れることなかれ」「もちろんですとも、大僧正」と誓ったのである。

バテレンが武家の娘に生ませた不義の混血児の魅力

稀代の時代小説作家・柴田錬三郎が創りだした「眠狂四郎」をいままで演じた役者は数々いるが、鶴田浩二、松方弘樹、市川雷蔵、田村正和、そして今回のGACKTの5人が出色である。このたび日生劇場で、GACKTがまさに30年ぶりに狂四郎を演じた。それは新時代劇というべき音も映像も絢爛豪華なものだった。孤高の素浪人・狂四郎を、GACKTは見事に演じていた。円月殺法さえスピーディに新しく演出されていた。殺陣はモダンダンス化されていて、じつに今様であった。シバレン先生は群れず孤高に咲く青紫のリンドウの花をこよなく愛した。このリンドウの花を芝居のなかで狂四郎の小道具として巧く使っていた。

GACKTはNHKの大河ドラマで上杉謙信を演じ時代劇づいたのだろうか。今度は狂四郎になりきっていた。「人に見透かされる心は持たぬ」というあのニヒルさがよく出ていた。

当時、シバレン先生は直木賞をもらってもなかなか仕事がこなかった。そんなとき新潮社から雑誌社として初めての週刊誌『週刊新潮』が創刊され、担当編集者の麻生吉郎さんから時代小説を書いてくれという注文が入った。「まずユニークな主人公の名前を考えてください」と麻生吉郎がいった。文豪は1ヵ月考えた末、「眠」という名を編み出した。そして作家の実名錬三郎から連想して「狂四郎」と付けた。それは「大菩薩峠」の机龍之助に負けないインパクトがあった。

幕末の江戸のひな祭りの日に、眠狂四郎はひょっこりと出現するのである。ニヒルなダンディズムの哲学を持った狂四郎は悪を懲らしめるが、エロチシズムもたっぷり持っていた。だから女にモテた。バテレンが武家の娘に生ませた不義の混血児狂四郎は、八面六臂の活躍をする。第一稿を読んだ編集者の麻生吉郎さんが提案した。「柴田先生、狂四郎に殺法を考えてください」。シバレン先生はそこで円月殺法を編み出したのである。じつはこのとき直木賞作家は生まれて初めて時代小説を書いたのである。シバレン先生自身人生をニヒルに感じていた。それは二等兵として徴兵されてフィリピンに出兵する途中、バシー海峡でアメリカの魚雷に輸送船が撃沈され8時間も海に漂流した経験から身に付いたものだった。救命袋にすがって浮遊していた仲間が「お母さん」と叫んで沈んでいく姿を見ながら、シバレン先生はただ一人なにも考えないで虚無でいたという。やっと日本の救命船がやってきて救助されたのだが、その数はわずかだった。

この原体験があってこそ、眠狂四郎は誕生したのである。男は死ぬとき母親の面影を胸のなかに抱く。死と隣り合わせにいる狂四郎も若くして死んだ母親の面影を追いながら、多くの女に恋情を感じるのだが、真実とは裏腹に「女を愛する心は持たぬ」とクールにいう。狂四郎を愛する美保代は帰ってくる当てもない狂四郎のために、毎晩蒲団を敷いて待っている。

劇場は30代40代の女性で満席だった。これはGACKTの人気なのだろう。是非、この女性たちに小説「眠狂四郎」を読んでもらいたいものだ。GACKTの狂四郎は秋から大阪、名古屋で公演される。もっともっと役者たちの演技に磨きがかかってくるだろう。この演出ならニューヨークあたりで公演しても、きっと受けるにちがいない。日本のニヒルな狂四郎がそろそろ外国で認められてもいい時期である。

ロンドンは、粋な男のための魔性の街である

わたしの身の回りはなぜかロンドン製のアイテムに囲まれている。例えば朝起きて髭を剃ろうとするときはロンドンの老舗トゥルフィット&ヒルのアナグマのブラシと同じくトゥルフィット&ヒルのカミソリとシャボンを愛用している。これはモノの本によれば、チャーチルも使っていたそうだ。そのブラシとカミソリを架けるスタンドがまた洒落ている。爪切りや鼻毛抜きのグルーミンググッズは、ロンドンのペンハリガンの本店でブレナム・ブーケのオ・デ・トワレと一緒に買った。

わたしはこうして朝から一人悦に入っている。多分、「お洒落極道」とはこのように一人で「うん、見事だ。美しい嬉しい」とよがり声をあげることなのかもしれない。「一人よがり」という言葉は、そもそもこういうことをいうのではないだろうか。

わたしは柄に似合わず朝から原稿を書くタイプである。売文の徒にとって朝は〝天使の時間〟といわれている。脳科学者によれば、脳みそがいちばん活性化するのは熟睡のあとの午前中らしい。朝、ラプサンスーチョンをよく効かせたシマジスペシャルの紅茶を飲むがこれもロンドンのフォートナム&メイソンで買ったものだ。紅茶のポットもロンドンのアンティークショップで買い求めた100年以上前のヴィクトリア時代の銀器である。

おもむろに朝はパイプに火をつけるのだが、タバコジャーもこれまた100年以上前のヴィクトリア時代の銀製で気に入っている。そういえばパイプもライターもダンヒルだ。パイプの灰皿も銀製で左右に2本パイプが置けるユニークなアンティークものだ。毎日、昼からはスポーツジムに行って汗を流

し、帰ってきて必ずシエスタを愉しんでいる。そして夜の帳《とばり》が降りるころから〝悪魔の時間〟がはじまる。担当編集者がやってきて食事をしながら打ち合わせをすることが多い。そのあと「サロン・ド・シマジ」にお越し願い、わたしがバーマンになってシングルモルトをご馳走することにしている。選び抜いた極上のヴィンテージのシングルモルトをショットグラスに注いで、上から同じスコットランドのマザーウオーターで割る。そのマザーウオーターを入れる小さなジャグ（水差し）もロンドンのアンティークショップで探してきた150年以上前のものだ。

それからビジターズ・ノートブックを取り出し、訪問者にサインしていただいている。この重厚なノートブックはロンドンの文房具店スマイソンの名品である。わたしの吹かすシガーに燻《いぶ》されながら、編集者たちとさらに打ち合わせが続く――。

ロンドンは粋な男のための街である。お金がいくらあっても足りないくらい男にとっての魔性のアイテムを沢山売っている。粋な男のおもちゃ箱をひっくり返したようなロンドンの名品だけを山のように売っているブティックが青山の骨董通りにある。「ヴァルカナイズ・ロンドン」だ。

この店に行くのが怖くなるほどロンドン製の名品が並んでいる。フォックスの傘は注文によって持ち手も選べるし傘の色も決められる。チャーチルが愛用したグローブ・トロッターの旅行鞄もある。もちろんペンハリガンもスマイソンもトゥルフィット&ヒルも並んでいる。驚いたことに、ターンブル&アッサーのスモーキング・ジャケットも売っている。アブク銭が入ったらこの洒落たスモーキング・ジャケットを手に入れるつもりだ。

――その3ヵ月後、結局背伸びしてそのジャケットは買ってしまった。

「迷信」は優雅で複雑怪奇なピートの香りがした

人にそれぞれの人生があるように、シングルモルトにもひとつひとつの物語がある。アイラ島の近くにある小さなジュラ島のシングルモルト、ジュラにも面白い物語がある。村上春樹の『1Q84』のタイトルは、英国の作家、ジョージ・オーウェルの『1984年』からの借用だ。そのジョージ・オーウェルはジュラ島に一人住みついて小説を書いた。もったいないことに、オーウェル先生はシングルモルトが舌に合わず、もっぱらラム酒を飲んでいた。この島には300人くらいしか人が住んでいない。むしろ鹿のほうが多く、20倍の6000頭もいるそうだ。

対岸の島、アイラからジュラに近づくと、ちょうど形のいいオッパイを二つ置いたような山が並んでいる。ジュラのモルトはかなり飲んでみたが、アイラのラガヴーリンやラフロイグやアードベッグと比べると、何かピート香が欠落していてフラットな味がする。

このほど所有者がインド人に替わって早速ピートを掘ろうといい出したのだが、従業員たちは掘るのを忌み嫌った。ジュラでは4月前にピートを掘ると呪われるという迷信があったからだ。

その迷信を逆手にとった新しい所有者は、わざわざ不吉な金曜日にピートを掘らせた。そしてボトルに十字架を記し「スーパースティション」(迷信)という名で売り出した。

シングルモルトは必ず何年ものというヴィンテージが入っているのだが、掟破りして年号まではずしてしまった。さらに凄いのは13年モノから23年モノまでのジュラをバッティング(混ぜる)したのである。ほかのシングルモルトを互いに混ぜて作ったモノをブレンド・ウイスキーというが、この場合ジュラは年代別のバッティングなのである。しかもこれを「魔よけとして飲め」と宣伝して売り出した商魂はたくましく面白いではないか。物語を作って売ってしまうこの戦略を作家のオーウェルはどう思っていることだろう。わたしも素敵な物語のジュラの「迷信」を買い求めて飲んでみた。値段が4000円少々のところが気に入った。味もなかなか土臭く、腰もしっかりしている。普通のジュラとはちがい飲みやすく優雅で複雑怪奇なピート香がするではないか。

どうしてこの物語を知ったかというと、わたしの英会話の先生のジェフ・トンプソンから聞いたのである。彼が最近読んだ『GOODNESS NOSE』というウイスキーのブレンダー、リチャード・パターソンが書き下ろした本にあったそうだ。この本によれば、人類初のブレンダーは、19世紀の人でアンデユー・ウッシャーという人だった。ひと財産作った彼は、エジンバラに音楽ホールを寄付した。ちょうど佐治敬三がサントリーホールを作ったようなものだ。

ジュラ島には小さなホテルがある。蛇口を回すと濁った茶色の水が出てくる。驚いたわたしがフロントに電話すると、「わたしたちは有史以来、この水をずっと飲み続けていますが」と威張って答えてきた。ジョージ4世がスコットランドを訪ねたとき、当時シングルモルトが宗教的問題から製造を禁止されていた。それでもスコットランド人は英国国王ジョージ4世にムーンライト・ウイスキーといわれる密造酒のグレンリビットを飲ませた。国王はいたく気に入り生涯グレンリビットを愛飲した。

今日もまたオックスフォードの英会話のレッスンブックはそっちのけで、シングルモルトの話に花が咲いた。困ったものである。

浪費こそが文化を創るのだ

英国の稀代の浪費王を書いた『ジョージ四世の夢のあと』（君塚直隆著　中央公論新社）は、じつに面白かった。ジョージ4世は怪物、ナポレオンを向こうに回して勝利した王である。若いときはダンディズムの父、ボー・ブランメルの親友であった。が、皇太子はブランメルの傲慢さに耐えきれなくなって仲違いした。それにしても肖像画を見るにつけ、18歳のジョージ4世は美男である。また王は子供のころから美しいものが大好きだった。美への欲望は年々歳々風船のように膨らみ、浪費に浪費を重ね、皇太子でありながら借金で首が回らない状態に陥っていた。

しかし、この浪費の天才がいなかったなら、いまの大英博物館はおろか、バッキンガム宮殿もリージェント・ストリート（摂政通り）も存在しなかった。だが、ジョージ4世が崩御したとき、「タイムズ」紙はその死を悼むどころか〝税金泥棒〟として酷評した。

本書によれば、最近の研究でジョージ4世の浪費がやっと見直されているそうである。

とにかくその浪費のスケールが凄い。例えば、ロンドンにいると借金取りに追われる身でありながら摂政皇太子は、都心から南に80キロ離れたブライトンにあったロイヤル・パヴィリオンをインド風の宮殿（なぜインド風にしたのか。それは東洋の王はなんでも勝手気ままに出来るという憧れがジョージ4世にあったからだ）に建て替え、ヨーロッパ一の大厨房を設置した。その厨房に当時ヨーロッパ一の美食家、タレーランに見出され、のちにナポレオン皇帝お抱えとなったフランス最高のシェフ、アントナン・カレームを雇い入れた。ジョージ4世はタレーランに負けず劣らずの美食家であった。タレーランは「フランス料理は革命前と以後とでは月とすっぽんだ」といっている。もちろんジョージ4世はフランス革命前の料理を作らせたにちがいない。厨房には冷凍室まであった。そこでジョージ4世は饗宴《えんさ》外交を繰り広げていたから、国民から怨嗟の声が上がった。国会議事堂に向かう摂政皇太子の馬車をめがけて民衆は石を投げつけながら「パンか、それとも摂政の首をよこせ」と罵声を浴びせた。国家もナポレオン相手に莫大な戦費を遣い、また連合国に借款を施していたので金庫は火の車だった。議会も慎むように警告したが、ジョージ4世の浪費癖は止まらなかった。

いよいよ王となったジョージ4世はロンドン大改造を着想して、バッキンガム宮殿を造ることにした。1837年、宮殿は総工費60万ポンド以上をかけて完成したが、浪費王ジョージ4世はすでにその7年前にこの世を去っていた。王のえこひいきを恣《ほしいまま》にした建築家ナッシュも死んでいた。まさに「夢のあと」となった。その宮殿の最初の住人はジョージ4世にことのほか可愛がられた姪のヴィクトリア女王であった。ロンドンにはいまでも華やかな建築物が遺っている。これを称して「摂政時代の様式」と呼ばれている。

いまのパリがナポレオン3世によって大改造されたように、ロンドンはジョージ4世の途方もない浪費癖が造らせたものだ。歴史は時が流れないと正確な評価は下せない。いまナショナル・ギャラリーで見られる肖像画もみなジョージ4世が、当時の肖像画家たちを庇護したお陰である。浪費こそ文化を創るのではないだろうか。目利きであったジョージ4世がいたからこそ、いまのロンドンがある、といっても過言ではない。いまの日本には倹約精神が跳梁跋扈《ちょうりょうばっこ》している。そんな国から後世に残るような文化は生まれない。

シングルモルトはシングルで飲み、紅茶はブレンドして飲むべきである

ヨードチンキの臭いがするといわれているシングルモルト、ラフロイグと同じアイラ島のラガヴーリン16年は、わたしの愛飲のモルトウイスキーだ。かのウイスキーの泰斗、マイケル・ジャクソン先生も「ラガヴーリンは紅茶のラプサンスーチョンの香りがする」と何版かの彼の名著『モルトウィスキー・コンパニオン』(小学館)に書いている。

紅茶、ラプサンスーチョンの独特な香りは一度嗅いだら忘れられない。ちょうど日本の正露丸の香りがする。この紅茶は紅茶専門店にいけばどこでも売っているが、単品では飲みにくい。どうも紅茶を単品で飲むのは日本人だけのようだ。わたしの英会話の個人教師、ジェフ・トンプソン先生によれば、英国では最低4種類の紅茶をブレンドして飲むそうだ。だから来日直後、ジェフは喫茶店のメニューにダージリンとかアッサムとか単品で書かれているのをみて奇異に思った。また紅茶の薄さにも呆れてしまった。英国の紅茶はどこで飲んでも煮詰めたように濃厚である。だから英語でブラック・ティという。

ジェフ先生は1時間の個人レッスン中、必ず中間で紅茶を入れてくれるのだが、これがまた香りが複雑で濃くて美味い。先生はこれをジェフ・ブレンドと自慢している。この秘密のブレンドをやっとのことで英語で聞き出すことが出来た。まず、ダージリンとアッサムとスリランカを同じ分量ずつよく混ぜる。それに熱湯を入れて4～5分置いておく。たしかに3種類の紅茶が混ざり合って複雑怪奇な味がする。これにさきほどのラプサンスーチョンを軽く1匙、最初から一緒に入れると、さらにぐんと味が複雑になってジェフ・

ブレンドの完成である。どうもこのジェフ・ブレンドは病みつきになる。もっと複雑な味にしたければ、もう一種類アールグレーを使うと、もう舌が痺れてしまうくらいに美味い。これをストレートで飲む悦楽はだんだん病膏肓《こうこう》に入りいまでは自分でやっている。そんなわけでいまラプサンスーチョン入りのブレンド・ティはサロン・ド・シマジ本店の定番になってしまった。食事のあと、サロン・ド・シマジにきた担当編集者とまずこの濃い複雑怪奇な紅茶を飲んで、さらにシングルモルトをあのマザー・ウオーター、グレンリベットのスペイサイド・ウオーターで半々で割り氷を入れたシェイカーで振って一緒に飲む至福は、編集者の顔をみているだけで納得する。

　ジェフ先生が格言のようにいつもいっている言葉がある。「シングルモルトはシングルで飲み、紅茶はブレンドして飲むべきである」

　さすが英国はヴィクトリア王朝のころ、100年間続いたバブル王国であった。わたしも当時のバブリーな銀製の紅茶ポットを使っている。ジェフがロンドンの骨董屋で買ってきた愛用の紅茶ポットを英語でせしめるには、かなりの技と時間が必要だった。いまやわが居城に鎮座ましましている。

　文化とは無駄の集積であり、〝知る悲しみ〟なのだ。わたしの舌はもうそのへんの喫茶店の紅茶では我慢出来なくなってしまった。ジェフには悪いが英会話はさっぱり上手くならないがジェフのお陰でシングルモルトと紅茶の知識はますます磨きがかかってきた。

　いまのわたしの最大の悦楽は、熟成したカスク・ストレングスのシングルモルトと、不思議なラプサンスーチョン入りの紅茶と、コイーバのシグロVIのグラン・レゼルヴァのシガーの味を愉しむときだ。この悪魔の悦楽をあと20年間続けられたら本望だ。

ゴルフ場の「顔」はグリーンである

横浜の海の見える丘陵にある、桃源郷のような美しいゴルフ場がある。そこが磯子カンツリークラブである。磯子CCは開場して2010年でちょうど50年になる。それを記念した「開場50周年アニバーサリー・ブック」の編集の仕事がわたしに舞い込んできた。一年中花が咲き乱れ滝が流れ落ちる磯子CCの記念本を作るのなら、と喜んで二つ返事で引き受けた。

いまカメラマンの長濱治と足繁く磯子CCに通って取材中である。まずは開場50周年記念特別企画として、青木功プロにお越し願った。磯子CCは青木功にとって輝ける戦場であった。1972年、関東プロ選手権で青木とジャンボ尾崎が死闘を演じたのが、磯子CCの17番のロングホールだった。

決勝日、両雄は19アンダーで並び、プレーオフが行われた。16番パー3はパーでイーブンになり、17番のティー・グラウンドに立った。青木の第1打はV字になった急勾配の下から1段目と2段目の筋の中間あたりまで飛んだ。ジャンボはさらに2段目の少し上まで飛んだ。

青木は8番アイアンで、ジャンボは9番アイアンで2打目を打った。当時のグリーンはいまは記念物のように、こんもりと盛り上がってラフの状態であるが、当時はお椀型の小さな高麗グリーンであった。青木の打ったボールはドローしながら林を越えてピンの左5メートルにオンした。一方、ジャンボのボールはピンの下7メートルにオンした。パーシモンでスモールボールの時代に、パー5を二人は悠々2オンしてきた。

ジャンボのファーストパットはちょっとは

ずれ、「お先に」と言って軽々バーディ。青木が例によってコツンと強く打ったボールは、カップの向こう側に当たって一度跳ね上がると、そのままカップに落下した。見事なイーグルでジャンボを破って優勝した。本日、38年ぶりに青木は磯子CCの17番ホールのティー・グラウンドに再び立った。「しかしよくパーシモンとスモールボールであそこまで飛んだよな。あのころおれはよく曲がったけど、２９０ヤードは飛んでたんだろうね。ジャンボは優に３００ヤードは飛ばしていたんだ。おたがい20代だったからね。いまこれから打ってみるけど、ボールはここから見える段までは絶対にいかないよ」

青木は素振りもせずにドライバーを振った。ボールは真っ直ぐ飛んでいったが、予言通り落下地点は段の上まで届かず視界から消えた。第2打は38年前に打ったところにおいて、いまはない仮想のグリーンを狙って打った。「若かったとはいえ、よくここから8番アイアンで登りを入れて１５０ヤードをオン出来たもんだ」

懐かしむように打ったボールは38年前のようにピンに向かって真っ直ぐ飛んだ。登って行くと仮想のグリーンから5ヤード手前に落下していた。さすがの青木も67歳の筋肉の衰えに勝てないのか。「へえ、あんなに遠くにベントグリーンを新しく作ったんだ。バンカーも配置されていて美しく難しくしたんだ」

パッティングの名手青木功はそのグリーンの上に立った。10メートル強の下りのパットを試しに打った。ボールはカップをかすめて10センチのところで止まった。もう一度打った。ボールは吸い込まれるようにカップに消えた。「凄い！　天才だ！　さすが名人！」という周りの声援に青木は言った。「いやいやグリーンの手入れと仕上がりがいいんだよ。グリーンはゴルフ場の顔だからね」

編集にはよく過ちが起こるものだ

編集には、よく過ちが起こるものだ。わたしも『週刊プレイボーイ』をやっていたとき、まだ存命中の人を「故なになに」とやったり、作家の原稿を2枚ばかり飛ばしてしまったり、まったく考えられないミスを犯したことがある。

いまわたしがコラムを連載中のゴルフ雑誌『Ｃｈｏｉｃｅ』で、それが起きた。ゴルフをやると、まるで人が変わったみたいになる人がいる。わたしの知り合いで立派な紳士だが、いったんクラブを握ると、〝ゴルフ乱〟になってしまうのだ。彼のドライバー・ショットが見事に芯を食い、ボールは真っ直ぐに飛んでフェアウェイの中央に立っていた大木に当たり、真下に落ちた。すると彼は大木に向かって、「馬鹿！　馬鹿！　どうしてお前はこんなところに立っているんだ！」と怒鳴り散らした上、ドライバーで何度も大木を叩くのである。付いていたキャディは震え上がり、今日は最悪の一日だわ——という表情になった。

こういう病気は死ぬまで治らない。

恰幅のいい紳士が小僧のキャディを従えて、1番ティーにやって来た。ショート・テンパーで有名な彼と、一緒に回る仲間はいない。いつもながら、彼は一人で回ることになった。

素振りもしないで、いきなりドライバーでスイングした。空振りに近く、ボールは10ヤードも転がらなかった。「この野郎！」と絶叫すると、再びドライバーを振り回した。今度は20ヤード飛んだ。「5番アイアンをくれ！　これはわしの十八番《おはこ》なんだ」

目の前に大きな池があった。男は渾身の力

を込めて打ったが、あわれボールは池の中に消えた。「畜生め！」と再び叫ぶや、５番アイアンを池にぶん投げた。いつものことだと、キャディはニコニコ笑っている。

「何が可笑しいんだ！　もし今度当たらなかったら、おれは池に飛び込んで自殺するぞ！」

するとキャディが静かにいった。

「無理ですね」

「どうしてなんだ？」

どうしたわけかその日のわたしの文章はここでちょん切れて終わっていたのである。

ブルータス、お前もか――と思っていたら、翌月幸いに同誌の読者欄に投稿があった。

「私はシマジさんの大ファンです。毎週火曜日発売の東スポの『グラマラスおやじの人生智』も欠かさず読んでいます。開高健さんとの対談集『水の上を歩く？』は、ぼろぼろになるまで愛読しました。ところで『ゴルフ乱』のジョークは唐突に終わっていて、何の意味かよくわかりません。これは次号に続くのでしょうか。シマジさんか担当編集者にお尋ねしたいです」

担当編集者のオオカワが次号に返事を書いてくれた。「実は、トラブルから最後の一文が途切れてしまったのです。お詫びします。前回のお話の最後は、超・短気なゴルファーがティショットに臨み、２回連続でチョロ、怒り心頭に発する場面からはじまります。以下にオチの全文を掲載。ご寛恕ください」

「何が可笑しいんだ！　もし今度当たらなかったら、おれは池に飛び込んで自殺するぞ！」

するとキャディが静かにいった。

「無理ですね」

「どうしてなんだ？」

「またヘッドアップしますよ」

編集、恐るべし。自戒をこめて。

〝人生の真夏日〟を共に過ごした男

中村信一郎君の訃報ほど衝撃を喰らったことは近年なかった。君とわたしは14歳違っていた。集英社に入社した君は、『週刊プレイボーイ』に配属された。わたしがちょうど『PLAYBOY』の副編集長のころだった。だから、君との濃密な付き合いは、わたしが『週プレ』の編集長になったときからはじまった。君は本当によく働いた。落合信彦さんの担当として、アメリカの傭兵部隊の恐ろしい現場取材を君は軽々やってのけた。

まさに君は100万部の週刊誌、『週刊プレイボーイ』の立役者の一人だった。あの4年とちょっとの季節は、若くて陽気だった君とわたしの〝人生の真夏日〟だった。怖れを知らぬ強力な集団だった。そのなかの最高のエースが君だった。数々のスクープやトラブルに君は真っ向からぶつかっていった。何かの手違いで落合さんとトラブルが発生し、「絶交だ！」と怒鳴られたときも、君はわたしと一緒に落合さんに会いに行き、開口一番「落合さん、〝絶交〟ではなく〝絶好調〟のまちがいでしょう」と切り出した。そのとき、落合さんもわたしも笑ってしまったことをいまでもはっきり覚えている。君は伊達に頭が大きくはなかった。そのなかには豊かな知性と芳醇な感性がずっしり詰まっていた。

君とわたしはJALの招待でマフィアのふるさとシチリアに、大勢の他誌の編集者たちと取材旅行にいったことがあった。その帰りローマに寄って、遺跡巡りをしたあと、買い物に興じた。そのとき「シマジさん。これ、どっちがいいと思いますか」と君が訊いてきた。わたしは「迷ったら2つ買え」と即答した。そのセリフを君はいたく気に入り、よくみんなに話していたね。その後、君は出版部に転じて、開高健ノンフィクション賞の担当になり、数々の新人を世に送った。いま活躍中の伊東乾さんや石川直樹さんは君の最大の功績である。

君がわたしの「励ます会」に参席してくれたことも忘れられない。君がそのとき沢山の作家たちと談笑していた姿がいまでも目に浮かぶ。君とわたしの人生の真夏日だったころの親しかった作家や写真家やデザイナーたちと懐かしそうに語らい、君の心はきっと懐かしく和んだにちがいない。

君が結婚するとき、わたしに仲人を頼んできたことがあったね。だが、わたしの人生哲学上、我が儘にもそれを拒絶した。そのとき君は血相を変えて、「シマジさん。これからも絶対ほかの人の仲人をしないと約束してください」と言ったことは決して忘れていない。もちろん、その後、何件か依頼されたがいまでも君との約束は守っている。

人生は出会いである。君との出会いは運命的だった。わたしがサントリーのタイアップ特集でジャックダニエルを取材し、記事を書いたことがあった。その原稿を熱烈に絶賛してくれたことがあったね。あのときの君の感激した顔をいまでもわたしは覚えている。船戸与一さんの『猛き箱舟』を『週刊プレイボーイ』で連載したときの担当者は君だった。毎週、あらすじを200字にまとめる君の才能は、群を抜いていた。

お通夜には大雨のなか、沢山の人が参集していた。佐野眞一さんや大沢在昌さんの姿もあった。2歳年下の素敵なライバルであったトモジが、切々と弔辞を読んだ。55歳の若さで逝った信一郎、わたしはどうしても君の死顔が見られなかった。ごめん。中村信一郎、中村、信一郎、しんちゃんの馬鹿野郎!

「果報は寝て待て」では幸運はやってこない

現在、財界人のなかで資生堂名誉会長の福原義春さんほど本を読んでいる人はいない。その福原さんが「福原語録」というべき本、『私は変わった変わるように努力したのだ』（求龍堂）を上梓した。いままで著作に書いた言葉や講演で話した言葉から、格言ふうなものを選んで集大成したものだ。

福原さんのような戦前からエアコンと給湯施設があった大邸宅に生まれた人を、外国では「銀の匙《さじ》をくわえて生まれた」という。そんな強運の人の運に関する至言が面白い。

「運のいいと思われている人は、よく人の話を聞き、いろいろな見聞を広め、面倒がらずに人に会いに行き、よく行動するというような面をもっている」「よく働く人は、本人も知らないうちに、『偶然』や『運の種』をまいている」

やはり人生の原動力は人と人との出会いなのである。会いたい人にじか当たりして、自分の運命を切り開くしか手はない。「果報は寝て待て」では幸運はやってこない。

社長時代、資生堂の大改革を断行した福原さんは、社長について名言を吐いている。

「よく『会社を革新する』というが、何を一番先に革新しなければならないかといえば、それは『社長自身』である」

また蘭の栽培を趣味としている福原さんは「私は蘭を栽培しているとは思っていない。常々一緒に生きていると思っている。そう考えると、経営も教育も同じだと気がついた」と含蓄ある言葉を書いている。「人を育てられない人は結局、自分も育たない。そういう人は役職の席に座っている資格がない」

まさに言い得て妙である。さらにリーダー

シップ論では見事な連想飛躍が光っている。「女性の直感
「リーダーシップは魂のように浮遊してい
る。いつも社長の所にあるわけではない。会
議をしていたら地震がきたとする。『机の下
に入れ』と叫んだ若い人の上にリーダーシッ
プは宿っている」
そして自分を謙遜して告白している。
「告白しますと、私は、学生時代はすこしも
勉強する気になれなくて、社会に出てからも
そんな状態が続いたんですが、いろいろ経験
を積んで五十歳頃になったら、なぜか突然勉
強がしたくなったのです」
たしかにわたし自身のことを告白すれば、
出版人になるまで学校の勉強なんて興味もな
かった。しかし社会人となって知る愉しさを
一日知ると、幹から枝へと知識が増えること
に感動して、勉強することが愉しくなってく
る。人生においていちばん愉しくて飽きない

ものは、結局勉強なのである。
が世の中を変えていく」という至言は、女性
相手に商売してきた経験に基づいているのだ
ろう。また高級化粧品を売っている立場か
ら、素敵な名言を吐いている。「『価格』は見
えますが、『価値』は見える人にしか見えま
せん」
わたしが福原語録でいちばん気に入ってる
のは、このやりとりでの名言である。
フランスの新聞記者「あなたの個人財産は
どれくらいですか？」
福原「私の唯一の財産は私のエスプリで
す。これは価格換算も売買もできるも
のではありません」
エスプリとユーモアがたっぷりまぶされた
福原語録は、含蓄に富んでいると同時に明快
で小気味いい。79歳の賢人のお言葉として有
り難く読ませていただいた。

自信をもってハリーズバーよりうまいと言えるベリーニがある

久しぶりに赤坂の「カナユニ」を訪れた。カウンターではバーマンの武居が忙しく季節のベリーニを作っていた。ベリーニと言えば、わたしが33歳のときヴェネティアのハリーズバーではじめて飲んで感激し、帰国してすぐ武居に作ってくれと無理やり注文したカクテルだ。ふたりで試行錯誤して、いまでは自信を持ってハリーズバーのものより美味いといえる。熟した桃をジューサーにかけ、それをプロセッコというイタリアの発泡白ワインで割るだけなのだが、やはり作り手の気が入るかどうかが重要だ。いまでは桃がでる5月からはじまり9月まで1000杯売れているそうだ。この店でベリーニを飲みながら若い男女の新しい恋が誕生したという話をよく聞く。たしかにベリーニはセクシーでグラマラスな恋の味がする。

もう一つ、リモンチェッロはイタリアの梅酒みたいなものだ。レモンの皮だけを使い、アルコール度の高いサンブッカにつける。これもナポリで美味いリモンチェッロを飲んだわたしが武居に頼んで、再現してもらったオパスワン（試作品）だ。武居の話によると、本物のイタリア人がやってきて、これを飲んで叫んだという。「これはマンマが作ったものより美味しい！」

人のいい武居はシュナップスのトニックウオーターの空き瓶に詰めて、お母さんに飲ませてやってくれとプレゼントした。これも「カナユニ」の大人気のドリンクなのだ。

わたしは「カナユニ」にかなり貢献しているのだが、この日、カウンターをみると、驚いたことに処女作の『甘い生活』が5冊も並んでいるではないか。「武居、これどうしたの？」とわたしが訊くと、待ってましたとばかりに武居が胸を反《そ》らした。「シマジさんに対するささやかな恩返しです。よく男性のお客さんが先にみえて、女性を待ってるときなど『是非、これをお読みください。お気に召したら差し上げます』とテーブルに持っていくんです。大概、ちょっと読むと『面白い本だね。これ買うよ』ということになる。そのお金でまた買ってきてはこうして置いているんです。これまで70冊以上は売りました。100冊売ったらシマジさんに報告しようかと思ってたんです」「武居。やっぱり何よりも尊いものは友情だね」「カナユニ」とは44年前、『週刊プレイボーイ』で取材したのがはじまりだった。80歳を過ぎた品のいい塚本バーマンがカウンターにいた。その老バーマンがアル・カポネのもぐり酒場で働いた体験を取材した。わたしの筆が滑って「いまその老バーマンは皿やグラスを洗っている」と書いたことに、横田宏オーナーが激昂して文句をつけてきた。「わたしたちは塚本さんに皿もグラスも洗わせたことはありません」

絶交するにはあまりにも横田と「カナユニ」は魅力的だった。こんなに従業員をかばうオーナーなんていない。わたしは昼間散々文句をいわれ訴えるとまでいわれたのに、深夜、男友達4人と「カナユニ」を訪れた。店に入るなり横田は「この野郎なんて奴だ」という顔をしていた。が、今度はわたしは歴としたお金を払う客なのである。心のなかとは裏腹に横田の表情はニコニコしていた。そんな横田の耳元でわたしは囁いた。「横田さん。絶交するにはあまりに勿体ない店です。だから、わたしの不始末を許してください」横田は仕方がないという顔をし、寛恕してくれたお陰で現在に至っている。72歳の横田が今夜もまた颯爽と出勤してきた。横田はいまだイケメンで62歳にしかみえなかった。

「スピーク・イージー」につどう親友こそ人生の最大の財産である

不景気と老齢のため店を畳んで悠々自適に暮らしているママが、退屈しのぎにときどき、気に入った友達みたいな顧客のグループを自分のマンションに招いて、美味しい料理とお酒を振る舞ってくれている。ここをアメリカの禁酒法時代の〝もぐり酒場〟にちなんで「スピーク・イージー」と呼んでいる。日本酒の〝ソムリエ〟の資格を取っている左利きのママは、いまも斗酒なお辞せずの酒豪である。

そこに集英社時代の同期で出会ったときから親友のヒロタニとSM作家の館淳一と、なぜか同期でもないのに同期のようなデカイ顔をしたトモジが参加して、会を盛り上げてくれている。

オープンな心で飲む酒はじつに心地よく酔う。昔はサントリーのダルマを一晩で1本空けていたヒロタニは、いまはサントリーの黒ウーロン茶を一晩で3本空けている。十数年前まではドクター・ストップがかかっていたのに、意地汚く酒に手を出していた。ある日、わたしが真剣に彼に訴えた。「ヒロタニ、おれを取るか、し、死を取るかだ。た、頼む、オレのためにさ、さ、酒を止めてくれ。この世からおまえがいなくなったら、お、おれはあまりにもさ、さ、淋し過ぎる」

その夜からヒロタニは酒を断った。なによりも尊いものは友情である。しかもいまのヒロタニはこうして酔っぱらいに付き合って深夜まで黒ウーロン茶を飲み続けているのだ。みんなその意志の強さに敬意を表している。

今宵も館はしたたか酔って、どもりながら口角泡を飛ばしている。「ト、トモジ、な、なんだっけ。お、おまえが考えたテ、テレクラの、め、名コ、コピーは」いまから25年前のことを昨日あったかのごとく、男同士は語り合えるのだ。「あれは館さんがヤクザに脅されて、テレクラの店の名前を考えたときでしょう」「た、館がヤクザに脅された？　き、きっとまちがえてヤクザのお、女をし、縛り上げたんじゃないのか」とわたし。「あ、思い出しました。スティービー・ワンダーの名曲の一節から盗んで〝パートタイム・ラバー〟と付けたんです」とトモジ。「巧いコ、コピーだ。テ、テレクラの男女にはピッタシだな」とわたし。「一時、デブセンが流行ったとき、デブセン・キャバレーの店名を『大関ちゃんこ娘』とナメダルマ親方と一緒に付けたことがありますが、そっちのほうが上でしょう」とトモジ。「そうそう、そ、そのみ、店おれもいったことがある。い、池袋だっけ」と、た、館。「シマジは東京大空襲のとき、まだ東京にいたのか」と黒ウーロンのヒロタニが突然正気で尋ねた。「も、もちろん。お、奥沢に住んでいた。か、神田のほうが真っ赤に夕焼けのように燃えていたのを覚えている。カ、カーチス・ルメイの野郎が悪いんだ。む、無垢な、と、東京市民を焼夷弾で焼き、こ、殺したんだ」「シ、シマジ、それはおまえのた、た短絡だ。ル、ルメイは重慶で日本軍が空からば、ば、爆弾を落としている下にいたんだ。そのと、ときに刷り込まれたことをた、ただやったまでに過ぎない」

今夜のた、館はどもりながら冴えている。ルメイはグアムに日本家屋と同じものを建てさせ、単なる爆弾より焼夷弾のほうが効果的だと判断した。「そのルメイの下で働いていたのが、〝歩くコンピュータ〟ことマクナマラだった」と正気のヒロタニ。

親友こそ人生の最大の財産である。

18ヵ国語に堪能だった、日本が生んだ恐るべき〝知の怪物〟

いま発売の『新潮45』のわたしの不定期連載「ゆかいな怪物伝」で、南方熊楠《みなかたくまぐす》を書き下ろした。日本が生んだこの恐るべき知の怪物、熊楠の最終学歴は、何と和歌山中学卒業であった。熊楠自身、そんなことはものともせず好奇心の赴くままに、生涯を通して研究生活に没頭した。東大の予備門を落第すると、さっさとアメリカに留学するが、そこでの勉学に飽きたらず、1892年ロンドンの大英博物館の閲覧室で勉学に励んだ。

18ヵ国語に堪能だった熊楠は、そこで世界の名著の要点を抜き書きした。そのノートは「ロンドン抜書」として52冊にも及んだという。読解力と記憶力の天才だった熊楠は、英国の科学週刊誌『ネイチャー』やオックスフォード大学出版部の『ノーツ・アンド・クィアリーズ』誌に論文を載せ海外で名を馳せた。だが理解のあった父親の死によって実家が傾き仕送りが途絶えた。極貧のなか、泣く泣く帰国する熊楠の客船と国費留学生として希望に胸膨らませる漱石の客船がインド洋のどこかですれちがったと多くの伝記作家が書いている。皮肉にも漱石と熊楠は東大予備門で同級生だったが交流はまったくなかった。

帰国後、熊楠は和歌山県の陸の孤島というべき田辺に蟄居して自分の研究に没頭した。東大にも学界にも無視されて、世間では奇人変人の学者とみられていた。熊楠も国内の権威や学界には無頓着で、黙々と粘菌の研究や民俗学の論文を『ネイチャー』や『ノーツ・アンド・クィアリーズ』両誌に田辺から送った。

そんな熊楠に戦前の昭和天皇より進講を受けたいという話が持ち込まれた。同じ生物学の研究者として、怪物はロンドンから持ち帰った古いフロックコートを着て天皇と対面した。20分の約束の時間はとっくに過ぎていたが、天皇は気にもせずご進講は1時間に及んだという。二人はきっと身分の上下を越えて、なにか相通じるものがあったのだろう。1年後、田辺の神島の麓にご臨幸一周年記念の標として記念碑が建てられた。熊楠は格調高く詠《えい》じた。

一枝もこころして吹け沖つ風
わが天皇《すめらぎ》のめでましし森ぞ

そして1962年5月、すでに怪物熊楠はこの世にいなかったが、再び紀州路を行幸した際、昭和天皇は白浜の宿の屋上から雨に煙る神島をはるかに眺めながら胸の内を詠《うた》った。

雨に煙る神島を見て紀伊の国の
生みし南方熊楠を思ふ

いまから4年前、その田辺市に遅ればせながら「南方熊楠顕彰館」が出来た。そこの中瀬喜陽《ひさはる》館長がしみじみと語ってくれた。「社会学者の鶴見和子さんは『あの歌は一種の相聞歌だ』といっています。みなは熊楠の偉大さを忘れているではないか。いやその偉大ささえもわかっていないのではないかという警告の歌とも受け取れます。例えば膨大な熊楠の日記は大正3年辺りまでしか活字になっていません。わたしは昭和16年12月の亡くなる直前まで目を通しましたが、熊楠の研究は彼の業績全体の30%ほどしか進んでいないでしょう。これからが愉しみなのです」

『南方熊楠英文論考〔ネイチャー〕誌篇』(集英社)が翻訳されたのは近年のことだ。いつの日か『ノーツ・アンド・クィアリーズ』誌の全訳が待たれる。そうすれば怪物学者熊楠の偉大さはもっと理解されることだろう。江戸生まれで明治時代に活躍した人のなかに、こうした天才が多く輩出している。

まったく家庭の匂いがしない粋な男に合掌

先月わたしがマルタ島へ旅立つ前日、親しかった共同ピーアールの椎野育太さんのお別れ会が外国人記者クラブで催された。故人を偲んで150人もが参席した。シイさんはこ6年間、骨のガンと闘いながら人生を愉しんでいた。ちょうど4年前、博多の高級フグ料理「天乃」のカウンターで偶然隣り合わせになった。「シイさん」「シマちゃん」と旧交を温め合った。シイさんは相変わらずの美食家で、若い連中に気前よく奢っていた。「シマちゃんと石川次郎とおれでペブルビーチを回ったとき、シマちゃんが短い1番ホール(パー4)でいきなりバーディ、次のロングホール(パー5)でまたバーディ。そしたら突然シマちゃんは挙動が不審になり、『どうしたんだ?』と訊いたら、『ウンコがしたくなった』と言い出したんだ」と、シイさんは面白おかしくわたしのペブルビーチウンコ事件を若者たちに開陳した。

事実、わたしは天下のペブルビーチでバーディ、バーディで興奮してしまい、強烈に便意を催したのだ。困ったことに見渡すところトイレはなく、おまけに紙もない。ボールをガシャガシャ洗うマシーンに付いている緑色のタオルを引っ張ってみたがビクともしない。が、全能の神のお助けか、ちょっと遠くの駐車場に白いものが落ちているのを発見した。すっ飛んでいってみると、だれかが落としていったスポーツタオルだった。それを拾ってきて、グーグーいう腹を気にしながらティーショットを打ったら、ちょうどボールがチーピンして左のくぼ地の近くに飛んだ。ここしかないとわたしはセカンドショットをいい加減に打つと、くぼ地に駆け下りて快便を放った。タオルで拭いて登っていくと、そこに破顔したシイさんと次郎の顔があった。2人はやさしく笑っていた。そこはダブルボギーでいつものゴルフに戻った。

シイさんは真の伊達男だった。綺麗な白髪が日焼けした顔によく似合っていた。旅行中いつも翻訳物の冒険小説を愛読していた。J・ヒギンズの『鷲は舞い降りた』はシイさんの〝聖書〟だった。まさにシイさんは〝ロマンティックな愚か者〟を地でいっていた。お洒落でダンディで不良の慶応ボーイだった。ラグビーで鍛えた肉体は強健で美しかった。そのシイさんが骨のガンに侵されるとは。やっぱり人生は怖ろしい冗談である。大手術のあとシイさんは杖をついていた。でもいつも笑顔を絶やしたことがなかった。PR業界のドンみたいな人だったが、とくに笑顔が美しい男だった。

いつだったか銀座のオーセンティック・バーのカウンターでシイさんがいった。「シマちゃん、おれに墓碑銘を考えてよ」

前日、イランのホメイニが死んで最期の言葉が新聞に載っていた。それは「眠りたい」の一語であった。シイさんは眠る時間を惜しんで毎晩銀座で遊んだ人だ。女にモテたシイさんはさらにアフターも愉しんだ。それでも悠々と早朝ゴルフに出かけた。「シイさん、簡単です。『眠りたい。椎野育太』でどうでしょう」「巧い! シマちゃん。それいただき」と爆笑していた。

だが、こんなに早く眠ってしまうなんて残酷過ぎる。今後シイさんのような洒落男はなかなか現れないだろう。わたしはお別れ会の冒頭に日刊ゲンダイの下桐治社長の話を聞くまで、シイさんが結婚していたことも4人の男の子がいたことも知らなかった。まったく家庭の匂いのしない粋な男だった。合掌。

オペラはセックス、アリアは男と女の雄叫びです

サロン・ド・シマジに遊びにきたオペラ学の泰斗・永竹由幸教授が、わたしのデアゴスティーニの全63巻のDVDオペラ・コレクションを眺めながらいった。「シマジさん、こんなにオペラが好きなら一度ヴェローナの野外オペラを観にいきませんか。6、7、8月、古代アレーナ（闘技場）で催されるオペラは壮観です。とくに『アイーダ』がいい」「いいですね。折角教授とイタリアに行くなら、マルタ島にも足を延ばしたいです。塩野七生さんに何度もマルタ島はシマジさんが絶対気に入るといわれているんです」「シマジさん、マルタ島もお付き合いしましょう。そのあとわたしの別荘があるサルディーニアにも行きませんか。ヨーロッパの富豪がどんなバカンスを過ごしているか、みてください」「ミラノに寄って買い物もしたいなあ」「いいでしょう。わたしの会社がミラノにありますので、社員をアテンドにつけましょう」「期間はどれくらい必要でしょうか」「そうね、2週間ですね。それでもハード・バカンスになると思いますが」「わかりました。今日から連載の書きだめと書き下ろしの準備をして、心おきなくバカンスを愉しみます」

これが4月初めのことだった。バカンス中現地から原稿を送ったりしたくなかったので、各担当者と打ち合わせをした。まず「東スポ」のフルカワには前もって4週間分を渡すことにして了承を得た。日経BPの「乗り移り人生相談」のミツハシにも無理をいって3週間分の書きだめをやった。月刊誌は1本分余計に入稿して、7月24日のJAL417便で永竹教授とミラノに飛んだ。東京は毎日蒸し風呂状態の狂暑だったが、ミラノは30度

以上あってもからっとしていて快適だった。文化はやっぱり天候に左右される。今回の旅はイタリア通の永竹教授と同行である。こんな贅沢をわたし一人で享受する幸せに胴震いした。永竹教授とは集英社インターナショナルに在籍中『オペラの数ほど愛がある』という面白い名著を作った仲である。はじめて教授のお宅の地下室にあるオーディオルームにおじゃましたとき、驚かされた。大きなスクリーンに映し出される映像の美しさと音響の素晴らしさに圧倒されていると、教授がいった。「シマジさん、オペラはセックスです。アリアは男と女の雄叫びです」この一言で永竹教授とならば気が合うなと直感した。

教授の奥さんはイタリア人でアンジェラさんというチャーミングな人だ。イタリア料理教室を開いている料理家でもある。何度もイタリアの手料理をご馳走になった。そのアンジェラさんはすでに7月早々からサルディーニアの別荘に滞在している。サルディーニアでの再会が愉しみだ。

アンジェラさんは永竹教授が三井物産からボローニア大学に社費留学したとき、恋に落ちて結婚して日本にやってきた。そして5人の子供をつくり育てあげ、長女は小児科の医者になった。孫が6人出来た。まさに肝っ玉マンマである。サルディーニアのアンジェラさんに、お土産はなにがいいかと教授に訊いたら「セブンスターライト」という返事が返ってきた。突然、同じタバコを吸うローマの塩野さんを思い出した。

いよいよ今夜はヴェローナで野外オペラ「アイーダ」を観る。教授の会社の女子社員カメちゃんが運転するクルマでミラノを出発した。

海外のオペラで居眠りしないための特効薬

永竹教授のミラノの社員、カメちゃんは、イタリア人並みの見事なドライビング・テクニックの持ち主だった。目的地・ヴェローナまで2時間を切って着いた。いよいよ今夜は古代アレーナで催される野外オペラ「アイーダ」を観るのだ。教授から注意事項を聞かされた。「シマジさん、大概の日本人はオペラを観ている途中、時差のせいでイビキをかいて寝てしまいます。それを防止するために、これから正餐をたっぷり食べて、そしてシエスタ（昼寝）を充分にホテルで取ってください。そうすれば絶対うたた寝なんかしません。開演は9時15分ですから、8時30分にホテルのロビーで会いましょう」

永竹教授は手慣れたものだ。恥ずかしいことだが、いままで時差の影響か、上演中に強烈な睡魔に襲われた苦い経験が何度かある。

「軽いランチではないんですか」とわたし。

「イタリア人並みの正餐です。上等なワインも飲みましょう」といって、教授は高級リストランテ「12使徒」にわたしを招待してくれた。そこは地下に大きなカーブをもった古い格式の高い店だった。マリア・カラスもよくきたという。美味しいイタリアンに舌鼓を打ち、イタリア・ワインを味わいながら、教授の講義を聴いた。「今夜の『アイーダ』はジュゼッペ・ヴェルディの作品のなかで、大メジャーなものです。出演者が大勢出ますから、アレーナにはピッタリな出し物です。彼の傑作は、女をいとしく思ったとき誕生している。たとえば『ナブッコ』は、最初に結婚した愛する妻、マルゲリータの突然の病死です。『ナブッコ』の有名な第2幕の合唱『行けわが思いよ、黄金の翼に乗って』は、まさに亡妻にたいする鎮魂歌でしょう。2番目の妻になったソプラノ歌手、ストレッポーニとの恋情に燃えていたときの作品が『ラ・トラヴィアータ』と『リゴレット』ですか。そして老いらくの恋の相手シュトルツが登場して『アイーダ』が生まれる。天才、ヴェルディは3人の愛する女から霊感を受けている。『アイーダ』は、当時の国際情勢が反映して、エチオピアという国から蛮族がエジプトに侵入してくる話ですが、あれはエチオピア=プロシア、エジプト=フランスと読み替えれば、ヴェルディの隠されたメッセージが読み取れる。覇権主義が天才は嫌いだった。さらに、当時、拡大するドイツ圏が多くの国際結婚を生み、ドイツ人と一緒になったフランスの女性たちの苦しみを天才は知っていた。1901年、ヴェルディはストレッポーニ夫人が亡くなって5年後、恋人、シュトルツに見守られながら、87歳でみんなに惜しまれて、死にます。天才の墓はミラノの自分が創設した〝芸術家憩いの家〟にある。ここは音楽家専用の養老院です。感動的なことに、ヴェルディが鬼籍に入ると、すぐその後を追うように、恋人のシュトルツが1年後に亡くなった。正式に籍は入っていなかった彼女をそっと一緒に葬ってやる関係者の熱い情け、そしてヴァチカンの寛大さ。イタリアは本物の大人の国なのです」「いい話ですね。この旅は贅沢で感激しました」

「そろそろ昼寝に戻りますか。シマジさんの席は、イタリア大統領が座るようなVIP席ですから、寝ないでくださいよ」

「はい、VIP並みのイタリアン・ファッションでバリッとして伺います」

お洒落とは、確たる自信なのである

　永竹教授のアドバイスに従ってわたしは部屋を真っ暗にして昼間の3時から爆睡した。野外オペラのVIP席で大好きな「アイーダ」を観ながら眠り込んじゃ日本人の恥だ。けたたましい目覚ましの音で目を覚ましたわたしは、自慢のスーツケース、地中海の空と同じ色、ライト・ブルーのグローブ・トロッターの鍵をバチンと開けた。この鍵の音はなんと魅力的なことか。一人悦にいって鼻歌まじりに、ガロのアンダーウェアをはいてサルヴァトーレ・ピッコロのシャツを探した。

「うっ⁉　ない⁉」。わたしはこの旅に、チャーチルが愛用したグローブ・トロッターとイタリアのヨット・ファッション・メーカー、マーフィ&ナイの布製の大きなカバンを携帯してきた。もしかすると、今朝、ミラノを出発するとき、ホテルに預けた布製のバッグに入れっぱなしだったのか。

　全身に戦慄が走ったと同時に汗が噴き出した。どこを探してもないモノはない。今朝、着てきた白いポール&シャークのTシャツが1枚あるだけだ。ブリオーニのピンクの複雑な織りを施したネクタイが1本、ボリオリの赤いボタンの黒いKジャケットが1着、パンツは白のTP01が1本、シューズはカー・シューの白が1足。が、しかし、肝心の、襟と袖が白であとはピンク色のサルヴァトーレ・ピッコロのシャツを忘れてきたのだ。

　ショックで痺れる頭を働かせ、わたしが仕方なく決断したことは、Tシャツの上にじかにブリオーニのネクタイを結ぶことだった。日焼けした肌に似合うかもしれない。もう時間がない。

　お洒落は確たる自信から生まれる。わたし

はそんなヘンな格好で外に出た。ファッションに無関心な永竹教授はまったくわたしの奇異な姿に気づかず、アレーナに向かった。会場でチケットを持ったカメちゃんがこっちこっちと呼んでいる。わたしのニュー・ファッションを見たカメちゃんがいった。「シマジさん、それ奇抜ですね。目立ちます」「いや、ミラノのホテルにシャツを忘れてきてしまったんで、苦肉の策のお洒落です」「ええ? ぼく、気がつかなかった」と教授。周りの人はわたしを不思議そうな目でジロジロみている。それでもわたしは、VIP席に座った。人生は怖ろしい冗談なんだ。あんなにセレクトして日本から準備してきたのにこれだ。

あたりがとっぷり暗くなった。古代のアレーナに「アイーダ」の舞台が設置されていた。舞台までわたしの位置から20メートルも離れていない。

ドラが鳴った。いよいよ開演である。「アイーダ」は何度も観たオペラなので、イタリア語でもなんとかストーリーは追える。

しばらくすると、黒くメイクしたアイーダが登場した。オペラ歌手としてはきわめて細い。歌姫の名はアマリリ・ニッツァだと教授が教えてくれた。今年でヴェローナ野外オペラ祭は88回目だ。初回は1913年、いまからほぼ100年前のことだ。2回の世界大戦で、何度か中断された。天才プリマドンナ、マリア・カラスもここで歌ったことがある。ここで野外オペラをやろうと閃いたアーティストはテノール歌手、ゼナテッロだ。100年前、ボロボロのアレーナにやってきて、いちばん遠くに人を立たせて絶唱した。「聴こえるか?」それが野外オペラのはじまりだった。

中空に本物の満月が出現した。有名な凱旋行進曲とともに、大勢の兵士が現れた。切ないアリアがそれに続いた。

ヴェローナの野外オペラを観ないと、オペラを観たとはいえない

ローマ時代の遺跡、アレーナ（闘技場）で夜中、演じられた野外オペラ「アイーダ」の壮観さにわたしは圧倒され感動した。激しい恋は、4000年前でも現代でも、一瞬、死をもいとわない狂気に燃え上がる。アイーダは不幸にして、敵の将軍と相思相愛となり、将軍のいる墓に忍びこんでともに死を選ぶ。愛してはいけない女と男ほど、いったん火がつくとますます燃え上がるものだ。「アイーダ」に魅せられているうちに、時間は深夜の12時を過ぎていた。漆黒の夜空に浮かんだ大きな満月が、薄い白い雲に入ったり出たりしていた。それがさらに舞台効果を醸し出している。アルプスから吹き下ろしてくる冷たい夜風にさらされながら「幕間に売りにきた赤いストールを買うべきだった」と後悔した。シャツを着ていないわたしにはヤケに寒さが身にしみた。しかし、この寒暖の差が美味いイタリアワインを生むのである。

観劇後、興奮冷めやらぬなか、永竹教授とわたしはピザを頬ばりながらワインを飲んだ。「どうでしたか、シマジさん」と教授が訊いた。「オペラはヴェローナの野外オペラを観ないと、オペラを観たとはいえませんね。ローマ時代の遺跡にとけ込んで、観ているわたしを古代にタイムトリップさせてくれました」「ローマのカラカラ浴場でもやりますが、野外オペラの醍醐味はヴェローナには敵いません。舞台の大きさ、観客の動員数、それに夏の夜のひんやりとした心地よい風、夜空の動く月、星空、オペラ好きにはたまらない。明日は、シェークスピアの『ロミオ&ジュリエット』のジュリエットの像をみに行きますか。なぜかオッパイばかり触られて、

そこだけテカテカ光っている。オッパイを触りながら、願いごとを唱えると叶うといわれてる」

来年もヴェローナに来れますように、今度は「ナブッコ」が観られますように、と祈ろうかな。

教授の講義によれば、ヴェローナは、三方急流の川に囲まれて堅牢な要塞に守られているようだが、そのじつ、国としては弱く、あるときはヴェネティアに支配され、あるときは神聖ローマ帝国皇帝派とヴァチカンの法王派に、国が二分されたことがあった。弱い国が生き抜くためには仕方ない方策だった。

そんななか、ロミオの家は皇帝派でジュリエットのほうは法王派であった。右翼の親分の息子と、左翼の活動家の娘が恋に落ちたようなものだ。恋愛は障害が大きいほど燃えあがる。だから人生は切なくて愉しいのだ。

生徒のシマジは、ロメオ&ジュリエッタのチャーチルの葉巻を吹かしながら、教授の講義を拝聴した。

「物語はむかし、現実にあった事件が小説になり、それを読んだシェークスピアが芝居にした。ゲーテはここまで旅してきて、『イタリア紀行』を書いたが、シェークスピアはこの町を想像力で書いた。人間の想像力ほど偉大なものはない。きっと『アイーダ』を作曲した天才ヴェルディは、女奴隷・アイーダとの結婚を夢見る悲劇の将軍・ラダメスを自分に置きかえ、ラダメス将軍を恋するエジプト王女・アムネリスを妻のストレッポーニには め込み、アイーダを現実の恋人、シュトルツに託したのでしょう。あの最も激しい女同士による二重奏を恋敵の二人に歌わせるところが天才たる所以《ゆえん》です。だから『アイーダ』は傑作中の傑作になった」

「教授、今夜も沢山の刺激をもらいました。ありがとうございます」

マルタ島はキリスト教世界の最南端の砦

マルタ島には自慢すべきお宝が3つある。

第一のお宝は、16世紀のヨハネ騎士団とオスマン・トルコ軍の激戦の跡が刻まれた堅牢な城砦だ。

マルタの首都、ヴァレッタの名前は、そのときのヨハネ騎士団の団長フランス出身のヴァレッテに由来する。名門の出のヴァレッテは若いときに騎士団に入団したあと一度も帰郷しなかった強者だった。ヨハネ騎士団はもともとはロードス島に陣地をかまえていたのだがオスマン・トルコ軍との戦いに敗れ、いくつかの地中海の島を巡る流浪の旅のあと安住の地として選んだのがここマルタ島であった。マルタ島はキリスト教世界の最南端の砦であった。この辺のことは塩野七生さんの『ローマ亡き後の地中海世界』（新潮社）に詳しい。

1565年、オスマン・トルコ軍は総勢5万の大軍を船に乗せて、マルタ島に攻めてきた。迎え撃つヨハネ騎士団は、島の農民を含めてたった9000の兵力しかなかった。当時、イスラム教とキリスト教は戦闘状態にあった。ヨハネ騎士団もイスラム船とあらば襲いかかって略奪し収入源にしていた。

ヨハネ騎士団長のヴァレッテは生涯で2度もオスマン・トルコ軍を相手に戦うことになった。一度は28歳のときロードス島の戦いだった。そのときのトルコ軍の勝者スレイマンも28歳だった。スレイマンはトルコ人にしては珍しく敗者の騎士たちに武器をもって退去してよいという名誉の撤退を認めた。月日が流れスレイマンは70歳になってすでにスルタン（王）に出世していた。一方、ヴァレッテは28歳のときは騎士団長の秘書官だったが、いまや同じ70歳のヨハネ騎士団長である。ヨハネ騎士団は必ずやオスマン・トルコ軍が戦いを仕掛けてくると予測して頑丈な城砦をつくることに余念がなかった。ロードス島は塩野七生さんによれば「バラの花咲く島」の意味だ。「気温も一年中25度を越えることはなく、一日中どこからか吹いてくる微風が、肌を優しく愛撫していく」島だったから騎士団は200年もそこを棲家とした。

新しい騎士団の本拠地、マルタ島は岩だらけの荒れ地で環境は劣悪だった。だが、そこに教会と病院を建てた。ヨハネ騎士団には医者出身者が多かった。「マルタ島に残っているいまの騎士団の豪華なバロック式の建物は、その時代にはなかった」と塩野さんは強調して書いている。

さて、マルタ島を舞台に少数のヨハネ騎士団と多勢のオスマン・トルコ軍による苛烈な戦いの幕が切って落とされた。ヨハネ騎士団は兜も胸甲も盾も黒一色だ。色とりどりのオスマン・トルコ軍とは対照的だ。

ヴァレッテは凡庸なリーダーではなかった。スペインのフェリペ2世からマルタ島に1万5000人の援軍を送る約束を取り付けた。ヴァレッテはシチリアからの援軍が到着するまで、持ちこたえればいいと考えていた。岩盤の上に建てた3重の城砦は簡単にはやぶられない自信があったのだが、激闘の末、聖エルモ城砦があえなく落ちた。城砦内になだれ込んだオスマン・トルコ軍は、容赦なくヨハネ騎士団の首をはねた。生き残った10人の騎士は、生皮をむかれ丸太に縛りつけられ生きたまま海に投げ込まれた。海流が騎士たちの仲間のいる聖アンジェロ城砦の岩壁へ運んでいった。

その上でオスマン・トルコ軍は使者をヴァレッテに送りつけてきた。だが、そんなことでビビるヴァレッテではなかった。

「目には目を」とは、まさにこのことだろう。オスマン・トルコ軍は生きたままヨハネ騎士団の騎士の皮膚をむいて丸太に縛りつけ、海に投げ込んだ。ヴァレッテがトルコの使者にすごんだ。「戻って司令官に伝えろ。あいつが手にすることができるマルタの土地は、あいつの墓場だけだといえ！」

ヴァレッテは使者がトルコ軍に着くころを計算して、捕虜にしていたトルコ兵を全員、敵陣からみえる城砦の上に並べ、首を切り落とした。落とした首は砲弾代わりにトルコ軍に向けて撃ち込んだ。5月にはじまった攻防戦は、9月にはいってからも続いた。長期戦に突入すれば、船上に陣取るオスマン・トルコ軍は断然不利だった。マルタ島には水がなく、それがかえってヨハネ騎士団には有利に働いた。オスマン・トルコ軍の兵站《へいたん》線がほころんできた。そんなとき、シチリアから援軍が大挙してやってくるという情報がトルコ側にはいった。もちろんヴァレッテが故意に流した情報である。じっさいは4000～5000の援軍だったが、3倍にふくらませたディスインフォメーションを流した。

ついにオスマン・トルコ軍は撤退して行った。マルタ攻防戦の勝利の知らせに、全ヨーロッパは教会の鐘を鳴らし歓喜に沸いた。

ローマ法王はヴァレッテに枢機卿の位を贈ってきた。神聖ローマ帝国皇帝からもスペイン王フェリペ2世からも、そして祖国フランスからも祝辞と名誉職が贈られた。

しかし、命がけで戦い抜いた名将、ヴァレッテは、優雅に余生を送れるすべての高位な条件を断わった。そして攻防戦の3年後、ヴァレッテは73歳でマルタで死んだ。彼の遺体はヴィクトリア教会に眠っている。真の勇者、ヴァレッテは勲章も名誉も金も欲しがらず、一人で勝利の美酒に酔い、心の半分では戦死した兵士たちに哀悼の意を捧げ、あとの半分では勝利した高揚感に酩酊していた。存在感がある城砦は、まさに燃える男たちの夢の跡であった。『燃える男』(集英社)の作者、クィネルはマルタ島に隣接する小さな島、ゴゾに住みながら、西洋浪花節的冒険小説を書いた。クィネルはきっとヨハネ騎士団の勇敢なリーダー、男のなかの男、ヴァレッテのことが念頭から離れなかったのだろう。

わたしは永竹教授と一緒にゴゾ島に行った。大きなクルーザーを停泊させ海水に飛び込んだ。第二のお宝はマルタの海だ。海水は冷たく限りなく透明でエメラルド・ブルーだ。

第三のお宝は最大のお宝だ。サン・ジョヴァンニ大聖堂に燦然と輝いている天才カラヴァッジョの大作「洗礼者ヨハネの斬首」の絵だ。このたった一枚の大傑作を観るために、ヨーロッパ各国から観光客がやってくる。残酷にしてあまりにも美しいこの大作は、カラヴァッジョがローマで人を殺め逃亡してマルタにやってきてヨハネ騎士団に1年間かくまってもらったお礼に描いたものだ。光線の差し方を巧みに描くカラヴァッジョは短い生涯の最後の傑作をマルタに遺した。

マルタはいま独立国である。公用語は長いこと治めていた英国の影響で英語だ。人口は41万人。悲願の水問題は、日本の海水を真水にする発明によっていまでは解決した。だから飲んでみると少し塩辛い。しかし、料理はイタリアの影響を受けていて海鮮料理がじつに美味い。

今度生まれてきたら、わたしは今度こそ猛勉強してマルタ大学の医学部に入学する。そしてクィネルみたいにマルタ島かゴゾ島に暮らしてみたくなった。

たった1週間の夏休みに満足してはならない

サルディーニアの飛行場に、永竹教授の賢夫人、アンジェラさんがクルマを飛ばして迎えにきてくれていた。飛行場から永竹教授の別荘があるル・インポス・ビーチには、アンジェラさんのF1レーサー並みのドライブで、光より速く到着した。「海が見えるステキな別荘ですね。まわりもきれいな環境ですね」と、わたしが感服していうと、永竹教授はこともなげに否定した。「いやいや、シマジさん。この程度でビックリしてはいけません。これから案内する大富豪、アガ・カーンが開発した一大リゾート、コスタ・スメラルドのポルト・チェルヴォ（鹿の港）をみてください。うちの別荘はイタリアの気の利いたサラリーマンでも買えますが、あちらは富豪でないと住めません。ちょうどここの反対側にあります」

「アガ・カーンといえば大金持ちで稀代のプレイボーイのアガ・カーン4世のことですね」

少し休憩してから、再びF1レーサー、アンジェラ夫人の運転で、くねくねした細い道を飛ばしに飛ばして、1時間で到着した。アンジェラさんは大のクルマ好き人間で、しょっちゅう、東京―大阪間を日帰りするタフ・ウーマン・ドライバーだった。こないだは東京―福岡をたった1泊しただけで軽々往復したという。愛車は220馬力のホンダシビックタイプRだ。「シマジさん、ごめんなさい。このクルマはレンタカーですから、そんなにスピードがでません。ごめんあそばせ」

いや、結構です。ニッポンで彼女の愛車に同乗したら、恐怖で小便をチビることだろう。アンジェラさんは3週間前にサルディーニアに着いていた。毎日、ビーチで焼きまくったので、白人のくせにこんがりを通り越して不気味に黒光りしている。これぞ〝バカンス焼け〟という。ヨーロッパ人はだれでもひと月連続のバカンスを取れる。長い休暇後、どれだけ美しく黒々と焼けて帰ってくるかがステータスなのだ。ひと夏たったの1週間の休みに満足しているニッポンのサラリーマン諸君、そんなに働いてどうする。しかし、ひと月の休暇中、家族と一緒に過ごすのは、これまた拷問に近いかも。

いまサルディーニアは、ヨーロッパ人の憧れのリゾート地である。ここはマルタ島とちがい長い砂浜の海岸がどこでもみられる。しかもビーチは地球が誕生したとき以来、荒らされていない。むかし海賊が跳梁跋扈《ちょうりょうばっこ》していて、とても人々は海岸沿いには住めなかった。住民は山奥に隠れて暮らしていた。とくに6、7、8月の海のハイ・シーズンに海賊が出没した。近隣のシチリアはローマ時代から穀倉地帯として重要視されたが、サルディーニアは土地はやせて農作物には適さなかった。だから野生の山羊と自然の荒れ地しかなかったのだ。

いまから50年以上前、そこにつけ込んで大リゾートを造ろうとした野心家の大富豪がいた。その名をアガ・カーン4世という。その大リゾートが突然、姿を現した。

こんな贅を尽くしたしかも上品なリゾートが、この世に存在するんだ、とわたしは感動した。褐色の壁、赤味を帯びた屋根、おかしな形の暖炉から繋がっている煙突、すべてが絵になっていた。高級ブティックがたち並ぶエリアを歩いている人たちはタダモノではなく、お洒落で贅肉《ぜいにく》がない体で格好いい。ヨット・ハーバーには、大きなクルーザーが何百艇もひしめき合っている。クルーザーの船尾のサロンでは、いままさにパーティがはじまろうとしていた。

ニッポンに本物の富豪が誕生しない理由

大富豪、アガ・カーン4世が開発した絢爛豪華なリゾート、ポルト・チェルヴォは、ヘンなケバケバしさがなく、センスのいい重厚さが漂っていた。度肝を抜かれるのは、世界から航海してやってきて、「見ろ、おれのヨットを!」と、自慢げにヨットハーバーに停泊している上流階級や富豪の遊び人の連中だ。豪華順にヨットは、ハーバーのいい位置を占めている。クルマでいえば、フェラーリ、ランボルギーニ、ロールスロイス、ジャガー、さらにベンツのマイバッハも並んでいる。そこはトヨタもニッサンもホンダも存在しない世界なのだ。

すべてのヨットは、船尾をハーバーにくっつけて停泊している。夕なずむ地中海の海に浮かぶ豪華船のサロンでは、パーティがはじまった。大勢の見物客が、ハーバーの陸地のところに集まって見物している。クルーザーのサロンからは、シャンパンのサローンが次々に開けられるポンポンというかろやかな音が聞こえている。白人のくせに不気味な黒光りする、いかにも上流階級という男たちが、フルボディの女たちをはべらせ、妖しい宴が、あっちこっちで開かれている。

暗闇のなか、陸地から羨望のまなざしで見ている群衆のなかに、きっと未来の〝少年オナシス〟やサッカーの〝少年ロナルド〟がいる。「おれはどんなことをしてでも、大人になったら、ヨットの人になるぞ!」と、心に誓っているにちがいない。この歴然とした冷酷な格差こそ、ヨーロッパ人のモチベーションになっている。表向きは民主主義できれいにメッキしながら、実人生では冷徹な差別が存在するのだ。

ヨーロッパの富豪は、汗水流して働いたりしない。先祖が残した大金を金融機関に預け、特別な裏利息を受けて悠々と暮らしている。そこに新興成金が参入してくる。ニッポンでは考えられない激烈な格差世界なのだ。国民みな中産階級と認識している日本人のなんとつつましやかなことか。ゴーン会長の年俸8億円が高すぎると思ってしまう日本人のなんとセコい金銭感覚か。

戦前の日本人にはヨーロッパでブイブイいわせた薩摩治郎八がいたというのに。戦後、マッカーサーが爵位をすべて廃止して、田舎の大地主を解体して、民主主義という名のもとに、平らにしてしまった。だから、一人が大金をもつと、日本人同士はよってたかって嫉妬する国民に成り下がってしまった。最近のホリエモンや村上ファンドがいい例だ。マスコミも国家権力も一緒になって焼き餅を焼く。だからニッポンには本物の富豪が誕生しない。人間の欲望までシュリンクさせられたニッポンは、いま、小さな格差に悩みながら沈みつつある。

以前、ここのパーティにダイアナ妃が中東の金持ち青年とやってきた。翌日、2人はパリで事故死した。さらに40年以上前、ここにやってきた大富豪、ポール・ゲッティの孫が誘拐された。身代金の支払いを渋るポール・ゲッティに孫の耳が送りつけられた。それでも大富豪はケチった。結局、身代金は3分の1になり、孫は無事に帰ってきた。「どうして身代金を渋ったのですか」という記者の質問に、ポール・ゲッティは答えた。「わしには孫が6人もいるんだ」「ポールさん。電話をお借りしたいのですが」「うちには3台の公衆電話がある。どうぞ使ってください」

これくらいケチでないと世界の大富豪にはなれないのである。

72歳の大教授は突然、2歳の孫に豹変した

サルディーニアにはタヴォラーラというテーブルの形をしたユニークな小さな島がある。見る角度でいろんな形に見えてくる。近代まで、この小島には世界でいちばん小さな王国があった。世界を制覇した英国のヴィクトリア女王がわざわざ訪ねてきた。いまでもバッキンガム宮殿に、女王と王様の記念写真がゴールドのフレームに入って飾られている。

そのタヴォラーラ島のビーチで泳ぎ、日光浴をするために、小さなモーターボートで渡った。

100メートル先には豪華なヨットがずらりと並んでいるが、ポルト・チェルヴォの富豪のヨットと比べると、なぜか見劣りがする。それにしてもエメラルド・グリーンの海水と白い砂浜に感激した。湘南のビーチとちがって、人はまばらで快適だ。上にフードが付いたデッキ・チェアーがお洒落だ。ここの海水も思ったより冷たい。また子供のとき泳いだ三陸海岸を思いだした。所詮、人間は原体験がモノをいう。

空には雲一つなく、太陽光線は強いが、肌は冷たく心地いい風に愛撫されて気持ちがいい。これがサルディーニアの黄金の風なのだ。

デッキ・チェアーに寝そべって、永竹教授と地中海に浮かぶヨットを見ながら、会話がはずんだ。「シマジさんが大好きな『モンテクリスト伯』のモンテクリスト島が地中海に実在している。いつか行こうと調べたら、自然保護でいまは上陸できないらしい。地中海は、帆船の時代が華でしたね。ナポレオンを追いかけて行くイギリスのネルソン提督の話

なんて、血湧き肉躍る武勇伝がいっぱいあります。いまではこの島の後ろには、NATO(北大西洋条約機構)の無線基地がある。潜水艦が地中海を潜っても、海水があまりにも透明過ぎて隠れようにも隠れられない。レーダーがない帆船の時代までは、戦争も人間臭かった」と教授。「そうですね。むかし愛読したセシル・スコット・フォレスターの『ホーンブロワー』シリーズが面白いのは、帆船の時代の戦争だったからです」とわたし。「たしかあの海の男の物語には、ホーンブロワーがネルソン提督の葬儀に出席する場面がありましたね」と教授。「そうでしたね」とわたし。「そういえばナポレオンの故郷、コルシカ島はここから近いところにありますが、海峡を越えていくにはかなりの荒海を行くしかない。みんなシケでゲェゲェやってます」と教授。「コルシカか、いきたいな」とわたし。「アンジェラ、さっきね、岩場でちょっと足を切ってさ、ぼく、ゾウリが欲しーい!」と、大教授は突然、2歳の孫に豹変して甲高い声で叫んだ。表情まで孫になりきってる。「シィ、シィ」とアンジェラは、ニコニコしながら、「あなた可愛いわね」という顔をして立ち上がった。

わたしはこの無邪気さに驚きつつ、感嘆した。教授のこの巧みな技こそ、長年の夫婦相和しのコツだな、とわたしは直感した。クルマのなかでも、助手席に座った教授はいつもアンジェラの腕に触っている。こんな美しい老夫婦はニッポンにはなかなかいない。二人はイタリア語半分、日本語半分で会話をしている。若き日のボローニア時代の恋情が、いまだ続いているかのようだ。愛は偉大である。アンジェラさんのF1レーサー並みの運転に、永竹教授はいつも信じきって、悠々とコックリ、コックリとお船を漕いでいるのである。

勝利のなかで自分は死ぬのだと信じていた英雄

永竹教授のアイデアで、サルディーニアから大きな客船に乗ってジェノヴァまで復路の船旅を愉しんだ。地中海の海は静かだったけれど、結構うねりはあった。甲板からの眺めは広大で、すぐ島影は視野から消えた。

わたしはいつしか、トラファルガルの海戦で戦死した英雄、ホレーショ・ネルソン提督のことに思いを巡らしていた。リーダーとして彼ほど男らしい人間はいなかった。敵軍ナポレオンの艦隊を追跡しながら、地中海をところ狭しと巡航した。当時、無線もレーダーもなかったので、敵艦を見つけるのは容易なことではなかった。『ネルソン提督伝』(ロバート・サウジー著　山本史郎訳　原書房)によれば、1798年夏、クレタ島から南東に向かっていくフランス艦隊の姿が見えた。フランス艦隊はナポレオンを乗せてアレクサンドリアに行くとネルソンは読んだ。

英国海軍の艦隊がアレクサンドリアに近づくと、フランス艦隊がひしめき合って停泊していた。城壁の上には三色旗がはためいている。戦闘準備をしている間、ネルソン提督は将校たちを招集して、正餐を愉しんだ。食後、ネルソンは歴史に残るスピーチをした。

「明日のこの時間までには、わたしは貴族の称号を手に入れているか、ウェストミンスター寺院に逝くかのいずれかだ」

ナポレオンはすでに上陸を敢行していた。フランス艦隊と英国艦隊の激しい戦闘が火ぶたを切った。これが世にいう〝ナイル海戦〟である。フランス艦隊のオリアン号に乗っていたブリューイ提督はこの海戦で戦死した。

ネルソン提督も重傷を負った。医務室に運び込まれたネルソンを軍医がただちに治療しようとすると、ネルソンが断わった。「だめだ、勇敢な仲間とともに順番を待つ」みるからに重傷だった。常々、勝利のなかで自分は死ぬのだと信じていたネルソンは、従軍牧師を呼んで妻に告別の言葉を記録させようとした。やっと順番が回ってきて軍医が診ると、傷は致命傷ではなかった。そうなると、じっとしていられないのがネルソンの性分だった。勇敢に敵艦に近づく作戦、〝ネルソン・タッチ〟が功を奏して、戦いは、海軍史上記録に残る輝ける大勝利となった。ネルソン提督はいった。「〝勝利〟という生温かい言葉では、このような場合をいい表すことは到底できない。これはまさに〝征服〟だ」

ナポレオンを破って心胆寒からしめたネルソン提督は、英雄になった。だが、トラファルガルの海戦で47歳の若さで戦死した。

葬儀には、ホーンブロワー少尉も出席した。そのあと、ホーンブロワーがフランス艦隊を向こうに回して、地中海を舞台に大活躍する。『ホレーショ・ホーンブロワーの生涯とその時代』(C・N・パーキンソン著 出光宏訳 至誠堂新書)は、サー・ホーンブロワーの肖像画、家系図、遺言からはじまる面白い伝記である。だが、これは英国的ユーモアで、ホーンブロワーは実在の人物ではなく、小説家、セシル・スコット・フォレスターが作り上げた架空の人物であった。この事実を教えてくれたのは、親友のSM作家・館淳一である。

わたしは提督ホーンブロワーは提督ネルソンに続く英国海軍の英雄だとずっと信じていた。

そろそろ美しいジェノヴァの港が見えてきた。

見るものすべて興奮して買いたくなる病い

夕なずむジェノヴァの町は絵はがきのように美しかった。イタリアが統一される前は、ジェノヴァも小さな一国であった。イタリアがどこの町も独特に美しく存在感があるのは、日本でいえば「藩」を長いこと構えていたからなのだ。ジェノヴァは海洋都市であり立派な商業都市国家であった。

ジェノヴァの港から一路ミラノに、またカメちゃんのイタリア人並みのスピード運転で戻った。

ミラノにはこれから3泊する予定だ。一つは有名なレオナルド・ダ・ヴィンチの「最後の晩餐」を観るためだ。この大きな絵画はサンタ・マリア・デッレ・グラツィエ教会の食堂に飾られていた。第二次世界大戦でこの教会はひどい爆撃を受けたが、奇跡的にダ・ヴィンチの「最後の晩餐」は助かった。

現在は修復に修復を重ね、原画は多分こうであったろうというところまでピカピカに再現されている。見学者は25人ずつ、15分間、むかしの食堂に入れられて鑑賞するシステムになっている。あまりの新しさに面食らってしまう。これなら徳島の大塚国際美術館の陶板焼きで再現された「最後の晩餐」のほうが上だ。なぜならかなりぼろぼろの「最後の晩餐」とダ・ヴィンチが描いたばかりの「最後の晩餐」が2つ飾られている。ここの美術館はいままで3回訪れた。世界の一級の美術館の一級の絵画が同じ額縁に入れられ、同じ照明で展示されているのだ。もちろんフェイクなのだが、10分も観ているうちに本物になってきてしまう。わたしはこの美術館の愉しさを知ってから、美術全集はすべて処分してしまった。レオナルド・ダ・ヴィンチの傑作を観ながら、わたしはむかし読んだサマセット・モームの歴史小説『昔も今も』のこんなシーンを思い出していた。

フィレンツェの外交官マキアヴェッリが小国フィレンツェを攻めないようにチェザーレ・ボルジアに交渉しにいったときのことだ。むこうから一人の長いあごひげを生やした芸術家らしい男がやってくると、ボルジアはいった。「あの男は知ってるだろう」「はい、レオナルド・ダ・ヴィンチです。フィレンツェ出身です」とマキアヴェッリ。「そうだ。あいつにわたしはこの国のインフラを頼んでいるんだ」

生涯、才能を買われてスポンサーがついたレオナルドは幸せだった。同じ芸術家で悲惨なのはゴッホだ。死後こんなに高価で取引されているのに、生前は一枚も売れなかった。

もう一つのミラノの魅力は買い物である。ファッションの町ミラノにわたしが3日間滞在するなんて、野生のライオンをせっせせっせと銀座のど真ん中に放つみたいなものだ。プント・オッティコでメガネを2つ、ロレンツィでパイプを2本とスキットルを2個、カー・シューでドライビング・シューズを2足、モンクレールで新作の紺と白のダウンを1着、ヘルノのギンガムチェックのナイロン製コート1着、クルチアーニでジャケット・スタイルのセーターとカーディガン、ブルネロ・クチネリのセーター、PTOアイコンのサスペンダー付きのパンツ、ピックアドロでバッグを2つと財布、そしてグッチの復刻版のハーフムーンバッグを買った。

来月のカードの請求をふと考えたとき、一瞬立ちくらみがした。まさに「お洒落極道」を地で行っている。見るものすべて興奮して買いたくなるのがわたしの持病なのだ。なにくそ、これをバネにしてこれから面白い原稿を書けばいいのだ。

笑いこそが細胞を活性化し免疫力を高める

このほどわたしの酒友であり、ジョーク友である国際政治評論家の加瀬英明さんが、祥伝社新書より『人生最強の武器 笑いの力』という最強にして上質なジョークの本を上梓した。「笑いは知性の母である」と加瀬さんは書いている。「いま日本は朝から晩まで、低俗なテレビのお笑い芸人の虚ろな笑いで満たされている。もし彫刻家ロダンが『考えない人』という作品を作るとしたら、いまの日本人をモデルにして彫刻したことだろう」「ジョークは、意外な連想によって成り立っている。だから、連想力を強める訓練になる。ジョークは、まさに頭脳を磨く、知的な砥石なのだ」。『ブリタニカ大百科事典』の編集長だった加瀬さんは、この〝大英百科事典〟にも「ユーモアとウィット」という項目でジョークを紹介している、と書いている。

ヨーロッパのある公国で、城主の大公が、狩りに颯爽と出かけた。ところが、大公が途中で、用事を思いだして、城へ戻った。大公が寝室に入ると、何と、愛する大公妃が、カソリックの大司教と、ベッドのうえで、してはならないことに、耽っているではないか。だが、大公は表情も変えずに、寝室からバルコニーに出ると、下を通る町の人々に向かって、ゆっくりと、おもむろに、十字を切りはじめる。大司教は驚いて、バルコニーに走り出て、「大公殿下！ いったい何をしていらっしゃるのですか？」とたずねる。すると、大公が冷静に「あなたは、私がすべきことをしている。だから私は、あなたがすべきことをしているのだ」と答える。「ジョークは日常生活のなかで人を縛っている常識を破壊するからこそ、おかしいのだ」と〝大英百科事典〟は説いているそうだ。

日朝国交正常化が実現して、金正日総書記がはじめて東京を訪問した。金正日総書記が首相官邸において、菅直人首相と会談した。菅首相は、執務室のソファーのわきのインターホンのボタンを押して、秘書が出ると、命じた。「地獄に電話をつないでほしい」と、電話がつながると、菅首相が悪魔と挨拶を交わした。そして、金正日総書記に「ご尊父が、電話に出ておいでだ」と言って、受話器を手渡した。金正日総書記は、十六年ぶりに、父親の金日成主席と話した。電話を切って、しばらくしてから菅首相が、インターホンで、「今の通話料金は、いくらだった？」とたずねた。「十五万円です」と、秘書の声が響いた。金正日総書記は、すっかり感心して、ピョンヤンの人民宮殿に戻ると、すぐ秘書に地獄に電話をつなぐように命じた。電話がつながると、亡父金日成主席と、再び長電話をすることができた。電話を切ってから、秘書に地獄の電話局に通話料がいくらだったか、たずねさせた。しばらくして、「首領様、三ウォンでございます」と秘書は報告した。「えっ？　たったの三ウォン？　どうしてそんなに安いんだ？　日本では十五万円も、したのに！」と、金総書記が驚きの声をあげた。「首領様、日本の場合は、長距離電話でございましたが、しかし、わが国では市内電話ですから――」

虐げられた国ほど傑作なジョークが生まれる。だから、ジョークの傑作はさまよえるユダヤ人が多く作っている。

笑いは細胞を活性化し免疫力を高める。じじつ、ガンを宣告されたアメリカの富豪が喜劇映画ばかり観てガンを克服した実例がある。

タクシーの運転手がいちばん困ったこと

　現役時代仕事柄わたしはタクシーに乗る機会が多かった。この間銀座から広尾まで乗ったタクシーの運転手には腹から笑わされた。

「お客さん、聞いてくれますか。今日はついてない日なんですよ。いつもわたしは夕方から乗るんですが、車庫を出て間もなく池袋で女性をひとり乗せると、660円のところで1万円札を出されましてね。まあ、それくらいのお釣りは、会社を出るとき持って出てますけど、しばらく走ると今度は男の客を拾って、飛鳥山のところで降ろすと、何とまた660円のところを1万円札を出されまして。さっきの後でお釣りがない。仕方なく万札を崩してもらおうとコンビニ探したんですけど、なかなか見つからない。1300円分走ってやっと釣銭を払ったんです。こういう日は不運がつづくもんで今夜は心配です」

　相槌を打ちつつ、わたしは同情した。

「この夏、最悪のお客は中年の女で、乗ってきたら立川って言うんです。そして高速で行ってといわれ、東池袋から上に乗るとびっしり混んでましてね。やれやれと思ったら、『運転手さん、冷房を切ってくれませんか』ですよ。36度強の熱暑のなかですよ。冷房を切ると窓を全開にしてとろとろ走ってたんですが、もう汗が滝のように流れっぱなし。お客さん、家じゃ冷房は使ってないんですかって訊いたら、ええ、夫がクーラー嫌いで一台もありません、そのためでしょうか、子供たちは映画に行ってもすぐ風邪を引きます、なんていってる。お客が降りた途端に冷房をガンガン入れて、帰ってきました。冷房があんなに気持ちいいなんてはじめて知りました」

「これまで運転手さんがいちばん困ったこと

って、何です?」と、訊いてみた。

「忘れもしない1998年1月14日の夜の10時過ぎ、新橋でチケットを出されて、この女の子たちを送ってくれないかと、立派な会社の上役らしい人が頼んできたんで、有り難うございます、どうぞと答えて、若い女の客を2人乗せました。雪がしんしんと降りはじめてましたけど、まだ高速は動いてて、ひとりは本八幡、もうひとりは蕨《わらび》だと言うんで、心のなかで〝やった!〟と喝采しましたね。

まず本八幡にひとり届け、錦糸町からまだ高速が動いているのを確かめてから、入ったんです。ところが、ものの1キロも行かないうちににクルマがぴたっと止まって動かなくなっちゃった。女の子もはじめははしゃいで、運転手さん、こんな雪の夜に閉じこめられるなんてロマンティックだわと、明るく言ってたんですけど雪は激しくなるばかりでクルマは1センチも動かない。幸い料金所も近くだったんでトイレは何とかなったんですが、6時間も経つころ彼女は先に降りた女の子に電話を入れて泣きじゃくりだした。そこへちょうどさっきの上役から電話が入って、テレビを見ていたら首都高が閉鎖され、しかも何百台も高速の上で止まってるらしいので、心配で連絡してみたってことらしかった。わたしは彼女にちょっと代わってくれないかって頼みメーターが動かないまま6時間も過ぎようとしていて、あと何時間かかるかわからない。悪いんですけど、通常の待ちメーターにさせてくださいってお願いしたら、なかなか話のわかる人で『いいですよ』といってくれました。結局クルマがのろのろ動きだしたのは朝の9時ごろでしたか。箱崎で降りて蕨に向かおうとしたら、女の子は秋葉原から電車で帰りますって泣きべそかいていってましたっけ」

人の不幸は蜜の味とはよく言ったものである。

ジョークの世界でも子供は皮肉屋だ

よく、子供は可愛いという。が、わたしは子供のころから、子供ほど残忍で、シニカルな動物はいないと思っている。そのころの体験ゆえである。

あるとき、友達の家に遊びに行って、コタツに入って待っていたら、友達の5歳ぐらい下の弟に突然、後ろから子供用のバットで殴られた。大きなこぶが1週間以上も治らなかったと記憶している。だから年少者の殺人事件が起こっても、それほど驚かない。いまだ理性も教養も未熟な少年少女たちには、判断力がないのだ。

アンファン・テリブルは、現実に存在している。同じく、ジョークの世界でも子供は残酷で皮肉屋だ。

ある日、小学校の男の子が家に帰るなりママに言った。

「ママ、今日学校で何があったと思う？　ボク、先生とセックスしちゃったんだ！」

「さっさとお部屋に行きなさい！　パパが帰ってきたら、今日あなたがしたことをちゃんと正直に報告するのよ」

父親が帰宅すると、男の子はことの顚末を話した。父親はにっこり笑っていった。

「でかしたぞ、坊主。ご褒美に新しい自転車を買ってやろう」

最新式の自転車を買って2人は店を出ると、自転車を引いて歩いている息子に、パパが声をかけた。

「試しに家まで乗ってみたらどうだ」

「後にするよ。まだ尻の穴が痛いんだ」

相手が女の先生だと思いこんでいる両親の虚をついているではないか。

小学校の娘が母親に訊いた。

「ママ、赤ちゃんは男のオチンチンを入れたところから生まれてくるってホント？」

「その通りよ」

そろそろ娘に性教育をするいいチャンスだと思って答えると、娘は驚いて叫んだ。

「ええっ、どうしよう!? それじゃ、わたしの赤ちゃんは口のなかから出てくるんだ！」

いまや、親より子供のほうが進んでる。

真夜中のこと、ママとパパが久しぶりに燃え上がっているところに突然、小さな坊やが寝室に入ってきた。

「ママ、そこで何やってるの？」

ママは喘ぎながらしどろもどろに答えた。

「あ、あ、あのね。パ、パパがあまりに太ってるから、こうやって、おなかに、乗っかって、なかの空気、を抜いているの、よ」

「でも、ママ、そんなことしてもムダだと思うよ」と息子はいい続けた。

「だって、隣のおばさんがいつもパパのあそこをくわえて、なかに空気を入れてるんだもん……」

日本がまだ貧しかったころ、坊やは両親の間に挟まり川の字になって寝ていたものだ。坊やが寝息を立てるころ、おっかさんが入れ替わって「イク！　イク！」と叫ぶ。坊やが「ぼくも行く！」と慌《あわ》てて廊下に飛びだした。

エロス・アーカイブ〜昭和の大衆の凄まじいエネルギー

久しぶりにエロティックに興奮した。なにせ普通の家庭の主婦が夫に手伝ってもらって、50キロもある2歳の秋田犬のオスと家のなかで交尾する実話を読んでしまったのである。この本はわたしの親しい編集者、桜木徹郎さんが発行人になってサン出版から出ている。『昭和の「性生活報告」アーカイブ』というサン・ロマン文庫のシリーズものである。オビから凄い。「羞じらいながら悶え泣く、昭和の人妻がここにいた」「孤閨の淋しさに耐えられなくなった人妻は義弟の固いものを――」「暗い時代に流されて学生と人妻は許されぬことと知りながら」と読者を扇情する。

すべての原稿は素人が書いたもので匂うがごとく生臭い。いまでも発行されている『性生活報告』に一般の読者から送られた告白レポートをそのまま採録したものである。昭和の時代は暗くて貧乏で性表現は規制されていた。大衆の性は大らかであるがなにかうら悲しい。いまの平成時代はソフィスティケートされていてむしろ無味乾燥な感じである。

男と女は当時もラブホテルに昼間からしけ込むのだが、薄い両隣の壁からすでに嬌声が和音となって聞こえてくる。ちょうど秋の鈴虫の合唱のように聞こえてきたそうだ。

前出の傑作「犬のロッキーを恋人にした私の妻」は、神奈川県　宮田利夫（49）の告白レポートである。

夫は飼っている秋田犬のロッキーと交尾することを妻にし向ける。はじめいやがっていた妻が承諾したが、いざ夫が手伝いながらやってみると、なかなかうまく結合出来ない。ロッキーの一物はコーラ瓶ほどは大きくないが形状は似ている。犬特有の球茎というピンポン玉を2つ付けたような異物が根元にある。これが雌犬の膣に入ると突然拡がり射精するまで1時間は抜けなくなる。だから犬の交尾は尻と尻をくっつけて尻結合が出来る。

仲のいい夫婦はロッキーを入れてスワッピングを愉しんでいたが、人間のメスの陰部の匂いと犬のメスの匂いがちがうらしくロッキーの反応が鈍い。ついにロッキーはいわゆるワンワンスタイルで童貞を人妻に捧げることに成功した。「今度は尻結合だぞ」と夫は燃える。

「ロッキーはピッタリと押しつけるようにグイグイと動き、妻の声は『アッアッアッ』から『アーッ何か凄い。パパ大丈夫だよね。アーッ凄い』という声に変わり、ロックしていた前脚を妻の背中の上から左側に降ろすと同時に、右後脚でお尻を跨ぎ『引っ張られる』という声の中、前脚を移動させ、一言でいえば回転するように尻結合へと移っていきました。期待していた光景が私の目の中に飛び込んできて、興奮とともに、感動さえ覚えました」と宮田利夫の告白は続く。

「『パパ、気持ちいい。何か出ている。アーッ、気持ちいいよー、ロッキー、いいよー、ロッキー』とロッキーの名を呼び始め、まるで犬と女性が愛し合ってるようです」

「妻の出す声は、もう完全に泣いていたようになり、『イッちゃう。アー気持ち良すぎる。あっイクイク。パパ助けて、イッちゃうよー』といっています。（中略）長い尻結合している間、五、六回『イッターッ』と力が抜けてしまい、妻が最後にイッた時には前に倒れてしまい、ペ〇スが抜け出して離れていきました。妻は放心したようにしばらくうつろな目でボーッとしていました」

この大衆の凄まじいエネルギーこそ昭和の奇跡の繁栄を誕生させた原動力なのである。

愛すべきあつかましさこそが人生の武器になる

明日12月1日に発売される小学館１０１新書『愛すべきあつかましさ』は、久々のわたしの書き下ろしだ。いまや新書は、2～3日缶詰になってしゃべったものを、別のライターが纏《まと》めたものが多いなか、これはわたしがすべての悦楽を我慢し、ひと月部屋にお籠りして４００字×２８０枚、書き下ろしたシマジ節である。

まず献辞はフィリップ・マーロウに捧げている。「あつかましくないと生きていけない。しかし、愛すべきあつかましさでないと生きる資格がない」

オビは担当編集者のハシモトが考えたコピーなのだが「沈みゆくニッポンを救う処方箋」とあり、この脇に添えてある小さなわたしの肖像写真は、わざわざ立木義浩巨匠に撮影してもらったものである。まさにこれこそ愛すべきあつかましさなのである。凡庸な常識的編集術に従えば、社内カメラマンで済ませるところをなんというこの贅沢！　タッチャンを強姦したのはもちろんわたしである。殺し文句は「タッチャン、なによりも尊いものは友情である」だった。

さて内容だが、愛すべきあつかましさを武器にして、明るく元気に豪快に生きろというわたしの提言である。愛すべきあつかましさがなかったら、わたしは到底集英社の最終面接には受かっていなかったことだろう。愛すべきあつかましさがなかったら、41歳にして『週刊プレイボーイ』の編集長になって、１００万部の週刊誌を誕生させることなんて出来なかったろう。

わたしの敬愛するオノレ・ド・バルザックの先祖は一介の農民にすぎなかったが、愛すべきあつかましさで〝ド〟を名前の間に入れたペンネームを作り、貴族出身を装って馬車にまで紋章を描かせた。普通の作家10人が10年かかって書く膨大な量の小説を、バルザックは愛すべきあつかましさをもって、たった一人で、約20年間に九十数編の長編と短編小説を「人間喜劇」シリーズとして書き下ろした。名作『ゴリオ爺さん』で作り上げた医学生、ビアンションが後の作品で名医になった。バルザックが息を引き取るとき小声で言った。「ビアンションを、呼んで、くれ」

　ユリウス・カエサルも愛すべきあつかましさの人であった。ロードス島に留学にいく途中、海賊に誘拐された。カエサルが名家の息子だとわかると、海賊たちが身代金を現在の金銭感覚で1億円と踐《ふ》んだ。そのことが愛すべきあつかましさの男、カエサルのプライドを傷つけた。「そんな金額では安すぎる。わたしのプライドが許さない。3億円にせよ」

　20世紀の最大の政治家が誰かといえば、ウインストン・チャーチルだろう。チャーチルほど愛すべきあつかましい政治家はいなかった。勉強が出来ないチャーチルはオックスフォード大学やケンブリッジ大学には当然入れず、陸軍士官学校に入った。陸軍少尉となったチャーチルは、スペインがゲリラ戦に手を焼いていたキューバへ視察に赴いた。そこで覚えたのは葉巻とシエスタだった。首相になってからもチャーチルは、毎日昼寝の時間を取り、1週間に１００本のシガーを吸った。

　歴史は、小胆で未熟な禁欲者、アドルフ・ヒトラーを向こうにまわし、チャーチルと対決させる。チャーチルは愛すべきあつかましさを武器に、癌ノイローゼで酒もタバコもやらない菜食主義のヒトラーに勝利する。詳しくは新書で愉しんでください。

「名著は同じ書を最低20回読むことです」

不世出の天才学者、小室直樹先生が亡くなった。小室先生は、わたしの会った学者のなかでまさしく天才だった。天才はただ知識の宝庫というだけではなく、予言者だった。まだソ連がアメリカを相手に元気だったころ、『ソビエト帝国の崩壊』(光文社)という名著を書いた。「どうしてあんな大胆な発想が閃いたのですか」と、わたしは大学者に訊いたことがあった。「それは、シマジ君、貯金しても利息がつかない国民はいずれやる気を失うものです」

この伝でいくと、いまの日本国は危ない。わたしがまだ『週刊プレイボーイ』の編集長のころ、この博学の天才とよく飲んだ。大学者はなぜか出来の悪いシマジを可愛がってくれた。凡庸なわたしがついていけるのは、唯一酒を飲むことだけだった。ある日の夜の12時ごろ、編集部で原稿を読んでいたわたしに天才から電話がかかってきた。「シマジ君、君のところにこれから行く。一杯つきあっていただきたい」天才はかなり酩酊のご様子だった。「喜んでお待ちしています」

10分もしないうちに天才は現れた。多分、神保町あたりでほかの出版社の編集者と飲んでいたのだろう。

「先生、すぐ終わりますから、ソファーでちょっとお待ちください」

万巻の蔵書を読破した端正な顔立ちの小室先生が座ると同時に、若い小室ファンの編集者がやってきた。「小室先生、わたしは先生の熱狂的なファンです。一つ質問してもいいですか」「……………」「どうして先生はこの歳まで独身を貫いているんですか」「女房はいますよ。愛人もおります」「えっ!?」大学者は右手を若者の前に堂々と出して叫んだ。

「この右手が愛する女房です。左は可愛い愛人です」

そのとき深夜の編集部が大爆笑に包まれた。

集英社インターナショナルの発行人になったとき、わたしは早速『痛快! 憲法学』を天才にお願いした。この書は名著である。いまでも各大学で教科書として使われている。

2001年9月11日、アメリカはイスラムの攻撃を受け、ニューヨークの世界貿易センターがあっという間に崩れ落ちた。世界が真っ青になった翌日、集英社インターナショナルの担当編集者佐藤眞が小室先生を赤坂プリンスホテルに缶詰にするために迎えにいった。「先生、アメリカが大変なことになりましたね」と、小室先生が当然知っているものと思い話しかけた。「ううん?」

テレビは見ない新聞は読まない大学者はきょとんとした。

だが、天才が凄いのは、ひと通りの説明を聞くと、しゃあしゃあとこういってのけたのだ。「じゃあ日本人のための〝イスラム原論〟を書きますかな」

それで名著『日本人のためのイスラム原論』が上梓された。わたしが小室先生に教わったことは数え切れない。「名著は同じ書を最低20回は読むことです」というのもそうだ。大教授は古典的名著を同時に10冊買い、一冊一冊、12色の色エンピツでマーカーを入れた。いまの日本はこの天才をすでに忘れてしまったのか、いまの低俗なマスコミは『週刊新潮』を除いて訃報をほとんど報じなかった。

「田中角栄は天才だ！」と叫びながら踊り出した

小室直樹先生は、若いとき京都大学で数学を学んだ。そのころから天才の誉れ高く、高下駄を履いて勇壮に校内を闊歩していた。

そのあと大阪大学大学院で経済学を学び、アメリカに留学して有名大学の有名教授の下で学んだ。天才にとって卒業証書なんて眼中になかった。ただ学問を究めたかった。気がついたら数学から経済学にいき、哲学から法学へと向学心が赴くままに勉学に励んだ。最後はオックスフォードに学んだ。帰国したあと、東京大学大学院で丸山眞男教授と大塚久雄教授の下で学んだ。とくに大塚教授には心酔して、教授の邸宅の近所のアパートに住んだくらいだ。

そのアパートは石神井にあった。いつまでも結婚しないで酒ばかり飲んでいる小室先生を心配して、編集者たちが集まって相談したことがあった。「天才学者、小室直樹を若死にさせないために結婚させなきゃダメだ。だれか先生に興味のある女を知らないか」

すると昼間から酔いつぶれていた小室天才が小さな声でささやいた。

「ミーコが、いる」

「ミーコ？　だれだ？　そのミーコって」

「ミーコってそこにいる先生が飼っている猫の名前ですよ」

田中角栄のロッキード事件初公判が東京地方裁判所で開かれたその日、開廷される朝の10時に合わせて、わたしが編集長をしていた『週刊プレイボーイ』のために、前夜からグランドパレスに泊まってもらっていた小室直樹先生と谷沢永一先生に「角栄は無罪だ」というテーマで対談をお願いしたことがあった。開廷前の朝8時からお二人の大学者に濃いオールドパーの水割りを飲んでいただき世紀の対談ははじまった。「たった5億円であんな天才政治家を裁くのは愚の骨頂だ！」と小室先生がぶった。「第一、アメリカの証人喚問は日本では使えないのが法律の常識だ！」と谷沢教授がぶった。

しばらくすると、大学者の二人は立ち上がり「田中角栄は天才だ！　田中角栄は無罪だ！」と叫びながら、部屋中狭しと踊り出した。そのころ、ほかのマスコミは田中角栄を叩きに叩いていた。

この特集を後年、角さんの秘書だった早坂茂三さんに読んでもらったことがある。

「これは元気だったオヤジさんに読ませたかった」と早坂さんは号泣した。

マサチューセッツ工科大学、ハーバード大学、イエール大学等々に学んだ天才、小室直樹はなぜか小学校しか学歴がない天才・田中角栄を大好きだった。

酒毒は決して天才の脳みそを破壊しなかった。凡夫のわたしはこの事実を信じていままでも酒を愉しんでいる。

いつの夜だったか忘れたが、天才と浴びるように酒を飲んで湯島のマンションに深夜の2時ごろ送り届けたときだった。

「シマジ君、鍵が、ない」

「えっ!?」

わたしも天才のポケットを探したが、部屋の鍵がないのだ。覚悟を決めて管理人を叩き起こして天才を無事部屋に入れた。部屋のなかは足の踏み場がないほど蔵書の山だった。

「今夜は、ありがとう。少し、酩酊したかな」

これが天才最後の言葉だった。そのうちお会いして、沈みゆくいまの日本をどうすればいいのか訊きたかった。合掌。

55年前の不良少年の空想の恋人は、香川京子と安西郷子

今年の印象的なイベントの一つは、中里小学、中里中学の70歳古希の祝いの同級会だった。なかには40年ぶり、30年ぶりに会う同級生がいた。約40名参集したが、数えて70歳の顔には、みんないままでの人生の喜びや悲しみが深く刻まれていた。しばらく話しているうちに、少年少女のころの面影が蘇ってきた。

久しぶりに会ったスズキ・リョウキは、小、中、高校も一緒で一関一高に進んだが、彼は銀行に入った。その後金融の道を進んで見事定年を迎えて、いま盛岡の近くの八幡平に住んでいる。一緒に温泉の露天風呂に入ったとき背中に大きな手術の痕が生々しかった。「リョウキ、これはどうしたんだ。おまえ金に困って腎臓を一個売ったのとちがうか」

と、わたしが冗談を飛ばすと、ひょうきんなリョウキはそれを受けて答えた。「シマジにかかるとなんでもお見通しだな。そうなんだ。腎臓は一個でも構わないからな」

じつはリョウキは5年前腎臓の手術をした。「シマジ、おれの息子は警官になったんだ」「リョウキ、頼むから息子にだけは逮捕されないでくれよ」「そうなんだよ。警官になる最後の面接試験で訊かれるそうだ。『きみはもしお父さんが悪いことをしたとき、逮捕することが出来ますか』って」

善良なるリョウキの息子は自信を持って、「はい、出来ます」と答えて警官になった。

「じつはシマジ、娘がまだ結婚しないでいるんだ。だれかおまえの部下にいい男はいないか」「おれは月下氷人だけはしないことにしている。よかったらおまえを尊敬して『お父

さま』と呼ばせてもらうから、おれの愛人にどうだ」「シマジだけはだめだ。おまえは子供のころから名うてのプレイボーイだったことをおれは知っているからな」。何十年ぶりに再会しても、少年のころ会った印象といまも会っている彼は寸分も変わりはなかった。

ヤナガワ・タケジ。彼は高校の社会科の教師になった。40年ぶりの再会だった。彼もまた小、中、高校時代から悪さした仲だ。「久しぶりだな」「よくきたなあ」

ヤナガワは素封家の息子でたまたま実家の近くに空家を一軒持っていた。そこがわれわれのアジトになり、よく夜泊まりに行ったものだ。そして仲間と小遣いを出し合って、ヤナガワが大人に変装して酒屋に酒を買いに行ってくれた。彼の空想の恋人は香川京子だった。わたしはバタ臭い安西郷子だった。沢山雑誌のグラビア写真をファイルしたものだ。そのアジトでわたしは文学を熱く語った。当時サマセット・モームに熱中していた。もちろんタバコも吸っていた。ヤナガワはそのころから社会思想的な本が好きだった。高校の社会科の教師になるために生まれてきたような善良な男だ。静岡で教師になった彼は、きっと生徒全員から好かれたことだろう。高校生が多少悪さをしても惻隠の情を持って許したのではないだろうか。

スズキ・アズマ。彼は一関に居残りアズマ住設という建設会社を創業して社長になった。中学校の同期会の会長を務めている。わたしはよく一関に帰り、難コース、南岩手CCで彼とプレイする。ハンディ5のアズマにはエブリワンもらっても勝ったことが一度もない。でもアズマ社長はいいヤツで、いつも一ノ関駅まで愛車BMWで迎えにきてくれるのだ。昭和16年、17年生まれのわたしたちはみんなどっこい元気であった。

シングルモルトがなかったら、天国行きはお断わりだ

２０１０年もあと4日で終わろうとしている。わたしの69歳の２０１０年は結構忙しかった。講談社から『乗り移り人生相談』と、小学館１０１新書『愛すべきあつかましさ』を上梓した。７本の連載は締め切りをちゃんと守った。飛び込みの原稿も沢山書いたが、これも〝締め切り優等生〟だった。よく物書きには、締め切りは処女と同じで破られるためにあるんだ、とうそぶく人がいるが、あれは編集者にとってたまったものではない。「巧くて早くて高い」これがわたしのキャッチ・コピーである。海外にもよく行った。２月には葉巻ツアーにキューバに出かけた。来年もいきたいと思っている。シガー25本入りが20箱まで無税で買えるのが魅力だ。マルタ島、サルディーニア島、ミラノにも行った。シングルモルトを求めてスコットランドにも行った。告白すればこれはハバナ以外すべて身銭を切っていったのである。いま出版社は不況で取材費を出してくれるチャーミングな編集部はほとんどない。でも物書きの端くれとして外国旅行は必須である。百聞は一見にしかずだし、少しの息抜きが大切なのだ。マルタ島も来年もう一度行ってみたい男の島だ。まだ行っていないスコットランドのシングルモルトの蒸留所も訪ねたい。死ぬまでに98ヵ所の蒸留所すべてを訪れる予定だ。もし天国にシングルモルトがなかったら、天国行きはお断わりだ、と常々思ってるくらいわたしは、いまシングルモルトに淫している。

そんなことが風の便りで伝わったのか、嬉しいことに『Ｐｅｎ』と『メンズプレシャス』からシングルモルトの原稿の依頼があった。シングルモルトは孤高で静謐な酒だ。独

りで静かに飲んでも愉しい。いまわたしのプライベート・バー〝サロン・ド・シマジ〟には約250本のシングルモルトがある。だから独りでいても寂しいと思ったことがない。本も沢山読んだ。古い名著もまた引っ張り出して読んだ。名著は何度読んでも新しい発見がある。だから名著と呼ばれるのか。

名著の一つ『バルザック』（シュテファン・ツヴァイク著　水野亮訳　早川書房）を読んだ。結局、バルザックは30歳から死ぬ51歳まで90本の短編長編を書くためだけに人生を生き抜いた天才だった。これは普通の作家が10人で10年かかって書く分量だとツヴァイクも感嘆している。もう一つの名著は『水源』（アイン・ランド著　藤森かよこ訳　ビジネス社）である。これはアメリカで1943年に発売された浩瀚《こうかん》な書籍だが、累計700万部を超えるロングセラーものだ。いまでもアメリカの知的若者の必読の書である。一種の宗教になったこの女性国民作家、アイン・ランドのファンは「ランディアン」（ランド教徒）と呼ばれている。主人公の建築家、ハワード・ロークは「今日の異端は明日の正統」と信じている。これは映画『摩天楼』の原作である。もうわたしはワインは進んで買わないが、夏ごろの新刊『ウィルバーフォース氏のヴィンテージ・ワイン』（ポール・トーディ著　小竹由美子訳　白水社）は一飲、おっとまちがえた、一読に値する。

そして最後に新しいステキな友達が出来た。藤巻幸夫さんだ。もと伊勢丹のカリスマ・バイヤーであった彼は、数年前、老舗福助を再建させた。なかなかチャーミングな彼は、わたしの『甘い生活』を読んで会いたいといってきた。一夜、したたか飲んで語り合った。そう、まさに藤巻さんは「じかあたりの人」であった。これからの付き合いが凄く愉しみだ。

人は退屈な真実よりも、素敵な嘘を好む

２０１１年の日本の新年は、いつになく重苦しく明けた。わずかに余喘《よぜん》を保つ菅内閣、シュリンクしっぱなしの経済界、可哀そうに新卒の大学生の半分が社会人浪人だというではないか。隣の韓国と中国のほうが、いま国民は明るく元気で未来に酔っている。政治力、外交力、経済力、プロのスポーツさえ、いまや日本の実力は、同日の談ではなくなった。あの日本人の不撓不屈の精神は一体どこにいってしまったのか。

まあこういうお堅いテーマは堤堯先生の「東スポ」の「阿呆の遠吠え」にお任せするとして、わたしは野鴨とせりのお雑煮をたらふく食べた正月であった。そして正月中、1月25日発売の『人生は冗談の連続である。』（講談社）のゲラをチェックした。これは日経ＢＰｎｅｔの「乗り移り人生相談」の傑作選である。読者のすべてのコメントに、わたしがさらにコメントを付けた。毎週10万以上のヒット数があるこの人気サイトの読者コメントは、レベルが高く出色だ。すっかり回答者になりきっている人がいる。なぜか30代女性の支持が多いという。しかも彼女らは男たちより元気で人生をしたたかに謳歌している。

そんなわけで、わたしは正月からスズメのように早起きして午前中に原稿を書いた。『新潮45』の2月18日発売号のために「小室直樹怪物伝」を30枚書き下ろした。この天才学者に対して日本の学界もマスコミもその偉大さを認めず軽視した。小室天才の怪物性は、数学に止まらず経済学、法学、宗教学、何でも好奇心の赴くままに探求した。だからスペシャリストではなくゼネラリストになっ

た。東大はこの偉大な大学者を教授にせず、非常勤講師の地位しか与えなかった。せめてもの慰めは、東大の小室ゼミから何人もの小室信奉者が誕生したことだ。東京工業大学の橋爪大三郎教授もその一人である。ことしこの伝説の小室ゼミが橋爪教授によって東工大で再講義される。あのユニークな大学者のDNAを何人かの若者に継いでもらいたい。

2011年、わたしは生まれてはじめて小説に挑戦する。親しい作家の北方謙三さんから「シマジさんはユーモア小説を書くべきだ」と去年忠告された。この暗いご時世で笑わせるのはかなりの力業が必要であるが、元旦から少しずつ書いている。やはり物書きは小説を書かないと世間から軽く見られるようだ。この長編は800枚になりそうだ。主人公は男だけの3兄弟で抱腹絶倒の痛快物語である。昭和の戦前、戦中、戦後とバブル狂騒時代を舞台にしている。人は退屈な真実よりも面白くて美しい素敵な嘘を好む。

「東スポ」のこの連載も今年の11月には、『甘い生活』第2弾、タイトルを新しく『知る悲しみ』として上梓される。サラリーマン社長を67歳で引退して早3年が過ぎ、単行本を7冊上梓することになる。

わたしの一日は、毎朝8時に起きて9時から仕事場に入り昼12時まで執筆している。これは塩野七生さんが「午前中は天使の時間よ。頭が冴えています。シマジさん、その間に仕事をなさい」と忠告してくれたことを忠実に守っているのだ。午後からは毎日スポーツクラブで汗を流している。不健全な精神を宿しても壊れないような強靱な肉体を鍛えている。これはシングルモルトやシガーのためだ。夜は毎晩若い編集者と宴を愉しんでいる。このまま時が止まって、100年くらい同じ日々が過ぎないものか、と秘かに思うのだが——。

艶ある色悪の男の秘密兵器をこっそり教えよう

　もうあと3ヵ月で70歳になるわたしの顔を見て、「どうしてそんなに肌の艶がテカテカで髪の毛がフサフサなんですか。どうしてそんなに元気なんですか」とよく訊かれる。それにはじつは秘密兵器があることをこのコラムの読者諸君にだけこっそり告白しよう。

　わたしはこの約9年間、毎週1回必ず通い詰めているところがある。それは東銀座にある「エアプレス」（☎03・5159・5754）である。ここに行って1時間、1・3気圧の密閉されたカプセルに入っているのだ。地球上は1気圧なのだが、このカプセルのなかは1・3気圧で、酸素の濃度は通常21％のところ、28％に濃縮されている。最近は座って本を読みながら、また運動しながら入れる大きなカプセルも登場した。「エアプレスに入ると、IGF-1の成長ホルモンの分泌が活発になると、名古屋市立大学大学院医学研究科の岡嶋研二教授によって、確認されています。だからアンチ・エイジングの効果は大です。育毛効果や、また濃縮酸素が脳にいき、鬱症の人の気持ちが明るくなる、といわれています」とエアプレスの平野剛社長は胸を張る。

　たしかにエアプレスに入ったあとで本を読むと1・5倍の集中力とスピードで頭に入る。二日酔いなんてあっという間にすっ飛んでしまう。いつだったか、敬愛する先輩堤堯さんと名古屋からの新幹線で、したたかシングルモルトを飲んでエアプレスに入ったことがあった。平野社長が堤さんに丁寧にエアプレスの効能を説明しようとすると、堤御大は酔った勢いで大声でいった。「説明はいい。グダグダいう前に早く入れてくれ！」。1時間後、すっかりアルコールが抜けて正気に戻った堤兄ぃは紳士然としていった。「いやいや、有り難うございます。これは大変気持ちいいものですな」

　またあるとき、どう見ても50歳はとっくに過ぎているおばさまが平野社長にくってかかっているところを目撃した。「平野さん、どうしてくれるの。6年前に閉経したのに、エアプレスに入ったらメンスが戻ってきちゃったのよ」

　80歳は過ぎている品のいい老紳士が小声で言っているのを耳にしたことがある。

「平野さん、有り難う。25年ぶりに朝立ちを今朝体感しました」

　5年前、ハンカチ王子が甲子園で優勝したとき、王子がエアプレスを秘かに使って完投したことが大きなニュースになったことがある。各種の一流プロスポーツ選手たちは携帯用のエアプレスを持ち歩いている。「このカプセルのなかにはLEDの光ケアーも設置されていて、コラーゲンや脂肪燃焼に一役かっています。ペット用もありまして、猫なんかすぐ気持ちよく眠ってしまいます。将来は競走馬用のデカイものを作ろうと考えています」と平野社長は再び胸を張る。

　ここではカプセルが8台フル稼働している。年中無休なのが便利でいい。営業時間は午前10時から午後10時まで。嬉しいことに料金が破格に安い。6ヵ月契約すると毎月口座から引き落とされて、1ヵ月入り放題でなんと1100円である。女性はやっぱりしっかりしている。毎日入りに来る女性が何人もいるそうだ。わたしはいつも週1回、午後2時ごろいっている。夕暮れどきだと銀座のネオンが再び恋しくなるのが怖いのだが。

門前の小僧、習わぬ経を読む

世の中には面白いことを発想する編集者がいるものだ。日経BP社の『アソシエ』誌の三橋副編集長が訪ねて来た。

「シマジさん、『一人3人人生相談』をやりたいのですが——」

「!?」

「シマジさんは若いとき『週刊プレイボーイ』で、シバレン、今東光、開高健の人生相談を担当していたでしょう。そのころを思い出して3人の文豪に憑依《ひょうい》していただき、うちの読者の人生の悩みに回答してもらいたいんです」

「わたしに男イタコをやれってことだね。あるときはシバレン先生、またあるときは今大僧正、開高文豪になって読者の悩みに答えろということか。面白い企画だね、やりますか。まあ門前の小僧、習わぬ経を読むだね——」

確かにわたしはシバレン先生からダンディズムを学び、パイプや葉巻の旨さを教わり、歯切れのいい名調子の文章をいくらか真似た。今東光大僧正からは人生の諧謔、茶目っ気たっぷりの大人の悪戯、こぼれるような微笑み、また何歳になっても湧き出るような男の色気を学んだ。開高健文豪には、無類の優しさ、死んでも譲れない人間の品格、そしてユーモアとエスプリ、男のロマンティックな愚か者としての生き方、酒の格好いい酩酊の仕方等々を学び盗んだ。

わたしは二つ返事でこの企画に乗った。しかも三橋副編は自分で担当をやりたいという。なるほど編集の醍醐味は現場にある。そのことを彼はよく知っている。またこの人生相談は雑誌連載ではなく、いま流行りのインターネットではじまった。題して「乗り移り人生相談」。5月末からはじまったのだが、この企画はすぐに火が付き、アクセス数はあっという間に№1になった。こうなると回答者としてはやる気満々である。

質問。「わたしはどうしても浮気をしない男性と結婚したいのです。そういう男性の見分け方を教えてください」という若い女性からの問いにわたしは一刀両断に答えた。「無理です。いままで結婚している男性で浮気をしてない人はただ一人、四国の大将・坪内寿夫さんしか知りません。あとは必ず浮気しています。浮気するくらいの夫でないとまた出世がおぼつかない。ただしやさしい夫なら家までその匂いすら持ち帰ったりしないものです。そういう夫を見つけてください」

いまでは妻のほうが浮気する時代になった。日本も男と女の関係は発展して、夫はフランスのコキュ（浮気されてる旦那）になってきているのではないか。現実、結婚して男と女が一つ屋根の下で暮らしていれば、オスとメスの関係は自然消滅する。だから早く〝人生の戦友〟として、また〝茶飲み友達〟として愉しい関係に持ち込めるかが、結婚生活の要諦である。

質問。「わたしは妻子ある男性と2年近く付き合って別れました。原因は彼にもうひとり浮気の相手がいたことを発見したからです。でも、どうしても彼を忘れることが出来ません。どうしたらいいでしょうか」

「それはあなたの燃えるような肉体が男の肉体を求めているのです。もっとイケメンでもっと頑丈な男と一夜を共にしたら、そんな古い男のことは簡単に忘れられます」

あとは、日経BPのnet「乗り移り人生相談」で読んでくれたまえ。わたしは人生は決して捨てたものではないことをささやかなエスプリとユーモアをまぶして答えている。

「大いなる冗談には、人生の真実がある」

1月25日に発売された新刊『人生は冗談の連続である。』（講談社）は、日経BPnetで現在連載中の「乗り移り人生相談」のなかから、選りすぐりの24本を掲載している。今回はとくに、元気な30代の女性の明るい相談とウイットに富んだコメントに支えられているのが魅力である。もちろん、わたしもミツハシも頑張っているがね。

Q「一人で記憶をなくすほど酒を飲み、自己嫌悪に陥ります」という29歳男性の相談への、わたしとミツハシの知的かけあい漫才の回答を読んで、30代の女性から送られてきたコメントがフルってる。「酒好きの私と女友だちの間には、飲みに行くときの合い言葉があります。『酒は飲んでも飲まれるな、男は食っても食われるな』。男性も、酒に飲まれても、女には食われておいたほうがいいと思います」（未婚独身アラサー女子）

Q「オヤジくさい彼氏との結婚に躊躇しています」という26歳の女性の相談に、わたしはそういう彼氏とはむしろ結婚生活において安定的な幸せをつかむのではないか。そして息子を生んで世界一の男に育て、生涯の恋人にしなさい、と回答した。早速、アラサーらしき女性からコメントが送られてきた。「私も独身で二人の男の子がおります。とても幸せです。この回答を読んで、『しまった、ばれている』と思いました」（匿名）

シングルマザーは日本でも増えつつある。いいことだとわたしは思う。これはいいDNAを残そうとする女の本能の現れである。シングルマザーにシングルモルトで乾杯だ！

Q「恋愛について迷子になりそうです」という24歳の相談者に、わたしは男に「カナユニに行かない?」と言われたら、ヤル気があるなら「行きたいわ」と言い、ただ食事だけという関係を保つなら、「遠慮しておくわ」と応対する愛の合い言葉を提案した。するとすかさずアラサー女性からと思しきコメントが寄せられた。「『カナユニに行かないか?』と言われたら『近いうちにね』と答えると思います。ゴールが見えているデートなんてつまらないですから(笑)」(misojo)

これなんて如実に女心を正直に表しているではないか。男は「できるかな」と不安におののきながら食事するのは胸苦しいものがあるのだが、じっさい女はその夜の成り行きに身を任せているのである。

Q「彼が行為の最中に寝てしまいます」という27歳の女性からの相談に、彼氏が眠ってしまうのは、相談者を相手として安心しきっている証拠だ。舐めて起こしたらどうだと回答した。女性のコメンテーターが意味深い告白を寄せてきた。「私も夫との行為の最中に眠ってしまったことがあります。でもそれは、酔ってベロンベロンになっていまにも眠りこけそうな私に迫ってきたからです。なので彼も別に私を起こしたりせず、翌朝また挑んできました。私としても仕切りなおし、って感じでちゃんと応じました。(中略)がんばったんだな〜と思うと、そんな彼がなんだか可愛らしく感じます」(青空)

この一冊のゲラ刷りを読んでくれた文豪、北方謙三が名文の推薦文を贈ってくれた。「大いなる冗談には、人生の真実がある。悲しみも怒りも、笑いの中で癒してくれる。疲弊をエネルギーに変える人間だけが持つ精神の特効薬なのだ」

ベートーヴェンが天国から降りてきて老指揮者に憑依した

作曲家の三枝成彰さんは凄い。この8年間、ずっと12月31日の大晦日、昼から深夜までぶっ通しで、ベートーヴェンの全交響曲連続演奏会をやり続けているのだ。

2010年の記念すべき第8回のロング・コンサートは、なんと世界の超弩級の指揮者、80歳の巨匠、ロリン・マゼールが第1から第9まで精力的に振った。どうみても、どう聴いても、巨匠は80歳にはみえない色気たっぷりの棒振りだった。サーモンピンクの肌はシワひとつない。

訊けば、マゼールは5歳でヴァイオリンをはじめ、7歳でウラディーミル・バカレイニコフのもとで指揮を学んだ。わずか12歳のときニューヨーク・フィルハーモニックに指揮デビュー。それから超一流どころのステージを踏んだ。なんと82歳の2012年から3年契約で、ミュンヘン・フィルハーモニー管弦楽団の首席指揮者に就任することが決まっている。長い長い指揮者生涯で、マゼールは何度ベートーヴェンを振ったことか。

当然のことながら、マゼールの前には譜面がなかった。すべてが頭に入っている。しかも、まるでベートーヴェンが書き忘れたところまで、マゼールは掘り起こして天才の意を汲んでいるかのように振っていた。満席の聴衆は一曲一曲に圧倒され、毎回、常にスタンディング・オベーションが起こった。楽団員も今夜はヤケに気が入っていた。マゼールはプレイヤーの一人ひとりを指差して、「ここだ！」と数秒早く命令を送る。

しかも巨匠は、第1番から第9番まで順番に演奏するのではなく、2曲ずつやるなかで順番を変えるのだ。たとえば第3番と第4番を入れ替えたり、第6番の後で第5番をやった。これは心憎い演出である。ベートーヴェンを知り尽くした巨匠だからこそなせる神業である。たしかに2回目のステージは、第4番で終わるより第3番の「英雄」で終わったほうがドラマティックだ。「英雄」はナポレオンに捧げようと作曲した交響曲である。それとは知らずナポレオンは皇帝になった。皇帝にならなかったら、「ナポレオンに捧ぐ」、とベートーヴェンは一文を添えたにちがいない。これは凄まじく圧倒的な交響曲である。ベートーヴェンが自殺を断念した後の生命力溢れる勇ましい交響曲である。この余韻を残して1時間の休憩に入る。そんなふうに交響曲第5番「運命」を後にまわして、第6番の「田園」を先に演奏した。そしてまた第5の素晴らしい余韻を残して休憩に入った。8年間、わたしは休みなく通ったが、こんな演出ははじめてだった。また、巨匠、マゼールの指揮ぶりは、まことに軽やかにして優雅でハデな体の動きがなかった。だが、すべての楽器を、まるでマゼールその人が弾いているような錯覚を覚えるほど、楽団員全員の心を掴んで離さなかった。楽団員も持てる力をすべて今夜は出しきった迫力が、東京文化会館ホールにみなぎった。80歳の巨匠、ロリン・マゼール、今夜のあなたは天才だ。あなたに今夜ベートーヴェンが天国から降りてきて憑依した。その日、実況したUｓｔｒｅａｍの総視聴数は全世界で11万人だったという。

物書きとは、指の先に悪魔と天使を宿す商売なのである

慶賀すべきことに、シングルモルトのバイブル、マイケル・ジャクソンの『モルトウィスキー・コンパニオン』（小学館）の最新版が6年ぶりに上梓された。この世にすでにマイケルがいないのにマイケルのDNAを継いだ3人の男たちにマイケルが憑依して書き下ろした。ほとんどマイケルの熟成した名文を踏襲しつつ新たな情報も書き加えている。もちろん各ボトルごとに点数を付けている。

嬉しいことに、最近発売になったアイラの新参者、キルホーマンの3年ものが載っている。しかもこの新人モルトは3年ものだというのに、84点をマークしている。末恐ろしいシングルモルトの誕生だ。アイラの最も希少価値があるポート・エレンを3ページも割いて絶賛している。1983年に閉鎖された蒸留所のポート・エレンは、いま8番目のリリースで7万8000円もする。ファースト・リリースはいまや10万円以上の価格で売買されている。

オイリーで塩っぽくスモーキーなポート・エレンは、すでに幻のシングルモルトになり、カルト的存在感を醸し出している。

そんなポート・エレンのレアなオールドだけを徹底的に飲む試飲会が『モルトウィスキー・コンパニオン』の翻訳者である山岡秀雄さんの主催で行われた。シングルモルトの師匠と仰ぐわが山岡先生に招待されてわたしも参加した。さすがは2500本を所有している山岡さんだけあって、16本のレアでオールドでカルトっぽいポート・エレンのボトルがカウンターの上に所狭しとずらりと並んでいた。特筆すべきは、わたしがはじめて見る珍しいポート・エレンが沢山あったことだ。ま

るで原子記号のような「PE3」というボトルもあった。しかもHideo・Yamaokaのサインがある。われらが山岡先生のご高名はスコットランドにまで鳴り響いているのだ。またイタリア人の目利きのボトラー、サマローリがすでに数少なくなったポート・エレンの原酒樽から厳選した「サマローリ1981　57%」は秀逸だった。イタリア人にはシングルモルト好きが大勢いる。世界的に有名な盲目のモルト・コレクター、ザガッティは自分の目ではみえないのに豪華なモルト・コレクションの写真集を出版している。

試飲会場には30名のモルト・マニアが詰めかけていた。昼夜2回に分けて執り行われた。たった7000円の会費でこの贅沢を味わえるのだという。

さらに嬉しかったことに、わたしの熱狂的な読者が何人もいた。なかには葉巻狂もいた。物書きは、はじめて会う自分の読者に興奮する。ちょっと話すだけで、完璧にわたしの作品を読んでいるのがわかる。さらに興奮したことに、サロン・ド・シマジ本店に取って置きのポート・エレンのファースト・リリースを献納したいというファンまで現れた。わたしはもっと感動的な作品を書かなければいけないと痛感した。ちょうど何十年も風雪に耐えたポート・エレンのように、もっと熟成しなければいけない。本物だからこそ熟成して、さらに味に磨きがかかるのである。シングルモルトでいえば、わたしは物書きとして、まだキルホーマン3年ものである。まだまだ未熟だが可能性は秘めていると信じてやまない。好きなモルトウイスキーの名言がある。「ウイスキーは悪魔だ。でもどうしてこんなに信奉者が多いんだろう」

けだし売文の徒は、指の先に悪魔と天使を宿す商売なのである。

異端の天才学者と政界の長老、若き日の誓い

わたしが不定期連載で「ゆかいな怪物伝」を連載している『新潮45』に、2010年の秋、突然この世を去った怪物的異端の天才学者、小室直樹について書き下ろした。小室より1歳年上の社会学者、富永健一東大名誉教授をはじめ、小室の一番の愛弟子、東工大の橋爪大三郎教授、それから小室の会津高校時代の親友、民主党の最長老、渡部恒三衆議院議員を取材した。

三人三様に小室の死に深い哀悼の意を表しながら、胸が詰まるいい話をしてくれた。小室がいかに偉大であったかはいうまでもないが、惜しむらくは、小室の死亡記事がぞんざいでスペースが小さかったことだ。今後小室の学問的業績は必ずや見直されるにちがいない。

取材しながら久しぶりに泣けたのは、渡部恒三さんの60年前の小室との青春時代の話だった。

家のなかに女中が10人もいた渡部恒三の実家は名実ともに素封家だったが、小室直樹の家庭は疎開者で母一人子一人の赤貧洗うが如しの貧困の家であった。小室は幼少のころから天才的優等生であったが、恒三も早稲田大学に入れるくらいの十分な頭があった。だが小室が恒三の親友になって、大きな門構えの渡部家へ泊まりがけで遊びにいったとき、若き怪物、小室は大勢の使用人がいる前で、恒三の母親に向かってこともなげに言い放った。「お母さん、どうして恒三はこんなに頭が悪いんでしょうか」

こんなことで二人の友情にヒビが入るはずもなかった。

会津高校には二人とも学校の近くに下宿し

て通っていた。小室は昼時間になるといつの間にかすうっと一人で教室から姿を消して、グラウンドの片隅で本を読んでいる姿が見られた。そのことを知った恒三は、下宿のおかみさんに事情を話し、いつもと同じ弁当を2つ持たせてくれるように頼んだ。それから小室は毎日弁当にありつけた。「小室は始終極貧のなかにいたなあ。でもあいつは日本一の誇り高い男だった。戦後まもなく、日本中を沸かせた湯川秀樹のノーベル賞受賞に小室は人一倍感動して、『おれもノーベル賞を取るんだ』と京都大学を受けたんだ。旅費はわたしの父の友人が出してあげたんだが、小室は合格して嬉しかったのか、有り金を全部飲んでしまったんだろうなあ。小室は帰りの汽車賃がなくなり、律儀にも徒歩で京都から会津まで歩いて帰ってきたのには、みんなして驚いたもんだあ」

渡部恒三さんはあの独特なイントネーションで60年前の青春の思い出を顔をくしゃくしゃにしながら、語ってくれた。

若き怪物は健脚にものをいわせ、悠々と、京都から会津まで徒歩で帰ってきたのである。二人は京都大学と早稲田大学に離ればなれになるとき、一緒に白虎隊で有名な飯盛山に登り、力強く誓い合った。「恒三、おまえは将来政治家になって、プライム・ミニスターになれ。おれは数学でノーベル賞を取るぞ!」

青春の夢は大風呂敷なほど美しい。夢は破れたが、小室直樹は学問の世界で確固たる怪物的存在感を示し、渡部恒三は政界で押しも押されもせぬ長老となった。小室直樹に対するわたしのオマージュの続きは、『新潮45』に30枚書き下ろした。別れるとき長老もわたしも小室の生きざまに涙ぐんでいた。

美しき不良は、還暦からもう一勝負

先週、山梨の甲府まで出かけていって、「山梨文学シネマアワード」に出席した。山梨県知事の横内正明さんから、「マスタークラスアワード」を受け、受賞記念としてスペインが生んだ優雅で高価な陶器人形、リヤドロの若武者人形を戴いた。以前からリヤドロのなんともいえない、ぬめっとした典雅な上塗りの色味と繊細な造りに感嘆していたので、嬉しかった。またサロン・ド・シマジに見事な置物が増えることになった。

どうしてこのような賞を受賞したかというと、実行委員長の小松澤陽一さんの強い推挙があった。彼はスピーチのなかで、「シマジさんは『週刊プレイボーイ』を毎週100万部売って、当時の若者に元気を与え、さらにいま、普通は年金生活者で日向ぼっこしているお歳なのに、なんと現在7本の人気連載を抱えて再び読者に知的な元気を与えています」と感動のあまり涙声になりながら、賞賛してくれた。小松澤さんはあの有名になったゆうばり国際ファンタスティック映画祭で、世界の大物男優や女優を招聘した愛すべきあつかましさの人である。そのときは感極まって舞台の上で号泣した。業界では〝泣きの小松澤〟といわれている大物プロデューサーだ。よほど小松澤さんは純粋な人なのだろう。なんたってわたしも感激したのは、このコラムから生まれた『甘い生活』を3回も読んでくれて、著者のわたしより細かいことをよく知っていたことだ。わたしも感動してもらい泣きしそうになった。

驚いたことは、ショーケンこと萩原健一さんも受賞者のなかにいて、入籍したばかりのファッションモデル、冨田リカさんを伴って会場に現れたことだ。色めき立ったマスコミの連中が二人を追いかけ回し、ショーケンの単独インタビューが設営された。ショーケンはいつになく上機嫌で明るかった。美しい女に恋している誇りに満ちた男の顔をしていた。ショーケンは60歳、還暦である。12歳年下の花嫁をゲットして、「これからもう一勝負するぞ」と、〝傷だらけの天使〟は顔を輝かせていた。

ショーケンの魅力は瀬戸内寂聴さんに何度も聞かされていた。30歳若いショーケンは、寂聴さんを義母と慕っている。

「萩原さん、この間、寂庵にいって寂聴さんをお見舞いしてきました。そのとき、あなたの結婚式に出られないことを残念がっていましたよ」

「どうでしたか。寂聴先生の腰の具合は」

瀬戸内寂聴さんは去年の暮れ、腰骨を折って長いことベッドで寝たきりになっていたが最近やっと歩行器につかまってリハビリ中なのだ。まあ5月の連休ころには快復して、また八面六臂の活躍をしていることだろう。

瀬戸内さんと親しいことを告白したわたしに、ショーケンは信頼感を寄せてくれた。わたしは受賞のスピーチで、「わたしは今年で70歳の古希ですが、ハングリーにならないといい原稿は書けない、と決心して、年金は全額、女房にやってしまった」というスピーチをした。壇上で記念撮影をしたとき、ショーケンがわたしに囁いた。「シマジさん、70歳には見えないな」「おれも不良してきたからなあ」とわたし。「おれ、不良は卒業しました」とショーケン。「いやいやこれからもショーケンらしく、美しく不良すべきだよ。世間がそれを待っている」

ショーケンはただニヤリとしながらその言葉を噛みしめていた。

黄金の馬車に乗った〝甲州の宮崎駿〟

「山梨文学シネマアワード」を受賞したその日のランチに出た勝沼ワイン、「1987シャリオドール　白」の味には驚愕した。わたしはいままで日本のワインを馬鹿にしてほとんど口にしなかった。とくに甲州産の赤ワインは、どうしてもフランスのシュバル・ブランやオーゾンヌが持つあのフルボディのなんともいえないコクというか厚みというか豊かさがないのである。わたし流の比喩でいえば、胸のペッチャンコな女を抱いているみたいなのだ。

ところが1987年のシャリオドールの白は、贅沢に長期熟成されていて、輝ける黄金色で複雑にしてデリケートなブーケを放ち、べたつかず甘口でバランスがよく、食前、食中、食後まで飲み続けられるスグレものだ。「これは美味い！」とわたしは思わず叫んだ。すると目の前に座っていたアニメの大監督、宮崎駿そっくりの御仁がニッコリ笑っていったのである。「これはわたしどもが造っているワインです」

自信に満ちた言葉に裏打ちされるように、〝甲州の宮崎駿〟は相好を崩しながら、ぽつりぽつりと語りはじめた。「そもそもシャリオドールと命名したのは、オヤジの時代にひょっこりうちのワイナリーを訪ねてこられた詩人で英文学者の日夏耿之介先生です。またうちのワインの総称を、11世紀のペルシャの詩人で天文学者のルバイヤートから取ってつけてくれました」「あの酔っぱらいの詩を書くルバイヤートですか。典雅な命名ですね。むかし岩波文庫で読みました。シャリオドール＝黄金の馬車とはよく名づけたものです」とわたし。「今日は嬉しいな。うちのワイナリーはわたしで4代目です」「この白は凄い。わたしはフランスワインが高騰したので、いまシングルモルトばかり飲んでいますが、久しぶりに感動しました。失礼ですがこれでいくらなんですか」「3171円です」といって〝甲州の宮崎駿〟は名刺を出した。ルバイヤートワイン代表取締役、大村春夫とあった。

そして受賞のパーティでもこの白ワインは出された。わたしはほかのワインに目もくれず、ひたすら1987シャリオドールの白を飲み続けた。

その翌日、わたしは居ても立ってもいられずルバイヤート・ワイナリーを訪問した。残念なことに大村社長は不在だったが、賢夫人が歓待してくれた。わたしは個人経営のこの小さなワイナリーを気に入った。そこでも1987シャリオドールの白を試飲して、6本買って送ってもらうことにした。そのとき同行したわたしの担当編集者、フルカワもわたしの感動が伝染したのか、同じく6本購入しした。気が利くフルカワは「今夜もう1泊しますから、これを飲みましょう」とそのなかから1本抜いた。作家を思いやる担当者は可愛い。

そこで働く従業員は総勢10名だという。以前コンクリートの大きな樽を使って醸造したのだろう。そのあとに新しいワインボトルが堆《うずたか》く積まれ、壁に酒石酸の綺麗な残滓《ざんし》がまるで星屑のようにきらきら輝いている回廊があった。出口のドアにはステンドグラスが飾られていた。わたしは5時から作家のワークショップをやらなければならず、後ろ髪を引かれる思いでワイナリーをあとにした。外は大雪で、10人ぐらいしか集まらなかったワークショップの出席者のなかに、なんと大村春夫社長の姿があった。これには大きな熱い縁を感じた。

「樹木はそのつける実によって知らる」

先日、神保町の三省堂本店で『愛すべきあつかましさ』と『人生は冗談の連続である。』のわたしの近著のために、小学館、講談社の合同主催のトークショー＆サイン会が催された。嬉しいことに定員100名のところ102名が出席してくれた。最初はわたし抜きで、わたしの大事な担当編集者たちが壇上に立ち、わたしの悪口をいい合ったらしい。その20分間、わたしは1階下の控え室で待っていたので、なにが話されたのかまったく知らない。

いよいよ読者の笑いの渦のなかに、わたしがドラマティックに登場した。「聖書の言葉にこんな有り難い名言があります。『樹木はそのつける実によって知らる』。これは、木は実の数や質によって判断されるということです。わたしの実はあなたたち読者なのです。ここにいらっしゃる誇れるあなたたちによって、わたしの値打ちが決まるのです。わたしはじつに果報者です」と口火を切った。「乗り移り人生相談」の相棒、ミツハシが総合司会をしてくれた。

読者からの生の質問に応じて答えていく方式を採った。「わたしはシマジ教の熱烈な信者です。どうしてシマジ先生はテレビに出ないんですか」「まず顔が売れると夜陰に乗じて悪いことが出来なくなる。またテレビはくだらないメディアだと思っているからです。わたしはたとえ時間がかかろうとも、文字の力で名を売るつもりなのです」。高校教師らしき先生から「いまの若者は本を読まない。どうすれば本を読ませることが出来るでしょうか」という質問があった。「高校生ならジャック・ヒギンズの『鷲は舞い降りた』を読ませたら、どうだろうか。活字の愉しさは、自分の脳みそのなかの3D以上の高品位なブラウン管に、活字という記号から、自分の映像を作ってみられることなんです。一度その愉しさを知ったら、止められません」

最後に嬉しい質問があった。「シマジさんの今夜のファッションはどういう趣向なのですか」「よくぞ訊いてくれた。これはスモーキング・ジャケットというガウンです。ロンドンのメンズクラブで葉巻を吸うとき、いままで着ていた上着を脱いでこれを着るんです。決してマジシャンの上着ではありません」

102人の読者の輝いた顔が印象的だった。絶えず爆笑で応えてくれるあの温かいレスポンスは作家冥利に尽きる。

1時間後、サイン会がはじまった。30代の女性が多い会場は華やいでいた。わたしは『愛すべきあつかましさ』には「常日頃のあつかましさをお許しください」と、『人生は冗談の連続である。』には「それでもたまには本気になる」と書き、一人ずつフルネームを記して、わたしの名前と落款を押した。2冊買ってくれた読者もいた。

バレンタインのあとだったので、チョコレートを贈ってくれた可愛い女性読者が沢山いた。そのチョコレートが凝っていた。ロンドンでしか売っていないプレスタのチョコレート、フレデリック・カッセルのチョコレート、また5大シャトーのワインがウイスキー・ボンボンのように詰まっているモノや、12種類のシングルモルトで味を付けたモルトコレクションのチョコレートを戴いた。多分、これを最初に一緒に食べる幸せな担当編集者は明日サロン・ド・シマジにやってくるミツハシだろう。本当にみなさん有り難う。心から感謝を叫ぶ。

コンプレックスを武器にするとき、人は大人物になる

アカデミー賞を受賞した映画『英国王のスピーチ』には泣かされた。現在ご高齢のイギリスのエリザベス2世の父親のジョージ6世国王は、わたしと一緒で子供のころからひどいどもりだった。皮肉なことに当時の文明がマイクを発明し、ジョージ6世は泣く泣くラジオの全国放送でマイクに向かってスピーチをしなければならなかった。しかし吃音の王は最初の言葉が出てこない。イギリスの全国民は、沈黙のなか固唾を呑んで待っている。

内気な性格から人前に出ることがとっても苦手だったジョージ6世は、アメリカのシンプソン夫人との世紀の恋に落ちた兄のエドワード8世が王位を投げ出したため、突然、王冠が転がり込んできた。なんとかどもりを直そうと、妻のエリザベスとどもり矯正士である当時の言語聴覚士を何人も訪ねる。どこに行っても大した効果がなかったのだが、ある日、オーストラリア人のスピーチ矯正士の門を叩いた。このライオネルという矯正士は、王太子を愛称で呼び、自分も愛称で呼ばせる。不思議なことに、どもりは歌うときはどもらない。大音響のクラシックが流れるヘッドホンをつけたジョージに、ライオネルはシェークスピアを朗読させるのだ。一旦はジョージはこの治療は自分に合わないと告げて、足早に立ち去るのだった。

ジョージ6世として望まぬ王座に就いて、大切な王位継承評議会のスピーチで、彼は大失敗をしてしまう。「わたしは王の資格がない」と妻の前で泣き崩れる。妻は王に「わたしはあなたのどもりに惚れたのよ」と告白する。ジョージとエリザベスはもう一度ライオネルに助けを請う。ジョージとライオネルの

身分を越えた友情が再燃して、戴冠式のスピーチは大成功に終わる。王たるための本当の試練は、ドイツのヒトラーの台頭だった。絶叫型のヒトラーの演説を向こうにまわし、ジョージ6世は王としてスピーチをして英国国民全員を心ひとつにして戦場に送り出さなくてはならなかった。

どもってなんかいられない。ライオネルの力を借りてジョージ6世は、ついに世紀のスピーチをやってのけた。炎のようなヒトラーとは正反対に、ゆっくりと静かに一言、一言嚙みしめるような見事なスピーチだった。全国民が望む強くてやさしい国王の誕生だった。ジョージ6世を演じるコリン・ファースの演技が秀逸である。ライオネルを演じるジェフリー・ラッシュも素晴らしい。妻のエリザベスのヘレナ・ボナム＝カーターの演技も出色である。映画を観て久々にわたしは感動の涙を流した。人生はコンプレックスを克服して武器にするとき、人は大人物になるという。ジョージ6世は国民に好かれる大王になった。妻のエリザベスは皇太后として101歳の長寿を全うして2002年に亡くなった。普通の人でもどもりは生きづらいのに、公の人、王としては大変だったろう。でも面白いことに、英国ではジョージ6世の真似をして、ちょっとどもるのが品がいいとされた。いまでもBBCのアナウンサーは、アイ、アイとわざとどもったりしている。

長兄のエドワード8世が人妻だったシンプソンと恋に落ちて結婚しなかったら、次男のヨーク公だったジョージ6世に王座はまわってこなかった。どもりの王は決して英国に登場しなかったはずである。英国の運命がそうさせたのだ。どもりを克服したジョージ6世は、英国民が戦争時代のリーダーに選んだチャーチルと共にヒトラーを向こうにまわしてスピーチで闘ったのである。

妖婦か、色情狂か、はたまたヴィーナスか

わたしが敬愛している書友、福原義春さんから教えて頂いた『ナポレオンの妹』（白水社）は、出色なノンフィクションである。当時、ヨーロッパ随一の美貌を誇ったナポレオンの妹、ポーリーヌ・ボナパルトの波乱に満ちた生涯を余すところなく書いている。妖婦か、色情狂か、ヴィーナスか。ポーリーヌの44年の色気に満ちた人生を綴っている。

わたしは以前、ローマのボルゲーゼ美術館で彼女の半裸の美しい彫刻を見たことがある。ボルゲーゼ家はイタリア有数の貴族だった。彼女がそこの跡取りの大公と再婚したのがきっかけで彫刻が残ったのである。というくらいしか知識がなかったが、今回、詳しく知って興奮し、改めてポーリーヌの白い大理石の美しい彫刻を見たくなった。またルーブル美術館にあるナポレオンのお抱え画家、ジャック・ダヴィッドが描いた絢爛豪華な「ナポレオン戴冠式」の大きな絵のなかにも、ポーリーヌの美しい姿を見ることが出来る。

まず15歳のポーリーヌ・ボナパルトが恋に落ちて結婚を望んだのは、41歳のスタニスラ・フレロンだった。はじめ若きナポレオン・ボナパルト将軍は、この結婚を快諾していた。フレロンはマルセイユ総督に任命されていた。しかし、フレロンはペルシャの太守のような浪費家で、しかも稀代のプレイボーイであり、パリには子供まで生ませた愛人がいた。結果、フレロンはナポレオンの名誉ある義弟にはなれなかった。次の新しい花婿候補は、ナポレオンの直属の部下で由緒正しい貴族出身のヴィクトル・エマニュエル・ルクレールだった。二人は相思相愛の仲になり結婚して息子を授かった。パリに居を構えたこ

ろナポレオンは第一執政に出世した。そのころからポーリーヌの浮気の虫が躍動しだし、パリの社交界の噂に華を咲かせた。そのあとルクレール夫妻はいまのハイチに総督として赴任することになった。ハイチでもポーリーヌは現地人の男とも女とも交わったという。黄熱病《おうねつ》でばたばた死ぬなか、ルクレールも死んだ。ポーリーヌと息子は生き残り、夫の棺とともにパリに戻った。

そして再婚したのがボルゲーゼ大公である。ポーリーヌはボルゲーゼ家の大公妃になった。ナポレオンも皇帝になった。

息子が急死したが、ポーリーヌの浮気病はさらに増幅して、ついにはボルゲーゼ大公と別居状態になる。ポーリーヌは数えきれないチャーミングな将軍や貴族や芸術家とベッドをともにする。アゲマンのジョセフィーヌと離婚したナポレオンは強運の女神から見放され、ロシアに攻め込んだが、敗北。エルバ島に流された。ポーリーヌは家族のなかで唯一人、エルバ島にナポレオンを見舞っている。セント・ヘレナ島に流刑されたときもナポレオンを見舞おうとするが、その前にナポレオンは死亡した。

二人は歳が離れていたためか、異常に仲がよかった。皇帝の座にいるとき、二人が抱擁しているところを側近に目撃されている。当時から近親相姦の噂が立っていた。

ポーリーヌのお洒落には、その時代、周囲が目を輝かせた。彼女は牛乳風呂を愛し、人前で堂々と入浴した。異性の乱脈が原因か性病に悩まされた。黄熱病に罹り高熱にうなされたお陰で梅毒は免れたかもしれないが、ありとあらゆる性病に罹った。それでも殿方は彼女を放っておかなかった。ボルゲーゼ大公は、晩年、ポーリーヌとともに暮らした。それほど美しく魅力があったのだろう。

迷ったときは己のダンディズムに問いかけろ

わたしはむかしから1月、2月、3月はゴルフをしないことにしている。寒いなかホカロンを入れてまでゴルフをやる気にならないのだ。凍える手でクラブを握りミスショットした不快感は、不味い酒を飲んで二日酔いになった気分と似ている。

しかし、この冬は幸せだった。伊集院静著『ホーム オブ ゴルフ』という講談社創業100周年記念出版の豪華な写真集（宮澤正明撮影）を眺め、格調ある達意な名文と色味がいい写真を鑑賞しながら、暖かいサロン・ド・シマジのソファーに寝っ転がって、スコットランドの名門コースをまわっていた。じじつ、わたしはこの名門コースを何度もまわったことがある。伊集院さんとはよくゴルフする仲である。だから、文武両道の彼のゴルフの腕前は知っている。すげえー、ここをパーで上がったんだと感心しながらわたしも一緒にプレイしているような錯覚に陥った。文中一緒にまわっている伊集院さんの同伴者もかなりの腕前のゴルファーのようだ。

わたしはシングルモルトの酔いに揺られながら、ちょうど4年前、大腸ガンの手術を12月に受ける身体で、同年の9月、集英社の専務、山路則隆とそぼ降る雨のなかのカーヌスティをまわっていたことを思いだしていた。これが最後のスコットランド・ゴルフ・ツアーになるかもしれないと、思いながらプレイしていた。なにか心が沈むものがあったのだろうか、カーヌスティのスコアは散々だった。夕食時に思わずわたしは明日はハンディをくれと山路に泣きを入れた。「もちろん、いいよ」とわたしの体たらくに同情して、山路は寛容に受け入れてくれた。しかもわたしは「じつはおれはガンなんだ」と思わずいうところだった。その一言はぐっと我慢した。そのあとわたしはベッドのなかで悔やんだ。「なんであいつにハンディくれなんていったんだろう。おれのダンディズムが許さない。シバレン先生、ごめんなさい」と後悔して、わたしはベッドのなかで輾転反側《てんてんはんそく》した。

翌日は大好きなタンベリー・アイルサコースである。ここはわたしにとって5回目の戦場である。風速10メートルの強風が吹いているが、天気は快晴だった。風は空中のハザードである。わたしは山路への昨夜の情けない言葉を撤回して、イーブンで勝負に臨んだ。タンベリーはよく知っているのでキャディなしでプレイした。風とケンカさせながらわたしのボールは何度もグリーンを捉え、パーオンした。山路は啞然としながら、ボギーを打ったり、ダブルボギーを打ったりして100をオーバーした。わたしは47、48の95をマークして圧勝した。人生は決して諦めてはいけない。それからまもなくして山路は、わたしと同じヨネックスにクラブを替えた。

この名門コースはスコットランドの貴族、アイルサ卿が造った。ほどよくアップダウンがあり、どこからも海がよく見える美しくて怖ろしいコースである。写真集のページの風とともに名文が続く。「ゴルフよ、この厄介なものにさえ出逢わなければ、私はもう少し謙虚で、慈愛にあふれた人生を得られたかもしれない。執事よ、私の柩の中に愛用のクラブたちとボールを入れるのを忘れないでくれ。天国で私の友だちやライバルが私の到着を待ちかまえているはずだから」と〝美の旅人〟伊集院静は、ある貴族が遺した遺言を引用している。いよいよ来月、ゴルフ解禁の4月が到来する。親友の山路はすでに武蔵CC豊岡コースを4月6日8：30アウト・ティー・オフで予約してくれている。

芥川賞作家を生み出した〝谷沢文庫〟

文豪、開高健の親友だった文芸評論家の谷《たに》沢永一《ざわえいいち》さんが亡くなった。谷沢の実家は工務店をやっていて開高の家より豊かだった。本好きの谷沢が大量に本を買うと、開高がリュックサックを背負ってやってきて沢山担いで帰っていく。1週間するとすべての本を読了した開高は律儀に返しにやってきた。どうしてあんなに速く読めるんだろうと谷沢は羨ましかった。まもなく二人は「えんぴつ」という同人誌の仲間になった。若き開高はまわりを圧倒する才能があった。その将来性を見込んで7歳年上の詩人の牧羊子は開高をナンパした。

開高は谷沢になんでも相談した。ある夜、健と羊子は一度だけ関係を持った。そのことも開高は親友に告白した。そしてまったく忘れたころ、羊子は父親に連れられて開高の薄暗い玄関に佇んだ。お腹には3ヵ月の子を宿していた。律儀な開高は学生の身であったが責任を取って結婚した。羊子は奈良女子大の前身の高等師範を卒業してすでにサントリーの社員であった。男の人生の決定的瞬間のことも開高は谷沢にしみじみ話していた。

開高は羊子の代わりにサントリーの宣伝部に入った。後年、開高のパトロンになった佐治敬三が開高の輝ける才能を見抜いた。「あんたの父ちゃんを入れるさかい、あんたは辞めなはれ」といわれ、健と羊子は入れ替わった。そんな話も逐一谷沢は開高から聞いた。

開高はまもなく頭角を現して名コピーを作る傍ら『洋酒天国』というトリスバーにタダで配るユニークな男性誌を創刊した。そのうち開高は芥川賞を受賞した。開高と谷沢は二人で祝杯を挙げた。高校生のとき〝谷沢文庫〟があったからこそ今日のわたしはあるのだと、開高は谷沢に感謝を述べた。一方、谷沢永一は関西大学に進み、本好きが昂じて書誌学の研究に没頭した。目出度く教授になった。邸宅は書籍の山で埋め尽くされて、夫婦二人は小さくなって暮らしていた。

純文学ではそんなに売れなかった開高健は『オーパ!』(集英社)を出すと評判になり、ベストセラーになった。ニコニコしながら、開高は谷沢に言った。「エイちゃん、どんなに稼いでも全部税金で持っていかれるらしいんや」「カイコウ、そんなことないはずや。山より大きなイノシシが出てくることはないんやで」

人のいい開高はまた年上の女房にうまいこと騙されてるんだなと谷沢は直感したのだが口にしなかった。

突然、開高が食道ガンのため58歳の若さで急逝した。谷沢は達意な情味のある文章で開高との熱い交友録を綴った。「開高亡きあとのわたしの人生はすでに余生である」と言い切った。

ところが開高亡き後、まるで重しがはずれたかのように谷沢は数々のベストセラーを書いた。わたしの知る限り、酒は開高より強かった。晩年になっても斗酒なお辞さずであった。わたしたち二人で飲むといつも牧羊子の悪口ではじまり悪口で終わった。「シマジさん、お通夜のとき牧羊子はわたしを見て、『エイちゃん』ってニッと笑ったんですわ。開高が死んでやっと自分だけのものになったと確信したんでしょうな。あなたが『文藝春秋』に書いた開高の追悼文がいちばんやと羊子に褒めたら『あんな下品なものはアカン』というてましたわ」「しかし谷沢先生、開高さんはあの悪妻がいたからこそ文豪になれたのでしょうね」

あの愉しい酒席がもう持てない。合掌。

人生相談の名著『極道辻説法』裏話

今東光大僧正は生きている。毎号送られてくる『慧相』という今東光文学研究会の同人誌を読んでそう思う。これは漢幸雄と矢野隆司のたった2人の同人でつくっている今東光の雑誌だ。研究雑誌としてじつによく出来ている。今東光の古い資料を発掘して、まさにいますがごとく生き生きと書かれている。いま若者の間に今東光ブームが起きている。それにはわたしも一助の役目を果たしている。漢と矢野は一度も生前の今東光に会っていないのだが、大僧正の足跡を丁寧に調べ綴っている。いま発売の『慧相』通巻第3号にわたしも協力して、いまでも人気の高い人生相談の名著『極道辻説法』の裏話や謎を徹底的に調べあげている。わたしですらすっかり忘れていた、『週刊プレイボーイ』に載った『極道辻説法』の予告宣伝記事も取り上げている。「近日新連載!! キミの悩みにズバリ答える! 今東光和尚『極道辻説法』〝あほんだらクンなんでも言ってきな!〟」とあった。これはたしかに若かったシマジが書いたものだ。

その大型連載が開始される過程を矢野は克明に書いている。

「さて肝心の連載企画がどのように東光の元に持ち込まれたのか。ここからは筆者の推測も交じるのだが、千葉・佐倉に転居後の六月下旬、四谷で柴田錬三郎と会食したことは前述した通りだが、その二週間後にあたる七月十日、同じ店で柴田、文藝春秋の編集者・樋口進、そして後に『極道辻説法』の担当編集者となる島地勝彦と会食している記録が見つかった」

ここまでわたしを裸にした矢野隆司がわた

しとのインタビューで核心に迫ってきた。

「いまインターネットなどで『今東光語録』が箴言《しんげん》集のように扱われています。ところが私などから見ますと、どう考えても大僧正の興味のテリトリー外のテーマなどが書かれてありまして、ずばり訊きますが『和尚前白』は大僧正が書いたものなんでしょうか」

「今日はすべて告白しよう。あれは全部オレが書いたものだよ。しかしよく分かったねぇ。読み込んでいるなぁ、矢野は」「ただ『速記録』で実際に大僧正が語った回想や時評をうまくリライトされているのもあります。ですから島地さんの全くの創作ばかりとは言い切れない。今日は漢幸雄さんが収集した『和尚前白』を持参してきましたので、どれが完全に島地さんの創作なのか教えてくれませんか」

「いいとも。(『和尚前白』を読み進めながら)第一回からオレの文章だな。確かに。このころからうまいなぁ、オレは。(国連総会の演説を取り上げた回を示して)これもオレ。高校野球の話、これもオレだなぁ。この回は大僧正の話をまとめたもの。これもオレじゃないかな。ホントにもう大僧正が憑依してるね。いま読んでも面白い！」「スポーツや外国小説がテーマのものやアル・カポネの話もみんなシマジさんの創作なんですね」「もちろん、そうだよ」「このインタビューを読んでひっくり返る人、いっぱいいますよ。いまシマジさんは『乗り移り人生相談』という連載をされていますが、まさに当時から大僧正が乗り移ってたことになりますから」

もっと詳しく読みたい人は漢幸雄編集兼発行人に連絡して買ってくれ。

〒095―0401　北海道士別市朝日町中央4042　今東光文学研究会　1冊1000円。

秘密のバー、サロン・ド・シマジへようこそ

巷間、噂を呼んでいる秘密のバー、広尾に「サロン・ド・シマジ」を4月15日にオープンした。ここのバーの常連さんにはなぜか有名人が多い。ローマ在住の塩野七生さんをはじめ、資生堂名誉会長の福原義春さん、政治評論家の堤堯さん、経済学者の中谷巌さん、コンピュータ学者でトロンの発明者、坂村健さん、作家の伊集院静さんに北方謙三さん、発酵学の泰斗、小泉武夫さん、そして写真家の立木義浩さん、『JIN―仁―』の漫画家・村上もとかさん、それからわたしの親しい大勢の担当編集者たちである。

このバーにはシングルモルトが約250本とスペイサイドのグレンリビット・ウオーターと氷しかなく、つまみはない。しかもたとえレアでオールドな高価なシングルモルトでも、ストレートでは飲ませない。日本人は縄文時代以来、カスク・ストレングスみたいな50度、60度の強いモルトは飲み慣れていないので、食道の粘膜をやられてしまう。ここのところ立て続けに3人の大事なカスタマーを食道ガンで亡くした。3人ともバーマンのわたしのいうことを聞かずに、粋がってストレートで飲んでいた。これ以上顧客が減ると寂しいので、断じてストレートは厳禁にした。

「サロン・ド・シマジ」には2種類の飲み方がある。シングルモルトとスペイサイド・ウオーターを半々と氷を入れてシェイカーで振って出すか、小さなグラスにモルトを少し入れその上からジャグ（水差し）で加水するかである。バーマンにとっては面倒だが、シェイクするほうがよく売れる。とくにこれは塩野七生さんのお気に入りである。「サロン・ド・シマジ」は広尾の11階にある。夜はきれ

いに化粧した東京タワーの眺めがいい。なかなか変わってるバーで、鞄が所狭しと置いてある。地中海ブルーのグローブ・トロッター、エルメスのバーキン、グッチのハーフムーンバッグがある。葉巻は大きな2つのヒュミドールに〝半起ちの魔羅状態〟でぎっしり詰まっている。文豪、柴田錬三郎、開高健の愛用したパイプも飾っている。吸いたいお客には自由に吸わしてくれる。しかもタバコの葉は開高健がこよなく愛した〝ヘレニズム〟というマイ・ミックスチュアだ。

今宵もまた4月15日から連載がはじまった『Pen』の担当編集者のトシキがカウンターに陣取って、古くて珍しいシングルモルトを飲んでいる。どうせ高額な請求書を安藤編集長に送ればいい。「1回目の原稿は傑作でした」とトシキはバーマンにゴマをする。バーマンも調子に乗って答える。「バーチャルなオーセンティック・バーの華々しいオープニングなので、気を入れて書いたよ。ところで編集長はなんていっていた」「シュールで摩訶不思議なバーの物語がはじまったねと、喜んでいました」「デザインがいい。やり甲斐が出てきたぜ」

そうなのである。これはあくまでも雑誌『Pen』誌上での秘密のバー、「サロン・ド・シマジ」のオープンなのである。

そこへひょっこり「乗り移り人生相談」の相棒、ミツハシが青い顔して入ってきた。

「どうしたんだ。ミツハシ」「マスター、あのう、今日がうちの締め切り日なんですが」

67歳から売文の徒になったわたしも連載が7本になり、一人前の物書きみたいに締め切りに追われる身になった。「まあ、ミツハシ、一杯飲みな」

力量、幸運、そして時代に必要とされてこそリーダー

待望の『十字軍物語2』(塩野七生著　新潮社)が発売され、さっそく読了した。じつに面白い。

聖地奪還のためにイェルサレムへ攻め込んだ第一次十字軍は成功をおさめたが、第二次十字軍はイスラムの底力に畏れおののき、ほとんど闘わずに逃げ帰ってきた。時にイスラムには恐るべき英雄ヌラディンが誕生したのだ。一方ヨーロッパ側は人材不足がたたり、凡庸なリーダーしか輩出出来なくなっていた。

「世の中には、人に推《すす》めるべきか、それとも推めないほうがよいのかと迷う事柄が三つある。第一に結婚、第二は戦争、そして第三は聖地巡礼だ」

と塩野さんはドイツの君侯の一人に語らせている。それでも結婚や戦争が沙汰やむことがないように、聖地巡礼も続けられた。

十字軍の兵士はフランス人、ドイツ人が多かったが、まだ国家として統一されていなかったイタリアの海洋都市国家の活躍に目覚ましいものがあった、と塩野さんは気持ちのいいタンカを切って書いている。「私は、歴史の専門家ではない。また、イスラム教徒ではないが、キリスト教徒でもない。それで、動機はカネ稼ぎにあっても結果ならば『神は望んでおられる』ことの存続に貢献した、イタリアの経済人にページをさくのに、少しのためらいも感じないのである。(中略)この人々は実は、十一世紀末になって十字軍が遠征してくる二百年も昔から、すでにオリエントのイスラム教徒との間でビジネスをしてきた人々なのであった」

現在ヴェネツィアのサン・マルコ大聖堂に

祭られている聖マルコの御霊は2人のヴェネツィア人がエジプトのアレクサンドリアでみつけた聖マルコの遺体をイスラム教徒が忌み嫌う豚肉のなかに隠して持ち帰ったことに由来する。イスラムの最初の英雄ヌラディンが住んでいたダマスカスを大地震が襲った。ヌラディンは偉かった。戦いをすべて放棄して復興作業に専念した。未亡人や孤児や貧民のための救済施設をつくり無料で治療を受けられる病院をいくつも建設した。町並みを震災前より見事に復興させたヌラディンはイスラム世界から敬意と賞賛を受けた。

ヌラディンが地図をみながら頓死すると、20歳以上離れた若き英雄サラディンが現れた。サラディンは少数民族クルドの出身であった。ルネサンスの政治思想家マキアヴェッリがリーダーの条件として3つあげている。

力量、幸運、時代が必要とする資質。

若き英雄サラディンの遺伝子にはこの3つの要素が組み込まれていた。いよいよ聖戦《ジハード》をサラディンは満を持して宣言した。イスラムの各部族がダマスカスに集結した。キリスト教徒のリーダーは、イケメンだが凡庸極まるイェルサレム王ルジニャンだった。十字軍史上有名な〝ハッティンの戦闘〟で十字軍は壊滅する。だがバリアーノ・イベリンという十字軍の騎士が戦場から脱出に成功してイェルサレムに帰還してきた。

物語はイベリンとサラディンの男の器量の対決となる。流暢で上質なアラビア語を話すイベリンとサラディンが天幕のなかで対峙した。イベリンは外交交渉の天才だった。サラディンも器が大きく心意気があった。ついにイェルサレムはイスラムの手に落ちた。イェルサレムを出ていくキリスト教徒の老人や未亡人・孤児たちからは身代金も取らず、後者には当座の必要な金をすべてサラディンが自分のポケットマネーから出した。

「あちらに行ったら手塚治虫によろしくお伝えください」

　チャーミングなゴルフ仲間の一人、出崎統《おさむ》監督が逝った。じつは出崎監督がそんなに素晴らしい業績がある才能の人とは露知らず、わたしは手塚プロの松谷孝征社長に紹介されて、気軽にゴルフに興じ合っていた。ある日部下に「おまえ出崎監督って知ってるか」と尋ねたら、部下が鞠躬如《きっきゅうじょ》として答えたものだ。「シマジさん、出崎監督を知らないでよくいままで出版界に身をおいていられましたね。アニメの『あしたのジョー』をはじめ、集英社の『エースをねらえ!』『ベルサイユのばら』など、すべての日本の最高傑作アニメは出崎統監督の手によるものです。いいな、監督に会ったんですか」

　そのときわたしは自分の浅学菲才に恥じ入った。次のゴルフのとき出崎監督に謝った。「出崎監督ごめんなさい。わたしはあなたの偉大さを部下に聞くまで、ホントに知りませんでした。お許しください」「シマジさん、わたしは大した者ではありません。気にしないでください」

　わたしはこの謙虚さに触れてますます出崎監督を好きになった。監督のゴルフは8の字打法で独特のフォームであった。たまに出るわたしのナイスショットに影響されたのかわたしと同じヨネックスをフルセット購入した。それでも8の字打法には変化がみられず、パッティングは下手だった。繊細な出崎監督は30センチの短いパットをよくはずした。ゴルフは思い切りのゲームである。天才的な創作者でガラス細工のような繊細な心の持ち主であった出崎統監督は、下り順目のパットは苦手だった。しかし30センチが1メートルオーバーしても監督は顔色ひとつ変えなかった。じつに男の子であった。一緒にペアを組んでいた松谷社長は「しょうがないな」という顔をして苦笑いしていたが、これまた一言の不平もこぼさなかった。聞けば出﨑監督は16歳のとき貸本屋専門の漫画作家であった。高校時代には大学出のサラリーマンの初任給以上稼いでいたそうだ。その16歳で描いた作品、『濁流』が葬式に飾られていた。珍しく葬儀場にはファン席が設けられていて、なんと韓国からのファンが葬列のなかにいた。すでにアニメには国境がないのである。長じて東芝のサラリーマンになるのだが、出﨑は一念発起して尊敬する手塚治虫が率いる虫プロに入った。超がつく天才、手塚治虫に会ったとき、出﨑は口がきけなかったという。出﨑はそれから漫画家の筆を折って、アニメの世界に身を投じた。はじめは助監督からやり、後に『あしたのジョー』の監督となった。テレビのアニメは登場人物を動かせば動かすほど金がかかる。出﨑監督のトメのカットは見事だったという。

2年前から肩が痛いとよくこぼしていた。あまりの激痛に我慢出来なくなって病院にいった。肺と脳に悪性の腫瘍がみつかった。すでに手術も出来ない状態だった。それでも出﨑監督は『ブラック・ジャック』(OVA)の11話、12話の完成に命を削って精魂込めた。残念ながら完成途中で出﨑監督は逝った。作品は2人の若い演出家が引き継いだ。

出﨑監督はゴルフのあと飲み屋でよくカラオケを歌った。十八番は〽オレの話をきけ！5分だけでもいい〜の『タイガー&ドラゴン』だった。痩身の出﨑監督は全身で絶叫していた。

弔辞は親友の松谷社長が朗々とそして切々と読んだ。「出﨑さん、あちらに行ったら手塚治虫によろしくお伝えください」と結んだ。合掌。

ゴルフはボールの天運を愉しむゲーム

わたしは信条としてテレビには出ないことにしている。理由はあくまでも売文の徒として有名になりたいからである。名は売りたいが顔は売りたくないのだ。顔が売れると、夜陰に乗じて悪さが出来なくなるではないか。もう一つの理由は、わたしはどもりだからである。

しかし、世の中にはどうしても断わりきれない人間関係がある。わたしが禁を破ってテレビに出演したのは、BS-TBSの石川次郎が司会する『グリーンの教え』という番組である。次郎とは若いとき『平凡パンチ』と『週刊プレイボーイ』のライバル同士で、のちにたがいに編集長になった親しい仲である。わたしのほうが公私ともに世話になった。

わたしは25歳で柴田錬三郎先生に誘われてゴルフをはじめ、病みつきになった。その後青木功プロに押し掛け弟子にしてもらった。「シマちゃん、集英社を辞めておれのキャディになるか」といわれるくらい惚れ込んだ。編集者に未練があり、専属キャディは諦めたが、青木プロにはパッティングだけは教えてもらった。おこがましくも、番組で青木プロ直伝のパッティングの技を、磯子カンツリーの練習グリーンで披露してみせた。調子に乗ってさらに自慢すれば、たしかにいままで何人もの男たちがわたしのパットに恐れおののいて泣いた。

わたしは少年のころから運動音痴で野球さえやったことがない。それがどうしてこんなにゴルフ好きになったのだろう。ゴルフは下手なりに面白いスポーツである。ゴルフは1個のボールの運命を愉しむゲームなのだ。だから日本中でコンペのときにやっている、6インチプレースでボールに触るあれは、真のゴルフではない。バブルのころ多くの日本人ゴルファーが海外のコースで触りまくって民度を落としたことは残念なことだ。はじめて教えてくれたシバレン先生が厳しくいった。

「絶対にボールに触るな。ハーフ50、60叩こうとボールに触らないことだ。触りまくって45で回ってもなんの意味もない。ゴルフはカップインするまでのボールの天運を愉しむゲームなのだ」

そんなことをわたしは番組のなかで次郎に強調した。嬉しいことに番組のなかで青木功プロがわたしのゴルフを語ってくれた。「シマちゃんはおれみたいにパットをコツンと打つ。あれはおれが教えたんだが、そうか、いまでもそうして打ってるのか。偉い！」と褒めてくれた。文壇でいちばんゴルフを知っていてアスリート・ゴルフをする伊集院静さんが、わざわざ被災地の仙台からやってきて、わたしのゴルフについてコメントしてくれた。「シマジのゴルフはどんなときでも絶対諦めないところがいい。人となり？　余震に脅えてる家人を残して、おれをこうして仙台からやってこさせる魅力がシマジにはあるんだよ」と結んでくれた。

人生においてなによりも尊いものは友情であるとわたしは改めて確信した。実人生の戦いにはハンディなんてない。ゴルフもハンディなしのイーブンで戦える仲間がいちばん面白い。ゴルフのもう一つの面白さは、30センチのパットも300ヤードの豪快なショットも一打は一打であることだ。

世界でいちばん美しく狂おしい男二人の恋物語

映画『イヴ・サンローラン』は、イヴが生きていたときに撮られたフィルムとスチール写真で構成された感動的なドキュメンタリー作品である。語り手はイヴの6歳年上の同居人であり、愛人であり、親友であり、影武者であり、名うての編集者であり、イヴの教育係だったピエール・ベルジェだ。味のある口調で文学的に格調高く語る。その一言ひとことがエスプリとユーモアに満ちている。

二人の出会いは運命的だった。イヴは19歳の若さでファッションの帝王クリスチャン・ディオールのアシスタントになるのだが、クリスチャンが急死する。その葬儀場で出会うのだ。二人の愛はまるで雷に感電したかのような激しいものだった。イヴは長身でメガネをかけた、センスのいいイケメンであった。相手のピエールは、晩年はすっかり禿げてしまったが、若いときにはなかなかのインテリ風色男だった。想像するに、多分イヴはピエールの濃い胸毛が好きだったのだろう。なぜなら映画のなかで「男のなかでいちばん魅力的なところは?」という質問に、イヴは「体毛」と答えている。

ピエールは男性ホルモンをぷんぷんまき散らしていた。だから禿げたのか。

二人の関係は、普通の同性愛者同士のような生臭いものばかりでは終わらなかった。イヴ・サンローランはピエール・ベルジェを経営者にして自分の名前のブランドを立ち上げた。オートクチュールの天才イヴは次から次へと新作を送り出し、世間を驚かせた。のべつ幕なしシガレットを口にくわえながら、仕事をしているイヴの姿が映画のなかで印象的であった。ピエールは元は編集者だった。だから豊富な教養と人脈があった。ピエールはイヴのためになんでもした。小説、詩、クラシック、オペラ、絵画の素晴らしさを教えた。感性の天才イヴは瞬く間に吸収した。オートクチュールで稼いだ豊富な財力にものをいわせ、二人の住むアパルトマンはまさに美術館になった。ゴヤ、ピカソ、アンソール、モンドリアンが飾られていた。イヴはそこから多くの着想を得た。ドーヴィルやマラケシュに持った別荘はまるで植物園のような緑園だった。古代の彫刻が所狭しと置いてあった。しかし天才イヴは生まれ持った鬱症に悩まされて、酒とドラッグに溺れた。それでもピエールはやさしく温かく包むように愛した。年に2回のパリコレに出品する新作だけでも神経がやられてしまうところ、年々そこにプレタポルテが加わった。それでもイヴは気が狂わんばかりに仕事をした。折角勝ち取った名声が、かえって繊細なイヴに重くのしかかった。41年間、イヴはパリコレで「イヴ・サンローラン」として君臨し続け、ついに引退した。

映画はイヴの引退記者会見からはじまる。そこにはあの細身のイヴはなく、病的に肥って顔色も悪く、訥々《とつとつ》と引退声明を読み上げる初老のイヴがいた。天才イヴ66歳のことであった。それから6年後、イヴ・サンローランは帰らぬ人となった。長く一緒に暮らし苦労をともにした愛人ピエール・ベルジェが愛情と教養に満ち溢れた弔辞を読み上げるシーンが観る人の胸を打つ。

これは世界でいちばん美しく狂おしいほどの〝恋の物語〟である。イヴの死後ピエールは二人で買い求めた思い出の美術品をすべて競売にかけた。小説家、サマセット・モームがいうように「人生の悲劇は記憶の重荷であり」、「真詩人、アンリ・ド・レニエの名言通り、「真の賢人は砂上に家を建てる人なのである」。

孤高と貧困と情熱をもって〝摩天楼〟を破壊せよ

70歳になるとなかなか小説が読めなくなってくる。それは所詮小説は絵空事であるからなのだろう。歴史的ノンフィクションは、E・H・カーがいうように「現在と過去の対話」であるから、何歳になっても興味をそそられる。

だが、アメリカで一般読者が選んだ20世紀の小説ベスト100で第2位に君臨した『水源』は、わたしの老来の脳みそとハートを久しぶりに熱くアタックした。上下2段1029ページの大作を読了出来たのだ。

主人公のハワード・ロークが魅力的だ。天才肌の建築家で、妥協、媚び、謙遜を知らない男である。今日の異端は明日の正統といわれているが、ロークはなかなかニューヨークの建築界で受け入れられなかった。傲慢なロークはどんなに金を積まれようと、自分の設計の変更は認めなかった。ついに食い扶持にありつけず、石工に身をやつす。そこでたまたまフルボディの冷たい美貌の女ドミニクと巡り会う。ロークとこの美貌の新聞記者ドミニク・フランコンは、一目惚れしお互いにスケベ光線を送り合う。孤高の女は邪険にロークにアプローチする。天才建築家は身分を隠してドミニクを強姦する。が、彼女は訴えることはなかった。彼女は有名建築家ガイ・フランコンの愛娘で、また扇情的な記事を売り物にする『バナー新聞』の辣腕記者でもあった。強姦に対する復讐のためか、ドミニクは『バナー新聞』の社主ゲイル・ワイナンドと結婚した。ニューヨークの建築界に戻ったロークは、金のために凡庸な同じ工科大学の同級生ピーター・キーティングの設計を助けてやる。皮肉なことにキーティングはニューヨークの売れっ子の建築家になっていた。新聞王ワイナンドはスラム出身の成り上がりであるが、ロークの天才的才能に惚れる。妻のドミニクのために豪華な別荘の設計をロークに依頼する。ロークは複雑な気持ちで設計を引き受ける。そしてドミニクと再会すると、恋情が再燃してヤケボックイに火がついた。

当時のニューヨークは高層建築ブームだった。次から次へと世界一の摩天楼が建てられる。友人のキーティングがロークをそそのかし、世界一の摩天楼の設計をさせる。ロークは好奇心に燃えキーティングのために奇抜な摩天楼を設計する。条件は「おれの設計通りやれ」であった。だが、横やりが入り設計は大幅に変えられて、設計に反するビルが建ちはじめた。ロークは我慢ならず建設中のビルを爆破するという荒手にでた。ついに世間を敵に回したロークを、新聞王ワイナンドが自分の新聞で命をかけて応援する。裁判でロークは名演説をして、陪審員を感動させ無罪を勝ち取る。裁判所からいち早く姿を消したのはワイナンドであった。

映画『摩天楼』は小説『水源』に基づいて作られた。ローク役は美男の俳優ゲーリー・クーパーが演じている。映画は原作にかなり忠実に描いているが、映画では世間を向こうにまわして闘い、不買運動を起こされた新聞王ワイナンドがピストル自殺する。原作ではピストルに一度は手を出すが思い止まった。しかもすんなりドミニクとの離婚を認め、ついにロークと彼女は結婚した。

小説も映画も最後は世界一の摩天楼建設現場のいちばん高いところにロークがいて、ドミニクが幸せそうに上昇するシーンで終わる。この小説の最大の魅力は、旧態依然とした既成のものを、孤高と貧困と情熱をもって破壊しようとするロークの不撓《ふとう》不屈の精神にある。

お茶の間の正義と、現実の凄まじさは別物と知れ

遅ればせながら被災地の岩手県陸前高田市を訪れた。ここは小学校のころから高校時代まで毎年海水浴にきたところである。白い砂浜と松原が美しい海岸で有名だった。遠浅の海は透明度が高く、魚と一緒に泳いでいる自分に何度も感激したものだ。

その砂浜も松原も根こそぎ津波は呑み込んでしまい、かろうじて松が一本残されていた。その一本松も余命いくばくもない。海岸は1メートルは陥没したのだろうか、砂浜は消えていた。海の色が異様に蒼いのは急に深くなったからなのか。わたしは一関からオーセンティック・バー「アビエント」の松本バーマンの運転するクルマで陸前高田にやってきた。一関は4歳のころ東京から疎開して高校を卒業するまで暮らしたわたしの愛すべき故郷である。陸前高田は一関から約1時間で行ける海水浴場だ。

驚くべきことに、大きな山が前方にみえてきたと思ったら、川を逆流した津波がすぐ近くの村まで押し寄せて築いた瓦礫の山が現れた。まるで大津波が山を越えてやってきたかのような錯覚に襲われる。陸前高田市に入ると、そこはすでに町が消えていた。2ヵ月以上経った現在、ぺっちゃんこになったクルマだけが仕分けされ、ビルにして3階くらいの高さに堆《うずたか》く積まれているが、方々のコンクリート造りの民家の屋上にクルマや船が乗っている奇妙な光景がまだあった。

この海岸町だけで一瞬にして1800人以上が犠牲になった。1波、2波、3波の津波のために、溺死した人が着ていた服は無残に脱がされ遺体はほとんどハダカ同然だったという。その地獄絵を目撃した人がいる。松本

バーマンによれば、よく店に来るある客が津波報道の直後、いても立ってもいられず、一関からクルマを陸前高田へ向けて飛ばした。帰りのガソリンを考慮して途中でクルマを降り、6時間かけて歩きに歩いた。彼が高田に着いたのは夜明けだった。道なき道を歩いて着いた光景は残酷、残忍、非道の地獄絵だった。ハダカの遺体が垂れ下がった電線に宙づりになっていた。頭と体が離ればなれになった状態の遺体がそこら中に散乱していた。言葉を失った彼はなすすべもなく、来た道を戻るしかなかった。漁師の多くは現金しか信じておらず、タンス預金しかしていない。津波の第1波が去ったあと、タンス預金の大金を思い出し、探しに戻った強者がいた。しかし不幸にして第2波にさらわれてその人は命を落とした。後日、命からがら逃げて助かった何人かの漁師は、たっぷり海水がしみこんだ1万円札の束を1000万円分両替しに銀行に現れた。津波のあと家の残骸を探しても大量のゲンナマが見つからなかった漁師も沢山いた。津波に呑み込まれた三陸海岸の町で数十億円の現金が一瞬のうちに消えた。この金額は無残にも補償の限りではない。命を張って漁にでる漁師には博打好きが多い。松本バーマンの知り合いのある勇敢な漁師は、女房と子供を安全な場所にクルマで運んだ後、自分の漁船を一人で操縦して、沖からやってくる津波に立ち向かった。幸運にも彼はビルの高さの大きな波を乗り越えることが出来、沖に脱出して漁船を救った。

テレビの映像で観る被災地の光景と現実のそれとは100倍以上の差があるように、いわゆる生ぬるいお茶の間の正義でしか語られないテレビの報道とそこに起こった現実の凄まじさとは、別物なのだとつくづく実感した。

身の丈のカネで集めてこそ、アートの目は肥える

東京都写真美術館の福原義春館長が推薦する、ニューヨークのモダン・アートのコレクターを追った映画『ハーブ&ドロシー』を同美術館で観た。子供がいないヴォーゲル夫妻は猫を飼っている普通の夫婦なのだが、二人揃ってまさに「ロマンティックな愚か者」なのである。夫のハーブはニューヨーク州で生まれ、高校中退後、郵便局に勤めた。妻のドロシーも同じ州で生まれ、大学院卒業後公立図書館の司書として働いていた。

独学で身につけたハーブの審美眼が秀逸だ。しかもそれをドロシーに教え込む。二人はニューヨークのコンセプチュアルアートやミニマルアートを、芸術家たちがまだ無名だったころの展覧会に出かけ、安い価格で買っていた。結婚して約45年間に買い集めた4000点余りの作品を、狭い1LDKのアパートに所狭しと詰め込んだ。生活費はドロシーの収入で賄い、芸術作品はハーブの収入から出した。「わたしたちは結婚して45年間、一緒にいなかった日は片手で数えるほど。アート作品や猫に囲まれてなんでも二人で一緒にやってきたわ」とこの情熱の妻は胸を張る。「正直言ってドロシーなしにはここまでこれなかった。彼女の存在は不可欠で、大いに刺激を与えてくれた」と夫のハーブはのろける。

普通同じ趣味の夫婦はケンカばかりするものだが、ハーブ&ドロシーは無類に仲がいい。ついに将来のことを考えて膨大なコレクションをナショナル・ギャラリーに寄贈してしまったのだ。当時そのことはマスコミで大きく報じられ話題になった。買った当初は無名だったアーティストたちの作品の価格は、

100倍、いや1000倍に跳ね上がっていた。それでもハーブ&ドロシー夫妻は無償で寄贈した。「わたしたちは公務員でした。国家の税金で作品を買ったようなものですから、それは国家にタダで戻すのが当然です」と二人はさっぱりしたものである。この映画は崇高な愛と情熱の夫婦のドキュメンタリー映画である。

世界のアートコレクターといえば、ロックフェラーやゲッティやグッゲンハイムといった大金持ちの名前がまずあがるが、無名のしがない夫婦が愉しみながら、身の丈のカネで買い集めた例はほかに聞かない。

監督/プロデューサーはニューヨーク在住の佐々木芽生さんである。「アートとはなにか、アートと生きるとはなにか。また資産や知識、社会的地位がなくても、アートと真摯につきあうことでアートがいかに我々の心を自由にし、生活を豊かに潤すものであるか。素朴でありながら情熱的なヴォーゲル夫妻はそのことを我々に投げかけている」と佐々木さんは語っている。

4000点ものアートを吟味して買っていくうちに、二人の目はますます肥えていった。無名だったアーティストが有名になっても彼らとの友情は変わることはなかった。そのなかにはいまや名を馳せているロバート・マンゴールド、リンダ・ベングリス、クリスト&ジャンヌ=クロードがいる。「あの二人はまれな存在よ。アートのためにすべてをなげうち、アートのためだけに生き、アートを愛し思いやった。とても純粋なの」とリンダ・ベングリスは語っている。

この映画を観終えたあと、わたしの心のなかにさわやかな一陣の風が吹き抜けていった。

猫の一生は飼い主のセンスと愛情で決まる

猫の一生は飼い主のセンスと愛情で決まる。わたしの集英社の同僚、花見萬太郎君に飼われたロス生まれのメスの黒猫クーニャンがこのほど19年間の幸せな生涯を閉じて他界した。萬太郎君は達意な文章で切々と綴った400字×30枚の追悼文を同じ猫好きのわたしに封書で送ってきた。この世に猫ほど可愛い生き物はいないと確信しているわたしは、思わずもらい泣きした。

クーニャンの母親はまだ子猫のうちに萬太郎君の弟一家とロスへ渡航した。そのメスの黒猫はカリフォルニアの明るい空の下で米国のオス猫と恋に落ちた結果、3匹のハーフの子猫が生まれた。2匹はミルク色のふさふさの毛並みだったが、1匹だけが黒猫だった。縁あって黒猫はロスから連れてこられ、花見家に飼われることになった。じつは萬太郎君は以前飼っていた猫のペット・ロス症候群に悩まされて、鬱々たる日々を送っていた矢先だった。

「午後遅く、女房が買い物に行き、亭主は安楽椅子に座りスツールに足を乗せてTVを観ていた。子猫は離れたカウチに丸まって寝ていた。急に庭が暗くなり細引きの束を投げ出したような夕立になり、ドロドロと雷が鳴った。子猫はぴょんと飛び上がるとカウチを走って、亭主の胸に跳んで両手でTシャツにしがみついた。軽い子猫の体重が亭主の胸を熱く押した。やがて帰宅した女房に、亭主は『古代から近代まで世界のどの国の歴史を繙《ひもと》いたとしても、さっきの俺ほど幸せを感じた人間はいないだろう』と言った。やがて亭主のペット・ロス症候群は癒され始めた」

米国生まれのクーニャンは花見家の大事な

家族になった。抱いて風呂に入れると、クーニャンは幸せそうに目を細めた。やがて美少女クーニャンは外国人モデル並みのスタイルと美貌を誇るゾクゾクするような美猫になった。こんな美人はすぐ襲われると心配して避妊手術を受けたクーニャンだったが、内猫として孤高を保って凛として幸せに暮らしていた。1匹では淋しかろうと白の仔猫が同居しだしたのはかなり経ってのことである。2匹は親子のように仲良くよくじゃれ合った。

月日は流れて、花見家の一人娘は結婚して家を出て行った。不幸にして妻は透析を受ける身になった。亭主もついに退職するときがきた。黒猫クーニャンも14歳になっていた。猫を人間の歳に換算するには4を掛ける。彼女も56歳になった。クーニャン16歳のとき萬太郎君は「膝の上に眠る黒猫十六歳　膝は六十四なり雨の夜」と詠んだ。そのころからクーニャンの病院通いがはじまった。日に日に黒猫は衰弱していった。ついに臨終のときがやってきた。

「いい子だ、いい子だ、クーニャンは――」と、子猫のときから言い続けていたフレーズを繰り返してみたが聞こえているかどうか疑わしかった。やがて黒猫は大きく息を吐くと、後ろ足を弱々しく痙攣させた。次に前足も。亭主は、女房がふだん使っている聴診器を黒猫の心臓に当てた。弱々しい鼓動が聞こえた。亭主は、心臓が止まるときにはどんな反応があるのだろうか、コトンというような音がするだろうか、と思った。そのとき心臓の鼓動が消えて、ざざーっという水の流れるような音が聞こえた。それですべてが終わった。２０１1年4月23日、13時33分に没。享年19歳9ヵ月と5日」

こうして花見家にあどけなさと愉しさと笑いを振り撒いた黒猫クーニャンは、天国に旅立って小さな星になった。合掌。

結婚は、出会い頭のほうがいい

世の中には才能のある編集者がいるものだ。わたしの前に一人の編集者が現れていった。「わたしは二見書房のヨネダと申します。シマジさんの本はすべて読破し、いま連載中のものもすべて通読しております。わたしは読みながら閃きました。シマジさんは格言好きにちがいない、是非シマジ流格言本を書いていただこうと。各格言に700字のエッセイをつけて書き下ろしてください」

編集者は才能で保っている。物書きは出版社の大小など関係なく、会社は情熱と才能をもった編集者が何人いるかで保っている。わたしは二つ返事で引き受けて毎週10本ずつ格言ふうな言葉を作り、それに700字のエッセイを書き下ろしてヨネダに送稿した。間を置かずヨネダは、各作品に二重丸、丸、三角と3段階に分けて評価を下してきた。最後はすべて二重丸になったのだが、この手厳しさにわたしはむしろ快感さえ覚えた。

合計111の格言から本書の読者向けにピックアップすると、「本物の恋愛を経験するには、スポーツと同じように数々のウォーミング・アップが必要である」。恋愛は場数である。はじめから理想の恋人なんか決して現れない。振り振り振られ振られと恋の準備体操を繰り返しているうちに素敵な人生の最後の恋人が登場する。いままでの数々の恋はウォーミング・アップであって、これからが本番の恋であるといつも思う。

「すべてのこの世のチンチンは良心なき正直者である」

われらがチンチンは大変な働き者でどこの洞窟に立ち向かおうと疲れ知らずで頑張ってくれる。この良心なき正直者は青筋を立てた筋肉隆々の労働者である。頭の中ではこんなブスとよく寝られるものだと思いつつ、チンチンはどんな相手でも平等に一生懸命励む。

「オッパイの大きい女は決してバカではない」

わたしの母はオッパイがペッチャンコでまったく乳が出なかったので、わたしはヤギの乳で育てられた。それがトラウマになってわたしは巨乳好きになってしまった。わたしのささやかな愛の遍歴を思い出してみても、彼女たちは決しておバカさんではなく、むしろ寛大で利発で元気がよかった。

「男は若いときは年上の女に恋することだ。女の場合もまた真なり」

動物学的にみても20代の男はただの性欲の塊で精神的にはガキである。20代で素敵な姐さんの恋人をもった男は将来幸せになれる。恋人の姐さんは息子に教えるように、母性愛丸出しで親身になってなんでも教えてくれる。また20代で20歳年上の男にしっかり性道を仕込まれた女ほど良妻賢母になっている事例をわたしは沢山みてきた。だから逆もまた真なりである。

「結婚は出会い頭のほうがいい」

人間の男と女もやっぱり動物で、4~5年するとメスとオスではなくなるのは、動物学上自然の法則である。だから4~5年付き合った男と女が腐れ縁で結婚すると、新鮮みがなく退屈な結婚生活がはじまる。ところが恋に落ちて半年もしないうちに結婚するカップルのほうがうまくいってるケースが多い。

ユーモア、エスプリ、エロスをたっぷりまぶしたシマジ流格言が次から次へと展開され、退屈させないことは保証する。たったいま本屋の店頭に並んだばかりだ。善は急げだ。いや〝悪〟は急げか。わたしの6冊目の本書『はじめに言葉ありき おわりに言葉ありき』の献辞は36歳で夭折した一人娘に捧げている。

「毒蛇は決して急がない」

男なら2つ3つ山を乗り越えて、別の村の女を捕獲せよ

東大法学部を優秀な成績で卒業して旧通産省に入り、その後ハーバード大学法科大学院を修了、英語も堪能。そんな才能豊かな男が一人、冷酷にして大きな『週刊新潮』の〝津波〟に呑み込まれてしまった。あまりテレビを観ないわたしがいうのはおこがましいが、西山英彦スポークスマンがこの国難級の大事故に対して、極めて冷静沈着に説明している態度に好感さえもっていたのだが、突然、『週刊新潮』の強烈な大津波に襲われて、更迭された。幸い一命はとりとめたものの、西山の家庭の安寧、恋人との関係、役人としての体面はいたく傷つけられたことであろう。

国がいままで西山の脳みそにどれだけの税金を注ぎ込んで勉強させてきたのか知らぬが、残念ながら東大でもハーバード大でも西山にカザノヴァやゲンスブール級の恋愛術を教えてはくれなかったのだろう。しかし、たとえ西山の下半身のエネルギーが脳みそを上回ろうと、すべての男女の下半身にはもともと人格なんてない。いま日本に必要なのは西山の下半身の凄みではなく、西山の透徹した脳みそなのである。日本人はいつごろから有名人は聖人でないといけないと決めたのだろう。あの菅直人だって、いつだったか若い子供みたいな女性ジャーナリストと火遊びをしてこっぴどく叩かれたことがあったっけ。

「英雄色を好む」という名言はわが国では禁じ手になって久しい。が、故に政界はもとより財界にも優れてチャーミングな怪物的リーダーは出てこなくなった。小粒でペラペラの凡庸な名ばかりのリーダーばかりになってしまい日本はますますシュリンクしている。

西山はもちろん英雄ではないが、国家が危

急存亡の折に役に立つ能吏である。西山が英雄になれない最大の理由はカツラだ。ハゲは女にモテないというのは男のまちがった思い込みだ。ショーン・コネリーを見よ。女はハゲでも色気と茶目っ気があれば夢中になる。むしろハゲを隠す行為そのものがマンリーに欠けていじましい。わたしの友達でハゲだがよくモテる御仁がいる。彼は売り言葉の「ハゲでデブでチビ」を連発してぎょうさん女を口説いている。たいがいの女たちは彼にメルトダウンさせられて自宅に帰って冷水を激しく浴びるはめになる、とハゲの友達は自慢する。一方もう一人のハゲの友達は、３００万円もする高級カツラを着けているのだが女とホテルにしけ込んでいざベッドインの際、興奮してくる女の両手首をいつも両手でしっかり押さえるそうだ。どうして？「牝として燃え上がった女がカツラだと知らずにおれの頭の毛をむんずと掴みカツラが剝がれハゲのおれを下から見上げて『ギャア！』と大きな悲鳴を上げたことがあるんだ」

まさかわれらが西山はそんなことはしていまい。カラオケのＶＩＰルームで愛し合ってるそうだが、毎日お疲れなのだからせめてちゃんとラブホテルの大きなベッドで思いっきり愛し合ってもらいたかった。ヘンな体位のＨは疲れがたまり、透徹した脳みそに支障をきたす。そのうち大衆ヒステリーが治まれば、また晴れ舞台への出番がくる。そうでなくちゃ西山の才能が勿体ない。西山に一つ言っておきたい。真の男は同じ村の女なんて鼻も引っかけないものだ。たとえ同じ職場にアンジェリーナ・ジョリーが働いていてもだ。男なら2つ3つ山を乗り越えて、別の村の女を捕獲すべきである。これからは異業種を狙え。そうだ、新潮社の女はどうだろう。いい女がいっぱいいるぞ。そして今後のデートはカツラなしでやって欲しい。

ペニスはペンより偉大である

先日、元NHKの日高義樹さんと飲んだ。日高さんは東大英文科を卒業して朝日新聞を受けたが、一次の学科試験で落とされた。理由は試験問題に「ペンは剣より強し」について紐解いて一文を書けとあった。日高さんは、ペンは剣より強くなく、歴史をみてもペンは剣より弱いと正直に書いた。この現実的な解答は採用されず、朝日新聞は愛国心に富む第一級の未来のジャーナリストを失った。

わたしも人類の冷酷な歴史をみるに、ペンは剣より弱いと確信する。ペンの力は高がしれている。これは人類の理想の格言である。

しかし、どうだろう。仮にミスプリントか、『週刊朝日』の元編集長で諧謔の人、川村二郎さんが試験問題を作ったとして、「ペニスはペンより強し」という問題が出たとしたら、日高義樹さんはどう解答しただろう。

こうなると『滑稽新聞』の創始者、宮武外骨先生にご登場願いたいところだが、あの世から呼び出すわけにもいかないので、微力ながら『週プレ』元編集長のわたしが時事問題にからめながら答えてみよう。

少し前にあったロンドンの暴動は若い男たちの不満が爆発したものだった。いってみれば何万本のペニスが暴徒化したのである。ペニスは幸せでないと、ときに大暴れする。いま日本でも10万本以上のペニスが就職にあぶれて夜鳴きしている。ペニスは安寧を求めて、やせ我慢して一生懸命勉強をしてきたのに、それが報いられないまま、いつまでも温和《おとな》しくしてるのだろうか。

最近の日本のペニスたちは引きこもりがちなのが多いが、一旦勃起すれば凄い化け物になる要素は孕《はら》んでいる。ペニスは良心なき正直者といわれている。見境なくどこでも頑張る物体である。いざ張り切ると始末に負えない。いつ暴発するかわからない。こうしたペニスを前にしてペンは弱い。

現在、世界中で幸せなペニスは何本くらいあるのだろうか。蜜のような甘美な愛にたっぷり包まれたペニスは幸せである。しかしこういうペニスはほかの女が放っておかないのが世の常で、どうしてもペニスに格差は出来てしまう。最近、歳の離れた男女の愛の不祥事が目立つ。あれはモテるペニスが調子に乗って傲慢になり、オイタし過ぎるからだ。80歳を優に過ぎた株屋の大金持ちジョージ・ソロスのペニスが20代の女に訴えられた。新聞王マードックのペニスも元気だが、若い女からイチャモンをつけられている。このようにモテるペニスとモテないペニスが歴然とあるのが、人間界の冷酷な現実である。いつモテないペニスが起ち上がり暴徒化しないか心配である。悲しいかなペンはモテないペニスをなぐさめることさえ出来ない。

どんなに心を込めた名文のラブレターを受け取っても、女は「死ぬ！」とか「熔けちゃう」なんて叫ばない。気の利いたクリトリスより小さなペニスでも、女は殺せるのである。ズブズブの関係とは、ペニスがラブジュースの溢れ出る女のプッシーにピストン運動している状況を譬えているのではないか。間違いなくペニスはペンより偉大であり強い。ペニスはまさに王者である。ときにペニスくんは脳みそくんとよくケンカをする。「ペニスくん、君はどうしてブスの女とばかり、寝たがるんだね。たまには絶世の美女とやってくれよ」「脳みそくん、君がそんなわがままな贅沢をいうのなら、脳梅の女とやっちゃうぞ！」。さすがの透徹した脳みそもペニスの威嚇に一言もない。人類の文化はペニスの破壊力ではじまったことだけが真実である。

女たちをオペラの肥やしにした男

じつに不思議なイタリア映画を観た。題して『プッチーニの愛人』。稀代の艶福家で知られる人気オペラ作曲家プッチーニはミラノの音楽学校にいるときから女には目がなかった。後年正妻になった妻エルヴィーラは友人の妻だった。ピアノを教えてるうちにわりない仲になって駆け落ちした。人妻は長女と長男を連れてプッチーニと同棲した。まもなくプッチーニの子供を生んだ。二人は前夫が死んでやっと正式に結婚した。カソリックの国イタリアでは簡単に離婚出来なかった。

こんなに苦労して結婚したプッチーニだったが、浮気の虫は生涯おさまらず、ヤキモチ焼きの妻エルヴィーラと闘いながら、華やかな女遍歴を重ねてオペラの肥やしにしていた。プッチーニのモテ方は尋常ではなかった。自分の作曲したオペラを歌う美人歌手を総なめにした。旅行中、列車のなかでたまたま知り合った美人を駅弁を食べるように喰った。多くの愛人たちのなかで、愛情崩れの友人関係になった女友達は、ヨーロッパ中に腐るほどいた。

アメリカ人のウケを狙ったオペラ『西部の娘』は、プッチーニの生まれ故郷ルッカに近いトスカーナの美しい湖畔の豪勢な別荘で作曲された。そこに働くドーリアというメイドにさえプッチーニは言い寄り、粉をかけている。ドーリアにとっては素敵な主人だった。同じ屋根の下での危険な情事を嫉妬深い妻エルヴィーラの目から隠すことが出来ずドーリアは公衆の面前で罵倒され軟禁される。

じつはまだドーリアとプッチーニは、いまでいうペッティング程度の関係だったようだ。ドーリアは気性の激しい純粋な女だった。服毒自殺をして医者に解剖させ、処女であることを証明させる作戦に出た。ドーリアの遺族に訴えられたプッチーニは大枚の和解金を支払い解決したのだが、じつはその地に本当の隠された秘密の愛人がいた。プッチーニの別荘の前の居酒屋の娘ジューリアだった。彼女は自殺したドーリアの従姉妹にあたる。ジューリアは世故にたけた女で、プッチーニの子供を宿し男の子の私生児を生むのだが、騒ぎ立てず、プッチーニの別荘用の愛人として、長年明るく尽くして愛に生きる。息子は遠く離れたピサの知り合いに預けて、稀にしか会いに行かなかった。

ジューリアが1976年に死んだとき、息子が呼ばれ母親の遺品が入ったスーツケースをもらい受けたが、母の愛を知らなかった息子は生涯開けることはなく死んだ。そしてこの映画の監督、ベンヴェヌーティが孫娘を捜し出し、問題のスーツケースを開けた。なかにはジューリアとプッチーニの1908年から1922年までの愛の宝物がぎっしり詰まっていた。プッチーニがガンのため闘病生活に入る直前まで、2人は密かに会って愛し合っていた。まさに灯台下《もと》暗しでうるさい女房にはみつからなかった。「よくみると孫娘の目元はプッチーニそっくりだった」と監督は述懐する。

映画はそこまでは深く追っていないが、考えさせられる美しい名画であった。しかもセリフがほとんどなく、美しい映像と自然の音とピアノの音だけで物語が進んでいく。プッチーニを演じた俳優はズブの素人で、本業は作曲家兼指揮者である。だからかえって奇妙なリアリティがある。女房のエルヴィーラ役以外すべて生まれてはじめてカメラの前に立ったど素人である。いまイタリア映画が息を吹き返して面白くなってきた。愉しみである。

フルボディのアスリートは好奇心旺盛だった

このコラムの担当のフルカワは、AVを年間500本観ている強者である。趣味とはいえ、十分AV評論家として喰っていけるのではないか。今回、そのフルカワに連れられて、人気AV女優・白鳥美玲をインタビューすることになった。

会う前に『義理の息子と夫に愛されて』(なでしこ)という作品を観た。美玲は天才的なAV女優で、柔らかい体を存分に使い、2人の男優を相手にスケベなメスになっていた。絶頂の雄叫びはオペラのマリア・カラスのアリアを髣髴《ほうふつ》とさせた。大きく口を開けて絶唱するのである。これはどう観ても演技ではない。今年30歳の美玲は人妻役が多い。しかもセリフが沢山入るドラマもので体を張っている。

美玲は身長163センチ、B90のEカップ、W60H89の見事なフルボディだ。この世界に入る前、大学時代は器械体操をしていたと言い、新宿の路上でスカウトされたころはスポーツクラブのインストラクターをしていた。「人に見られるのが好き。男の人が気持ちよくなるのが嬉しい」という、体を持て余していたフルボディのアスリートは、スカウトされて好奇心に火がついた。ナチュラル・ボーン・AVアクトレスの誕生である。美玲はこの職業を隠したりはしていない。家に遊びにくる女友達に堂々と作品を観せて、感想を訊いている。AV女優を地でやっているからじつに明るい。

「よく自分の作品を観ます。この間は友達にあげちゃったので、ショップに行ってまとめて3本、自分の作品を買いました。それを一人で観ているうちに、撮影のときのあの気持ちよさを思い出してオナニーを……。突然、火がついてしまったんです」と明るく笑いながら告白してくれた。

「わたし、幼稚園から器械体操をやってて、全国大会までいったこともあります。人と変わっていることといえば、初潮より早く処女を失ったことです。17歳の春でした。そのときは全然気持ちよくなかったです。じっさいにイッタのは20代になってからかしら。それからイキッぱなしです。いまはボーイフレンドはいません。でも月に3～4本撮影が入るからまあまあ満足しています」

ナチュラル・ボーン・AVアクトレスは趣味と実益を兼ねて仕事にいそしんでいるのだ。「でもそれではご不満でしょう」と鼻の穴を膨らませてスケベー光線を美玲の巨乳あたりに送りながら、フルカワが訊いた。「そのときはオナニーしたり……」「勿体ないなあ」とフルカワとわたしが同時にいった。

フルカワにいわせると、いまのAV女優たちはテレビにでているヘタなタレントより可愛くてチャーミングだそうだ。たしかに白鳥美玲は、きれいだ。世の中は変わった。いや、お金が大きく動く世界に人と才能が集まってくるのは世の常である。「白鳥さんは誇りを持ってやってるって感じですね」と再びフルカワが鼻の穴を膨らませながらいった。「はい。エロは地球を救う、と信じています。ところで、シマジさん、お洒落ですね。よく日焼けしてます。失礼ですけど、おいくつなんですか」「当年取って70です」「えぇっ!?」

そのときの声の大きさは、美玲が潮を吹きながらイクときに発する大音量のよがり声と同じであった。隣のフルカワの股間はすでに膨らんでいた。

良く言えば良縁、悪く言えば腐れ縁

このところ、わたしは資生堂名誉会長の福原義春さんから度重なる文化的刺激を受けている。以前にも書いたが、福原さんはこのコラムの熱心な愛読者で、毎週火曜日には必ず銀座のコンビニに「東スポ」をご本人自ら買いに行かれているのである。

まず2011年7月30日、「ヨコスカジャズ ドリームス2011」に招待してくださった。78歳のナベサダは最高だった。最初に登場して、早く帰ったのかと思っていたら、ちゃんと最後のステージに登場して歌まで歌ってくれた。出演者のなかでひときわオーラがあった。ナベサダさんは最愛の奥さまを亡くされ、一時落ち込んでいたと聞くが、立ち直ったのだろう。わたしの親友の石川次郎とゴルフしたとき、ナベサダさんは珍しく短いパターを使っていた。「あれ、ワタナベさん、パター替えたんですか」と目ざとく次郎が訊くと、「これは女房のミッコのパターです」と静かに答えた。ナベサダさんは奥さまと二人でゴルフしている気持ちだったのだろう。そして軽く82で回ったそうだ。

それから福原さんと神奈川芸術劇場の「杉本文楽曾根崎心中」にご一緒した。杉本とはあのニューヨーク在住の世界的写真家、杉本博司さんのことである。開演前に杉本さんは福原さんの席に挨拶にこられていた。わたしの隣の席には林文子横浜市長が座っていた。

この劇場は今年になって柿落《こけらお》としした現代的な建築物である。その舞台で文楽が演じられるのだ。マルチ・アーティストの鬼才・杉本博司さんの演出である。タダモノであるはずがないと期待していたが、やはりタダモノではなかった。劇場が突然漆黒の闇に包まれる。黒装束の人形遣いがあでやかな人形を持って現れた。悲しく浄瑠璃が語られるなか、舞台の上で人形が所狭しと演じている。中央に取り付けられた長い廊下を使って、客席に迫ってくる。その迫力は3Dの映像を越えていた。わたしはこれほど近くで文楽人形の顔を見たのははじめてであった。魂が入った人形はまるで生きている人間さまだ。これも以前福原さんからお借りしたビデオで観た栗崎碧監督の『曾根崎心中』は人形が外へ繰り出す圧巻のものだったが、ライブで観る杉本文楽の『曾根崎心中』には度肝を抜かれた。

近松門左衛門がこの劇を書いた江戸時代には、心中が流行ったという。こんなに心中が美しいものかと錯覚して、当時の若者たちが死を急いだ。借金で首が回らない醬油屋の手代、徳兵衛と、彼に命がけで惚れた遊女のお初は、客と遊女の境を越えた相思相愛の仲となってしまった。こういう磁石みたいにくっついて離れられなくなる男と女は、現代でもいる。悪い言葉で言えば腐れ縁というやつだ。良い言葉で言えば良縁であり、ふたりは一生愛し合って、たくましく生きていく運命の男女なのである。

もしお初か徳兵衛が、わたしがネットでやっている「乗り移り人生相談」に相談してきたら、どう回答するだろう。

ミツハシ　シマジさん、これは急を要する相談です。でもどう答えますかね。

シマジ　おれが徳兵衛だったら、お初と手に手を取り合って東北の平泉に駆け落ちして出奔するがね。いまからでも遅くはない。早く逃げちゃえ！　そうだ、一関でもいいぞ……。

「福原さん、感動しました。このあとサロン・ド・シマジにお越し願いましょうか」

続きは雑誌『Ｐｅｎ』のわたしのコラムで書こう。

無理に悪党ぶっていたイケメンの親友、竹脇無我

　わたしの大学の同級生でいちばんのイケメン、竹脇無我が死んだ。彼は10代のころから有名な俳優だった。とくに森繁久彌さんには息子のように可愛がられ、オヤジのように慕っていた。ある夜、六本木で2人で飲んでいたら、「森繁さんを呼ぼう。会ってよ」と電話をかけた。暫くして車椅子に乗った森繁さんが現れたのには、驚愕し感動した。柴田錬三郎先生と森繁さんの3人で飲んで以来、じつに30年ぶりくらいの再会だった。

　わたしが無我に興味を持ったのは、子供のとき彼の父上の竹脇昌作に関心があったからだ。竹脇昌作は当時パラマウント・ニュース映画の名アナウンサーとして鳴らしていた。映画館に行くと、そのころは必ず最初にニュース映画が上映され、美声の竹脇アナによる名調子のアナウンスが流れたものである。当時わたしはＮＨＫの志村正順アナウンサーと竹脇昌作アナウンサーが大好きだった。ふたりとも天才だった。

　無我にそのことを力説すると、古い父上ののテープをくれた。わたしは摺り切れるほどそのテープを聴いたものである。

　若き日本一の色男は、40歳を過ぎるころから鬱症になった。衰える自分の美貌に落胆したのだろうか。あまりに女にモテて女たちを捌《さば》くのに心労したのだろうか。わたしにはわからない。ただいえることは、当時の俳優は色悪《いろあく》ぶっていたので、無理に悪党ぶって真っ直ぐ自宅には帰らず、夜遊びに明け暮れて無理して外泊したりしていたようだ。

　ちょうど1ヵ月前、無我から電話があり「サロン・ド・シマジに行きたい」といってきた。「おまえだったら、いつでもいいよ」

と返事したばかりだった。「どうしてサロン・ド・シマジを知ったんだ」と訊いたら、「おれ『Pen』を読んで知ったんだよ。美味い珍しいシングルモルトを飲ませてよ」

いま無我の突然の死に驚いている。無我は繊細で笑顔が美しい男だった。親しくなる前から、森繁さんとの連続テレビドラマ『だいこんの花』で全国的人気者になっていた。あの感動的な父と息子の入浴シーンはいまでも思い出す。まだ日本はのどかでオヤジと息子が一緒に風呂に入っていた時代だった。無我の告白によれば、はじめ水泳パンツをはいて撮影に挑んだそうだ。それを森繁さんが爆笑して脱がされた。無我もそのころは初心《うぶ》だったのだろう。

わたしが集英社インターナショナルの社長をしていたころ、よく会社に遊びにやってきた。無我とわたしが親しく話してるのに、社員はかなり驚いていた。正直に言うと、芸能人でこんなに親しいやつは無我しかいなかった。

わたしが出版界から引退すると決まったとき、無我は大きなプレゼントをくれた。それは無我と森繁さんの往復書簡だった。まだメールが普及していないころ、二人は頻繁に手紙をやりとりしていた。とくに鬱症がこうじて無我が飯田橋の警察病院に入退院を繰り返していたころの森繁さんからの励ましの手紙が感動的だった。森繁さんの遺族の承諾を得るのに時間がかかっているうちに、わたしは退任してしまった。先日もその話に言及して、無我がいった。「もう少し、待っててな」

無我の突然の訃報には驚いたが、無我らしい死に方ではないかと思う。あいつがよれよれになって生きている姿をわたしは見たくない。ピンコロこそ竹脇無我らしいではないか。それにしても美味いシングルモルトを飲ませてやりたかった。無我、ごめんな。

ムッソリーニの隠しておきたい暗い過去

映画『愛の勝利を　ムッソリーニを愛した女』を観た。じっさいベニート・ムッソリーニを愛した女たちは100人はくだらない。統帥《ドゥーチェ》としてイタリアを統一させて、バチカンとラテラノ条約を結んだ1929年のムッソリーニは、神に遣わされし男と呼ばれ、イタリアの救世主として栄光の階段を邁進していた。ムッソリーニは女にじつにモテた。官邸にはサカリのついた女たちがムッソリーニと寝たくて行列を作ったほどだ。

そんなムッソリーニにも隠しておきたい若気のいたりの暗い過去があった。無名時代に知り合ったイーダ・ダルセルは、ムッソリーニより3つ年上で献身的な女だった。イタリア社会党に入党し、新聞記者としてトレントに赴任していたころ、過激だったムッソリーニが官憲に追われていたところをイーダは身を挺して助けた。そして二人は運命的に7年後、ミラノで再会する。イーダは燃えに燃えた。ムッソリーニも若きリビドーをすべてぶち込んだ。

そのころムッソリーニは「アヴァンティ!」誌の編集長を務めていた。ちょうど第一次世界大戦が勃発した。はじめ反戦の論陣を張っていたムッソリーニは参戦論に転じ、「アヴァンティ!」誌をクビになった。そしてファシスト党機関紙「ポポロ・ディタリア」紙を創刊する。そのときイーダは全財産を売却して創刊資金を用立てた。イーダの父親は田舎町の市長をやっていたほどで決して貧しくはなく、またパリで修業しミラノに開いたエステサロンも流行っていた。イーダはムッソリーニに無償の愛を命がけで捧げた。勢い余って二人は教会で結婚式まで挙げた。

翌年男の子が誕生する。ムッソリーニにはその子を認知する。ところがムッソリーニにはラケーレという女がいて、こちらと正式に結婚する。このときからイーダの運命は反転した。ムッソリーニにとって、イーダは単なる若いときのリビドー処理の踏み台でしかなかった。そのあとは手のひらを返したようにイーダを邪険に扱う。ムッソリーニはイーダと結婚した証拠も息子を認知したドキュメントも権力にモノをいわせて剥奪し、影も形もなくしてしまう。イーダには当然愛人として大枚のお金が支給され、なんの不便もなく暮らしていく提案があったはずである。ところがイーダはそんな生ぬるい妥協を拒絶した。あくまでもムッソリーニの妻であり、息子であることを主張した。権力の頂点にいるムッソリーニにとって、消したい悪夢の過去なのだが、イーダは頑として抵抗する。ムッソリーニはイーダを狂人扱いして精神病院にたたき込む。一方息子は寄宿舎に入れられた。

映画はまるで中世の絵画を観るような重厚な雰囲気で耽美的に描かれていく。ハリウッド映画では味わえない渋い大人の映画である。ムッソリーニの実写をうまくインサートして時代性を醸し出している。雪のクリスマスの日、イーダが精神病院の格子を登るシーンは息を呑むほど美しい。成人した息子のアルビノが友達にムッソリーニそっくりの絶叫的な演説をやらされるシーンがまた悲しい。

ムッソリーニと死を共にした愛人クラレッタ・ペタッチはコモ湖のほとりでムッソリーニが銃殺されるとき、彼を庇うように抱きついた。弾丸は彼女の背中を通ってムッソリーニの心臓を貫いた。ムッソリーニは死ぬまで女にモテた男だ。監督のマルコ・ベロッキオ、イーダを演じたメッゾジョルノ、ムッソリーニを演じたティーミに心から拍手を送りたい。

シングルモルトを嚙んで飲み、葉巻も嚙んで吸った日

先日、ライオンの藤重貞慶社長がサロン・ド・シマジ本店にお越しになった。藤重さんは、このコラムを集めて上梓したわたしの処女作『甘い生活』を何十冊も買って友達に配ったくらいのシマジ教徒にして熱烈なファンである。はじめての対面であったが、わたしは毎日朝昼晩、ライオンのデンターシステマの電動ハブラシに薬用ハミガキ、デントヘルスをつけて磨いていたので、胸を張って堂々と会えた。「『甘い生活』は何十冊も買って親しい方に差し上げました。もちろん近刊の『はじめに言葉ありき　おわりに言葉ありき』も拝読しました。一言でいうとシマジさんのエッセイの読後感は、『精神の愉しみは無尽蔵である』と感じました」

藤重社長は、すっかりわたしの格言病が移って、格言風に一言でいってくれた。『甘い生活』はわたしの分身みたいなものである。直接お目にかかって褒められると、嬉しいけれどなにかこそばゆいものを感じる。『甘い生活』では、香港の魔窟のドジョウのシマジさんの珍しい体験に笑い、学徒出陣を実況中継するNHKの志村正順アナウンサーの話に泣けました」

この落差にわたしは感動した。ドジョウと学徒出陣。これだけ幅が広い好奇心を持つ藤重さんとわたしは、一瞬にして肝胆相照《かんたんあいて》らす仲になった。

ライオンは今年で創業120年の老舗会社である。戦前には同社がスポンサーとなった「ライオン」というプロ野球チームもあった。創業当初には全国にチンドン屋を繰り出し、日本でコマーシャル・ソングの先鞭をつけたのもライオンだった。そして自然に歯の

話に花が咲いた。「年々歳々、日本人の歯はどんどん弱くなってきているんです。アゴも小さくなり28本プラス4本の親知らずが生えるスペースがなくなってきている。元神奈川歯科大学教授齋藤滋氏の研究によれば、卑弥呼の時代の日本人は、一回の食事で3990回嚙み、51分かかったそうです。そしてカロリーは1302キロカロリー。いかに硬い食物をよく嚙んで食べていたか。平安時代に入りますと、1366回嚙み、31分かかり、1019キロカロリーだった。鎌倉時代は2654回嚙み、咀嚼するのに29分、1131キロカロリー。江戸時代の前期は1465回で22分、1450キロカロリー。江戸後期では1012回、15分、985キロカロリー。昭和10年代では1420回で22分、840キロカロリー。そして現代人は620回嚙んで11分、2025キロカロリー。これでみると、日本人はやわらかいものしか食べなくなって、しかも高カロリーになったんです」と、好奇心の人は、面白いことをメモしている手帳を取りだして、一気に読み上げた。

今年100歳になる日野原重明医師は一日1400キロカロリーしか摂らないというではないか。現代人は食い過ぎで、しかも嚙まないで飲み込んでいるのだ。歯科医学が発達したために、人間はたしかに長生き出来るようになったのだが、その歯を粗末に扱い、みずから墓穴を掘っているのが現状らしい。

「よく嚙むと認知症になりにくいことが証明されています。最低一日2回は歯を磨き、食物を嚙みしめていれば、元気で長生きします」

思わずわたしはシングルモルトを嚙んで飲んだ。葉巻も嚙んで吸った。70歳のわたしはもう遅いかもしれないが、とにかく嚙む嚙む、磨く磨くなのである。

スピーカーの前のタモリは1メートル後ろにふっ飛んだ

岩手県一関の街は、わたしが4歳のときに疎開し、高校を卒業するまで住んでいた懐かしのふるさとである。一関には見上げるものが4つある。まず西に見える美しい須川岳。それから『言海』を一人で編んだ賢人、大槻文彦は一関出身だ。

一関は日本刀発祥の地でもある。そしてジャズ喫茶「ベイシー」だ。

隣の平泉がやっと世界遺産に登録されたが、「ベイシー」はむかしからオーディオの世界遺産になるべきだといわれていた。店主の菅原正二さんは敬愛すべきロマンティックな愚か者である。一関一高出身でわたしの1級後輩である。オープンして41年、店は全国から多くのジャズファンが足繁く通うジャズサウンドの聖地となった。店のなかで目をつぶっていると、そばで生のトランペットやサックスやドラムを演奏しているかのような音色が聴こえ出す。ここのサウンドはすでに伝説神話の世界に入っているのだ。なにせJB《ジムラ》L《ン》本社の社長をはじめ重役たちがわざわざアメリカから見学にやってきた。「社長のポールが昼間から深夜の2時まで熱心に聴いていて『もっと聴いていたい！』と帰ろうとしないんです。わたしも興に乗ってレコードに合わせてドラムを叩いたりしました。1960年代のオーディオ製品は人類史上最高レベルなんです。すべてはあのころに完成してしまったんです」と菅原さんは胸を張って語る。

菅原さんは3浪して早稲田に入り、在学中に「ハイ・ソサエティ・オーケストラ」のバンマスとして活躍。のちに「チャーリー石黒と東京パンチョス」のドラマーを務め、1970年、故郷一関でジャズ喫茶「ベイシー」

を開店した。LPレコードは大体片面20分前後の長さである。それを菅原さんは一枚一枚丁寧にかけ替え、レコードジャケットを客から見えるところに置く。わたしが北上書房店長の佐藤周平さんに案内されて訪れた日、菅原さんはちゃんとわたしの大好物のマッカランを用意して待っていてくれた。「シマジさんは立木義浩さんと親しいんですよね。わたしはライカが大好きで、デジタル化されるまでのシリーズをすべて持ってるんですが、いつか立木さんがやってきたとき、調子に乗ってライカ写真談義をとうとうとやっちゃいましてね。いま思い出すと冷や汗もんです。立木さんはただニコニコ笑いながら聞いてくれてましたけど——」「タッチャンは無類のジャズファンですから大丈夫ですよ。今度彼を連れてきましょう」

マスターの菅原正二さんに『ジャズ喫茶「ベイシー」の選択　ぼくとジムランの酒とバラの日々』という達意な文章で綴られた名著がある。それによると、「ある雨の降る日であったが、店の外の電信柱のトランスにカミナリが落ちた。中と外は電線でつながっている。あろうことか、カミナリの音が外からではなく、中のスピーカーから直《じか》に聴こえた!!『ドカーン!!』といういまだかつてこのスピーカーから出したこともない大音響が店内に鳴り響いた。こんなことは滅多にあるものではないのに、運悪くその日たまたま一人で遊びに来ていた友人のタモリは、スピーカーの直前で聴き入っていたために椅子ごと一メートル後ろにふっ飛んでしまった。ふっ飛んだタモリは放っといて、ぼくはスピーカーの元へ走ったが、幸い、ジムランのスピーカーにもアンプにも、タモリにも外傷はなかった」

9月11日に毛越寺《もうつうじ》にカウント・ベイシーを招聘するため、いま菅原さんは大忙しである。もちろんわたしも聴きに行くつもりだ。

もう一度18歳からやり直すことが出来るのなら

先日、一関第一高等学校の古希を祝う同級会が仙台の秋保温泉で開催された。仙台在住の人、一関からきた人、東京から駆けつけた人、総勢67名が参集した。卒業して52年ぶりにみる顔もあった。三陸を襲った津波の爪痕が凄まじく、祝い酒を飲む心境ではないと欠席した同級生もいたと聞く。夫を津波に呑まれて失った同級生の凜《りん》とした姿もあった。あまりのことにわたしは彼女に一言も声をかけられなかった。子供がいない彼女はいま釜石の仮設住宅に暮らしているという。

幹事団のアイデアで高校卒業のときのアルバムから銘々の写真を引き伸ばして、名入りで首から吊るした。わたしは当時の体重はたった47キロで細面の神経質そうな写真をぶら下げた。受験勉強を拒否して愉しい小説ばかり読んでいた青春の日々が蘇ってきた。小・中・高校と一緒だった同級生は2浪して猛勉強した結果、東北大学医学部に入学して、見事な医者面になっていた。よく明治の人がいうように、顔立ちは両親からもらったものだが、顔つきは自分自身でつくったものである。総じていえることは、高校時代の3年間、遅くてもそれからの1～2年、あらゆる欲望を我慢して受験勉強に勝った同級生は、みなどことなく幸せな顔をしているような気がした。やっぱり受験勉強は必須だ。

一浪して中央大学から野村證券に入って定年退職した同級生は、千葉の市川に自分で建てた家を息子たちに譲り、いま一関の先祖の大きな家に暮らしている。彼は武士の商法よろしく、朝4時に起きて農業に勤しんでいるのだが、家の前に広がる1町歩の畑を眺めては毎日溜息をついている。自家製の美味しい枝豆を作ろうと豆を蒔いたのだが、豆の姿をついにみなかった。不思議に思い隣の専業農家に尋ねてみた。「それは植えた豆が古かったんだべな。1年前の豆を蒔かないと芽がでないっぺ」彼は2年前の豆を蒔いていた。トウモロコシにも挑戦した。たわわに実り、明朝収穫をしようと意気込んで明け方畑に行ってみたらトウモロコシは消えていた。山からやってきたタヌキの一家に深夜のうちに喰われていたのだ。じっさい夫婦二人だけの生活である。街に出て買ったほうがはるかに安上がりなんだ、と彼はこぼしていた。

同級会に顔をみせる人はまだ幸せな人である。70歳を待たずに何人も死んだ。連絡がつかず行方不明の同級生もいる。出席できなかった同級生のなかには、いま重い病と闘っている人がいるかもしれない。わたしも直腸ガンの手術や心臓冠動脈のバイパス手術をやったが、現在こうして酒を飲み葉巻とパイプを吸って生きている。わたしは1浪1留年して大学を卒業して、運良く集英社に拾われて編集者になれた。わたしの才能を愛でてくれた本郷専務と若菜社長がいなかったら、今日のシマジはなかったろう。人生は出会いである。運良く『週刊プレイボーイ』が創刊されて、わたしは新人でただ一人配属された。水を得た魚のようにわたしは寝食を忘れて働いた。結果、柴田錬三郎先生、今東光大僧正、開高健先生の胸のなかに飛び込めた。まるでわたしの人生はタイトロープの上を歩いているような危うさがあった。

もう一度18歳からやり直すことが出来るのなら、しっかり受験勉強して医者になり、アフリカで医療のボランティアでもやってみるか、なんて考えたことは決してない。強運な愉しい出会いを信じつつ、やっぱりいい加減に生きる道を選んでいるにちがいない。でも思い出してもゾッとすることが多々あった。

長生き出来るかどうかは、お金よりも歯で決まる

いま歯科医師が余って潰れる歯科医院があるというのに、一日100人強の患者を、朝7時30分から夜11時30分まで、ほとんど休みなく一人で治療している医院がある。小田急線の読売ランド前駅にある、わたしの主治医、青木美喜夫先生の医院だ。まさに行列が出来る歯医者さんである。

青木先生の人気は、昼前にやってくるおばあちゃんたちが毎日こぞって「先生、わたしの作ったお弁当食べてください」とランチボックスを持ってくることをみれば一目瞭然である。それは青木先生がイケメンだからではなく、技術力が抜群に優れていて、なおかつ明るく優しいからなのだろう。体力に自信がある青木先生は弁当を美味しそうに3個は平らげてしまう。医院の壁には子供たちが描いた青木先生の似顔絵が沢山貼られている。子供とおばあちゃんに絶大な人気がある先生を、もちろん大人の患者たちがほっておくわけがない。わたしなど恵比寿駅から山手線と井の頭線と小田急線を乗り継いで通うのだが、一度も苦になったことがない。「歯をみせていただくと、その人の人生や生活がわかります。シマジさんは現役時代、多忙極まる人生を送っていらっしゃったんでしょう。でも第一線を退いてからよく歯を磨くようになって、いま70歳にしては素晴らしい状態です」

わたしは現在一日2回歯を磨いている。歯を健康に維持するにはブラッシングしかないことを青木先生から教わり、朝、晩と磨いている。先日サロン・ド・シマジにお越し願ったライオンの藤重社長に「シマジさんはいい歯をしていますね」と褒められたくらいだ。

元気に長生きするために歯は重要なのである。お金より自分の歯が何本残っているかで、何歳まで生きられるか予想出来るくらいだ。ある日曜日、わたしは瀬戸内寂聴さんの徳島のご実家にお邪魔していた。「シマジさん、このゼリーはとってもおいしいから食べてごらん。ファンの方にもらったばかりなの」「これは美味い！」とわたしは高級ゼリーの食感を愉しんでいた。

そうこうするうちに「そこに歯がありますが、先生のではないですか」

とゼリーのなかに白い歯をみつけてわたしが指摘した。寂聴さんは指で歯を確かめてからいった。「わたしのは大丈夫だわ。あなたのじゃないの」

いわれたように今度はわたしが指で確かめると、むかしの差し歯が外れているのが判明した。「先生、御免なさい、わたしのでした」とゼリーのなかから青木先生作ではない古い差し歯を拾いあげて寂聴さんと笑い転げた。

早速わたしは青木先生の携帯電話に連絡した。さわやかな先生の声がした。「了解です。今日何時に羽田に着きますか。迎えに伺います。前歯がないとみっともないですからね」

乗客で混雑する羽田のエアポートで青木先生の姿を発見したとき、わたしは医者と患者の関係を越えた熱い友情を感じた。この先生に一生ついて行こうと思う歯科医師をみつけることは、長生きの秘訣である。この良縁は、わたしが『週刊プレイボーイ』の編集長をしていたときの部下で、いま病院経営をして大成功してる稲川龍男君の紹介だった。稲川君と青木先生の奥さんはANAとJALに勤める美人姉妹だった。二人は仲のいい義兄弟なのである。

顔立ちは両親の作品だが顔つきは自分の作品である

　このごろ早起きする愉しみが増えた。月～木曜のJ－WAVE 7：52AMから、わたしの書いたエッセイが別所哲也さんの美声で朗読されている。別所さんの朗読の芸がわたしの作品をぐっと引き立ててくれている。物書きにとってこんな幸せなことはない。

　この企画を閃いた御仁は、わたしのエッセイの熱狂的な読者、J－WAVEの小笠原徹社長である。まさに元気は正義であるといわんばかりに精気が漲っている社長だ。同じ六本木ヒルズの住人、TMI総合法律事務所の総帥、田中克郎弁護士とエドウィンの常見修二社長に相談すると、二つ返事でスポンサーになってくれたそうだ。題して「センス・オブ・ウィット」。朗読のあと瀬戸内寂聴さんの有難い一言が肉声で流れる。

　先夜、小笠原社長と田中弁護士がサロン・ド・シマジ本店にやってきた。顔立ちは両親の作品だが顔つきは自分の作品である。二人とも自信に満ちたいい顔つきをしている。シングルモルトを飲みながら、田中弁護士が最近訪れたモンゴルでの体験記を語り出した。

　モンゴルに行けばゲルに泊まってみたいと思うのは人情である。2人1組でゲルに寝ることになった。真夏でも深夜のゲルは底冷えがする。深夜の2時ごろ、田中弁護士は尿意を催し目が覚めた。朝まで我慢しようかと一度は考えたが、尿意の勢いはそんな甘いものではなかった。そっと立ち上がり、パジャマのまま闇のなかで入り口を探した。運良く見つかったが、鍵の開け方がわからず立ち往生していると、同宿の人が起きてきて親切に教えてくれた。

　破裂しそうなパンパンの膀胱を抱えて弁護

士は満天の星空の下に出た。刺すような寒風に刺激されて、さらに尿意は激しくなったが、見渡す限りゲルは密集している。法律遵守の人、田中弁護士はゲルの近くで放尿するのはエチケットに反すると、100メートルも離れた草原に出て気持ち良く放った。

尿意から解放された弁護士がこぼれるような星空を眺め上げる余裕はここまでだった。同じような形をしたゲル群のなかで、自分のゲルを探し出すのはひと苦労だった。まさかゲルをノックしてだれかに訊くわけにもいかず、途方に暮れてウロウロしているうちに、早30分が経った。夜の冷気が身に沁みるころ、やっと自分のゲルを見つけた。そして、そうっと寝床に入った。

横になるや、野外の寒風のなかの徘徊《はいかい》がこたえたのか、再び尿意を催してきた。今度は勝手知ったるわがゲルだ。もう一度外へ出た。さすがの法律遵守の人も、今度はゲルの近くで放尿した。日頃300人の弁護士たちを睥睨《へいげい》している田中弁護士も、モンゴルの深夜の草原ではまったく非力だったのである。

田中弁護士はまさにセンス・オブ・ウィットの人だった。彼が大仰にいいだした。

「シマジさん、これからわたしが顧問弁護士になってあげましょう」

「いやいや。わたしは人を誹謗中傷したり讒《ざん》言《げん》したりすることは書きませんから、弁護士の先生は必要ないでしょう」

「シマジさんこれからの時代わかりませんよ」

「あ、そうだ。小笠原社長。うちの娘がJ-WAVEの大ファンでして、テレビは全然観ない女で亡くなるまで、J-WAVEばかり聴いていました」

「お父さまの作品を朗読で聴いたら、きっとお嬢さまは嬉しがったでしょうね」

「いやいや、どうでしょうか。わたしの作品のなかで肉親は茶化される材料ですからね」

愛すべきあつかましさをもって冥途の土産をもらった男

7冊目の単行本『知る悲しみ』が発売された。わたしは無理をいって横尾忠則画伯に表紙装丁をお願いした。はじめ、マネジャーが電話に出て言った。

「うちの横尾は現在グラフィックの仕事はやってないし、いま、ニューヨークの展覧会のために沢山の絵を描いている最中なので、そんな時間はありません」という返事だった。

そんなことぐらいで引き下がる、「愛すべきあつかましさ」のシマジではなかった。

「横尾さんにお伝えください。今度のわたしの本は、横尾さんの表紙装丁でどうしてもやっていただきたいのです。これを冥途の土産にしたいのです」

数日して、横尾さん本人から直接電話がかかってきた。

「シマジ君、わかった。それじゃ担当者と成城までできてくれる?」

わたしは講談社の担当者、ハラダと押っ取り刀で駆けつけた。

「締め切りは10月上旬で結構です」とハラダが恐る恐る言い出すと、天才は答えたものだ。

「ハラダさん、明日でもいいよ」

ハラダもわたしも冗談だろうと思った。若いとき、いつも締め切りぎりぎりに入ってきた苦い思い出を噛みしめながら、当年取って75歳の天才の顔をみると、自信に満ち溢れているではないか。それからじっさい2週間もしないうちに、表紙の原稿がハラダに届いたのである。ハラダは感激してすぐわたしにみせに持ってきた。わたしも感動してすぐ横尾画伯にお礼の電話を入れた。

「これで立派な冥途の土産が出来ました。有り難う御座います」

「そんなことを言ってシマジ君はこれから100冊は本を書くんじゃないの」

「画伯は35年前の『話の特集』の表紙までちゃんと保存しているんですね。あれはわたしの人生の真夏日の顔です。それが涙を流してるなんて泣けました」

「そう。よかったね」

長い劈頭《へきとう》の推薦文は伊集院静さんにお願いした。見事な大人のレトリックを巧みに使った気持ちのいい達意の文を書いていただいた。いまいちばん忙しい作家、伊集院さんもハラダが指定した締め切りより10日も早く400字×6枚の原稿を書いてくれたのである。ハラダもわたしも欣喜雀躍《きんきじゃくやく》したのはいうまでもない。伊集院さんの名文には尊い友情が籠っていた。熱い思いが込み上げてきた。まだ読みづらいゲラ刷りの段階で、丁寧に読んでくれた痕跡がある文章である。

「（前略）それにしても、この一冊を読んで、よくこんなバカな奴にまで、この男は感動するものだと感心した。よくこれだけ私が、アホと決めつけてる輩にまで、この男は礼をつくし、感謝する。これを読んでいくうちに、私はこの男にはかなわないのではないかと思いはじめた。それはやがて、この男の方が私より、数枚、格が上なのだとわかった。誉めすぎでは？　この歳になって今さら他人を誉めるか。（中略）〝知識〟という言葉がある。さらに言えばインテリジェンス、あの人はインテリ、という言い方がある。その周辺に漂う、あの嘘臭さはどうだ？　プンプン嘘、贋物の悪臭がする。——では真の知とは何か？　その答えの近くまで辿り着いた者が口にしている言葉は、なぜか哀愁をともなう文章、絵画、音楽、戯作になっている（後略）」

本当に輝ける冥途の土産が出来たものだ。

本作品は二〇一一年一月に小社より刊行されました。

島地勝彦—1941年東京生まれ。エッセイスト。「週刊プレイボーイ」「PLAYBOY日本版」の編集長として、数々のヒット企画、連載を手掛けた。主な著書に『お洒落極道』（小学館）、『えこひいきされる技術』『甘い生活』『神々にえこひいきされた男たち』（講談社）、『バーカウンターは人生の勉強机である』（CCCメディアハウス）など。現在、「MEN'S Precious」「Pen」などで雑誌連載を持ち、「現代ビジネス」（講談社）ほかのWebマガジンでも執筆中。伊勢丹新宿店メンズ館でシガーバーを併設したセレクトショップ「サロン・ド・シマジ」のプロデューサー・バーマンでもある。

講談社+α文庫 知《し》る悲《かな》しみ
——やっぱり男は死ぬまでロマンティックな愚か者
島《しま》地《じ》勝彦《かつひこ》

2018年 5 月17日第 1 刷発行

発行者———渡瀬昌彦
発行所———株式会社 講談社
東京都文京区音羽2-12-21 〒112-8001
電話 編集(03)5395-3522
販売(03)5395-4415
業務(03)5395-3615
デザイン———鈴木成一デザイン室
カバー印刷———凸版印刷株式会社
印刷———慶昌堂印刷株式会社
製本———株式会社国宝社

落丁本・乱丁本は購入書店名を明記のうえ、小社業務あてにお送りください。
送料は小社負担にてお取り替えします。
なお、この本の内容についてのお問い合わせは
第一事業局企画部「+α文庫」あてにお願いいたします。
Printed in Japan ISBN978-4-06-281744-8
定価はカバーに表示してあります。

講談社+α文庫 Ⓖビジネス・ノンフィクション

- **世界と日本の絶対支配者ルシフェリアン**　ベンジャミン・フルフォード　著者初めての文庫化。ユダヤでもフリーメーソンでもない闇の勢力…次の狙いは日本だ！　695円 G 232-1
- **管理職になる人が知っておくべきこと**　内海正人　伸びる組織は、部下に仕事を任せる。人事コンサルタントがすすめる、裾野からの成長戦略　638円 G 234-1
- ***図解 人気外食店の利益の出し方**　ビジネスリサーチ・ジャパン　マック、スタバ……儲かっている会社の人件費、原価、利益。就職対策・企業研究に必読！　648円 G 235-1
- ***図解 早わかり業界地図2014**　ビジネスリサーチ・ジャパン　あらゆる業界の動向や現状が一目でわかる！ 2550社の最新情報をどの本より早くお届け！　657円 G 235-2
- **すごい会社のすごい考え方**　夏川賀央　グーグルの奔放、IKEAの厳格……選りすぐった8社から学ぶ逆境に強くなる術！　619円 G 236-1
- **6000人が就職できた「習慣」** 自分の花を咲かせる64カ条　細井智彦　受講者10万人。最強のエージェントが好不況に関係ない「自走型」人間になる方法を伝授　743円 G 237-1
- **早稲田ラグビー 黄金時代 2001-2009 主将列伝**　林 健太郎　清宮・中竹両監督の栄光の時代を、歴代キャプテンの目線から解き明かす。蘇る伝説!!　838円 G 238-1
- **できる人はなぜ「情報」を捨てるのか**　奥野宣之　50万部大ヒット『情報は1冊のノートにまとめなさい』シリーズの著者が説く取捨選択の極意！　686円 G 240-1
- **憂鬱でなければ、仕事じゃない**　見城 徹　藤田 晋　日本中の働く人必読！ 「憂鬱」を「希望」に変える福音の書　650円 G 241-1
- **絶望しきって死ぬために、今を熱狂して生きろ**　見城 徹　藤田 晋　熱狂だけが成功を生む！ 二人のカリスマの生き方そのものが投影された珠玉の言葉　650円 G 241-2

*印は書き下ろし・オリジナル作品

表示価格はすべて本体価格(税別)です。本体価格は変更することがあります

講談社+α文庫 Ⓖビジネス・ノンフィクション

書名	著者・訳者	内容	価格	番号
Steve Jobs スティーブ・ジョブズ I	ウォルター・アイザックソン 井口耕二 訳	あの公式伝記が文庫版に。第1巻は幼少期、アップル創設と追放、ピクサーでの日々を描く	850円	G 260-1
Steve Jobs スティーブ・ジョブズ II	ウォルター・アイザックソン 井口耕二 訳	アップルの復活、iPhoneやiPadの誕生、最期の日々を描いた終章も新たに収録	850円	G 260-2
ソトニ 警視庁公安部外事二課 シリーズ1 背乗《はいの》り	竹内明	狡猾な中国工作員と迎え撃つ公安捜査チームの死闘。国際諜報戦の全貌を描くミステリ	800円	G 261-1
完全秘匿 警察庁長官狙撃事件	竹内明	初動捜査の失敗、刑事・公安の対立、日本警察史上最悪の失態はかくして起こった!	880円	G 261-2
イリーガル―非公然工作員― 警視庁公安部外事二課《ソトニ》	竹内明	伝説のスパイハンター・筒見慶太郎が挑む北朝鮮最強の工作員「亡霊」の正体――	1000円	G 261-3
僕たちのヒーローはみんな在日だった	朴一	なぜ出自を隠さざるを得ないのか? コリアンパワーたちの生き様を論客が語り切った!	600円	G 262-1
*在日マネー戦争	朴一	「在日コリアンのための金融機関を!」民族の悲願のために立ち上がった男たちの記録	630円	G 262-2
モチベーション3・0 持続する「やる気!《ドライブ!》」をいかに引き出すか	ダニエル・ピンク 大前研一 訳	人生を高める新発想は、自発的な動機づけ! 組織を、人を動かす新感覚ビジネス理論	820円	G 263-1
人を動かす、新たな3原則 売らないセールスで、誰もが成功する!	ダニエル・ピンク 神田昌典 訳	『モチベーション3・0』の著者による、21世紀版「人を動かす」! 売らない売り込みとは!?	820円	G 263-2
ネットと愛国	安田浩一	現代が生んだレイシスト集団の実態に迫る。反ヘイト運動が隆盛する契機となった名作	900円	G 264-1

*印は書き下ろし・オリジナル作品

表示価格はすべて本体価格(税別)です。本体価格は変更することがあります

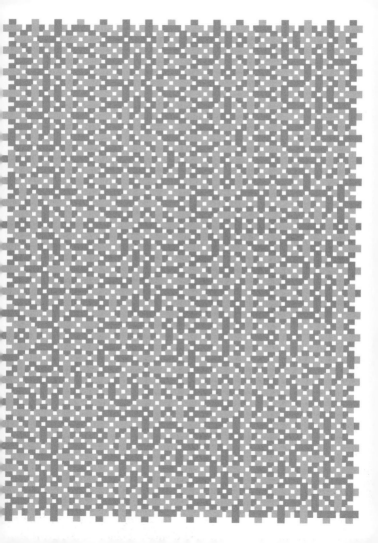